独秀山 ◎ 著

共君一醉一陶然

唐诗里的有趣灵魂

海天出版社
· 深圳 ·

图书在版编目（CIP）数据

共君一醉一陶然 ：唐诗里的有趣灵魂 / 独秀山著. —
深圳 ：海天出版社, 2020.9
ISBN 978-7-5507-2950-6

Ⅰ. ①共… Ⅱ. ①独… Ⅲ. ①唐诗－诗歌研究 Ⅳ.
①I207. 227. 42

中国版本图书馆CIP数据核字(2020)第123843号

共君一醉一陶然：唐诗里的有趣灵魂
GONG JUN YI ZUI YI TAORAN：TANGSHI LI DE YOUQU LINGHUN

出 品 人	聂雄前
责任编辑	童 芳
责任校对	李 想
责任技编	郑 欢
装帧设计	知行格致

出版发行	海天出版社
地 址	深圳市彩田南路海天综合大厦7—8层（518033）
网 址	http://www.htph.com.cn
订购电话	0755-83460239（邮购、团购）
设计制作	深圳市知行格致文化传播有限公司
印 刷	中华商务联合印刷（广东）有限公司
开 本	889mm×1194mm 1/32
印 张	10.5
字 数	201千字
版 次	2020年9月第1版
印 次	2020年9月第1次
印 数	1—5000册
定 价	48.00元

推荐语

欣闻同学新书《共君一醉一陶然》即将出版，特此汲书名"共君一醉一陶然"（白居易诗句）为引句，题诗一首祝贺：共君一醉一陶然，联袂如痴如梦安。雅韵为媒泉壑处，红尘紫陌不相干。

——康恭舜

作者才华横溢、胸罗万象，引领读者畅游诗海、穿越时空，与古人对话如酒桌上把盏言欢。珠玑数语，生动幽默，读之则如饮琼浆玉液，细润人心，捧卷难释。

——刘升东

大作！在这纷杂世界，居然还能存这么高远、清幽的怀古之诗情，真是令人钦佩。

——刘维

挫锐解纷，和光同尘。夜半前坐，语语动听。

——潘学历

九曲万里沙，往事越千年。铮铮君子风，跃然笑谈中。

——宋刚

穿越时空的诗情文脉，充满想象力的人文情怀！被档案专业耽误的文学大家，赞！

——吴炜成

好文，好文！772年前后出生的几位中唐大诗人的友情一直是唐诗之外的美丽佳话！

——谢朔宏

写这些东西，需要博览群书，对历史、对诗词要烂熟于心，还要有自己独到而深刻的见解。它不同于一般意义上的文学作品，可以信马由缰；它需要经得起文学、历史等多方面的考证，是一种集博古通今的学问和智慧才华的精细创作，十分不容易！当作家难，当历史作家更难，当写古代诗词大家史话的作家尤难，由衷佩服！

读完《只有香如故》，再追《共君一醉一陶然》，感觉心胸越来越开阔，有一种洞穿生命真相的豁达。独秀山的作品越写越宏大，写作情感和风格既忠于史事，又尽显诙谐幽默之才华。在古代名人政治生涯的跌宕起伏中，居然天衣无缝地用了时尚的网络元素，"建了一个朋友圈"，令人耳目一新。我笨拙地以为，几乎所有与历史有关的文学作品都写得太刻板、太凝重，教科书一般乏味。可是独秀山的作品在对待史事更替和人物的仕途变迁上，有一种洞穿人生的洒脱豁达。在书中，我看到在不得志的困境中，无论是韩愈的鸡肠小肚、柳宗元的郁郁寡欢，还是刘禹锡的随遇而安、苏轼的潇洒旷达，最后都被时光的尘沙掩埋。这正应了那词那景："一壶浊酒喜相逢。古今多少事，都付笑谈中。"

——熊克莉

以今人的视角复盘古人的人生，是当下非常流行、非常有趣的一种创作手法，已写过几个系列的独秀山堪称其中的佼佼者，看他写的文章，越来越精彩。

——徐艳琼

写到魏晋风度，方是独秀山君笔墨之高潮，盖心有戚戚焉也。

——阎磊

喜欢古诗词，但是永远记不住，难得看到幽默诙谐的文字，津津有味地看到最后：欲知后事如何，且听下回分解……意犹未尽，且等且盼。

——杨丹

信手写华文，字从笔下淌。时光流不休，岁月成过往。李杜当欢欣，秀山知音赏。芝兰自有香，天地任莽莽。

——杨广丰

文越千年，足行万里。家国山河，历历在目。"词神"是高明的历史文化侦探，为我们还原大文豪的生活情境与心路历程！千载以下，悠然神往！

——余斌

历史和诗词应有如独秀山文笔之精彩，而不是像我们以前那样枯燥乏味。

——余创雄

此文确为大手笔方能为。几位诗人从容穿插，随意道来，浑然一体。人生遭际，宦海沉浮，皆在其中。

——查振科

独秀山使中国古代诗词回到了其本位——诗词之创与品都在人生世态中完成。诗词是人在事上磨出来的灵感闪现，在工作、生活中才能品诗词、作诗词。这也是中国古代人文的存在方式。专门在"大学"研究诗词的人，其实跟诗词隔了"三层"。

——张祥云

"词神"独秀，穿越千年独风骚，独特视角最风流。

——郑常美

诙谐幽默，轻松愉快，毫无历史沉重感，却能让人学到那么多知识，大才！

——郑朝峰

序一

文化的迷人之处

王京生

一部五千年的中华文明史，灿烂而辉煌。在这漫漫历史长河中，尽管充满着无数次战争和天灾，尽管经历了数十次朝代的兴亡更替，我们多灾多难的民族，总是能够在风风雨雨中化危为机、化险为夷。其中起决定作用的就是中华悠久的文化，以文化之，生生不息。

文化的迷人之处在于，不同的历史时期所形成的不同的文化"性格"，如楚辞、汉赋、唐诗、宋词、元曲、明清小说等等，都被刻上了深深的时代烙印。当我们试图去解读这些"性格"时，又会将个人的性格植入文化。这些带有个人性格的文化解读，宛如一条条支流，汇入黄河、长江，时而波平如镜，时而浪涛汹涌；时而虎啸猿啼，时而鸟语花香，彰显了文化的强大生命力和创造力。民族的文化"性格"与个人性格融合，你中有我，我中有你，从而构成了几千年中华文明的"黄河大合唱"。

《共君一醉一陶然》就是这样一部带有明显个人性格，以历史与诗词为主线创作的文学作品。作者有意识地选择中晚唐这一历史时期，围绕韩愈、柳宗元、刘禹锡、白居易、元稹、杜牧、薛涛等历史人物，将他们之间的同志之道、朋友之情以及恩恩怨怨，放在这一时期出现的宦官专权、藩镇割据、牛李党争等大的历史背景下，尝试从个人视角去还原和挖掘这些文化人身上真实的细节，以及他们身上所散发的人性光芒，这是一件非常有意义的事情。在我看来，该书归纳起来有以下几个特点：

　　一是文史结合。作者将处在805年永贞革新、835年甘露之变时期的人物的个人命运和心理变化，与他们创作的文学作品互相印证，进行了较好地串联。以此来告诉大家，在大的历史环境中，没有人能够置身事外，个人的命运一定是和国家的命运息息相关的。如柳宗元被贬永州后，思想观念发生了很大变化，决定由事功转向著作；甘露之变后，白居易和如满和尚等在洛阳组织香山九老会，吟诗作词、诵经礼佛。另一方面也让大家体会到，韩愈、柳宗元、刘禹锡、白居易等杰出文人，在困难和逆境面前，所展示的个人操守和人格魅力，体现了作者比较扎实的历史知识和诗词功底。

　　二是史地结合。本书的另一个鲜明特点就是时空转换，作者把自己当作一个导游，带领大家随着书中的主人翁辗转大江南北，或去乌江亭凭吊"千年一刻"的项羽，或到池州游览秋浦那"流淌着诗的河"，或随韩愈到潮州领略其祭文驱鳄，或去永州的潇水看柳宗元寒江独钓，或到朗州（今湖南常德）和着刘禹锡高唱"晴空一鹤"。浣花溪畔，浔阳江头；大运河上，秦淮河边；玄都观中，香山寺内……所到之处，都有史料钩沉、诗意绵绵。大家不仅能欣赏这些文人的精彩诗词，还能领略祖国的壮美河山。

三是庄谐结合。语言风格的亦庄亦谐也是本书的一大特色。无论是叙述历史，还是简译文人作品、挖掘作品背后的故事，作者大多会以第一人称的方式，在尊重历史的前提下，尽量用轻松诙谐的语言来表达。这不仅避免了过度考据导致的难以亲近之感，还拉近了历史与现实的距离，使作品具有更强的可读性，尤其是作品中穿插的一些议论和感慨，仿佛在与作品中的人物进行心灵对话，让人不禁产生广泛的联想和深深的思考。

还有一点与众不同的地方，即作者将个人填写的诗词写入书中，与古人的名篇佳作放在一起供读者评判，作为一个当代人，这份勇气和胆量实属难能可贵。比如在写到常德桃花源时，作者有感而发，填了一首《菩萨蛮·桃花源》："不谈秦汉不谈魏，只说东晋陶公醉。一醉访桃源，归来话自然。桃花开又落，我在门前坐。抬眼望青山，心飞云水间。"非常应景，也很有味道。

在现代人看来，历史上的人物和事件离我们很遥远。今天，我们读唐诗也好，宋词也罢，表面上读的是作品，其实读的是人。从这个角度去观察，你会发现历史上的人或事并不遥远，或许就在你的周围，也许就在你的身边。这些性格不同的文化名人以及发生在他们身上的故事，都化身为一个个文化符号，无论时代如何变迁，仍然令人着迷。

"诗无达诂"，源远流长的中国诗河至今仍在奔涌流淌着，只要有诗歌的存在，就有对它的鉴赏、注解，这是诗歌作为艺术的魅力所在，也可从中看到鉴赏者的眼光、情趣与学养。"观书散遗帙，探古穷至妙。片言苟会心，掩卷忽而笑。"这是诗仙李白观书时的快乐。希望这本书的读者，也能在字里行间得到这份乐趣，如此则作者幸甚。

是为序。

序二

一壶浊酒千年叹
九曲黄河万里沙

甘哲斌

独秀山，安徽安庆人氏，挺拔魁梧，玉树临风，有道是
"南人北相，必有异才"。独秀山与我同为人大84级同学，
因和我夫人同班，故我常常开玩笑称他为"大舅哥"。大学
毕业后，独秀山慨然南下，到改革开放前沿——深圳闯荡。
工作之余，独秀山喜欢填词、作诗、游历，屡有大作在《诗
刊》等国家级刊物上发表，其宋词研究专著《只有香如故》
风靡人大84级，荣获2017年度全国城市出版社优秀图书二
等奖，一不小心把自己变成了文化人。

人大84级一帮爱好吟诗填词的同学"臭味相投"，建
了一个微信群，大家虽各居天南海北，却常在群里学习探
讨，互相唱和，十分热闹。独秀山以在宋词方面的造诣，
在群中毫无悬念地荣膺"词神"称号。近日，独秀山又推
出以唐诗为主题的历史文化散文力作，大概因为我是群主，

邀我作序。同学盛情，却之不恭，虽力有不逮，我仍答应勉力为之。

阅读本书，徜徉在诗词历史文化的长河，我最大的感受是两个字——穿越。全书以韩愈、柳宗元、刘禹锡、白居易、元稹等中晚唐代表性诗人为主线，从唐代延伸到宋、元、明、清、民国，直至当代。虽然是以诗歌为主题的历史文化散文，却有魔幻现实主义的色彩，内容亦文亦史，纵横恣肆，大开大合，悬念迭起，情节勾连，把遥远的历史人物、故事、地点和今天我们熟悉的内容巧妙结合，娓娓道来，融艺术性、知识性、趣味性于一体，读后如饮陈年老酒，醇厚浓郁，回味无穷！

庄子曰："井蛙不可以语于海者，拘于虚也；夏虫不可以语于冰者，笃于时也；曲士不可以语于道者，束于教也。"独秀山不拘于虚、不笃于时、不束于教，突破时空和传统的局限，与先贤对话，通过讲故事的方式，把相关时间、地点发生的古今著名事件、出现的著名人物串起来，使历史不再遥远，把书上沉睡千年的韩愈、柳宗元、刘禹锡、白居易等人物写活了，显得那么鲜活、那么生动，有血有肉、有爱有欲、有情有义，呼之欲出、触手可及，读起来妙趣横生。我相信即便不是古诗词爱好者，也会读得津津有味并爱上诗词。近些年，中华大地出现古诗词复兴现象，《中国诗词大会》《中华好诗词》等电视节目十分火爆，吟诵古诗词变得时髦起来。我认为本书对于唐诗爱好者了解作品背景、理解作品内容、提高鉴赏水平很有帮助。

有关唐诗赏析方面的著述数不胜数，然而像独秀山一样，写一本书，行万里路，实地考察历史遗迹，追寻古人仙踪，这样下功夫的人少之又少。有一次，独秀山在微信群里通报，正开车去朗州追寻刘禹锡。大家一头雾水，朗州在哪里？独秀山解释，朗州就是湖南常德。我认为，本书最大的特色是诗歌赏析与历史考证结合，唐诗作品与背后的故事相得益彰，雅俗共赏。书中引用的诗也许你我耳熟能详，然而诗的背景、作者、写作时间和地点可能很多人都不清楚，比如我读了本书后才知道杏花村在安徽而不在山西。独秀山对有关作品及诗人的逸闻掌故如数家珍，信手拈来，体现了丰厚的文史知识储备。书中史料考证翔实、严谨，时间、地点、人物交代得清清楚楚明明白白，并且敢于大胆提出有别于传统解释的新论，比如宋之问《渡汉江》里的"近乡情更怯，不敢问来人"，独秀山认为"这是一个犯人在潜逃过程中心理活动的真实写照：越靠近家乡，越想探点消息，又怕暴露逃犯身份，被别人告发，罪加一等，所以才有了'怯'，才'不敢问'。"此新解完全颠覆了我过去的认知和理解。

书中文字张弛有度、挥洒自如、诙谐幽默，阅读时不禁击节叹赏，或会心一笑，或拊掌叫好。轻松调侃的笔触，妙趣横生的语言，合理想象的细节，精彩纷呈。比如"杜牧呵呵一乐，老夫还担心别人不知道呢，我要作诗赠给张祜"；"每当我读到这一段，都会忍不住发出'拖拉机的笑声'"；

"鳄患成灾韩退之……禅宗立派卢行者……联神。额（我）的神啊"。读到这里，我也不禁发出"拖拉机的笑声"（同学中流行语，言大笑出声之状）。就像"不须放屁"也能写进词里，全国人民热烈吟诵，语言运用到了一定境界，大俗能大雅，腐朽化神奇。书的最后一部分写白居易魂游故地，再访故人，颇似《红楼梦》中的太虚幻境。精彩的叙事和丰富的想象力令我感慨：不知独秀山是文学青年误入档案专业，还是档案学子喜欢上了文学？！

书中花了不少笔墨写元稹——白居易的好兄弟、薛涛的负心郎、李贺的结怨者，和我家乡四川达州颇有关联。元和十年（815），元稹贬谪通州（今达州）任司马，初到任时，通州"人稀地僻、蛇虫当道"，元稹励精图治，清正廉洁，政绩斐然，为当地百姓做了不少好事。元和十四年（819）正月初九，元稹离开通州，当地百姓登上城南的翠屏山，站在高处向元稹挥手告别，直到元稹消失在远处。元稹排行第九，人称"元九"，正月又名"元月"，正月初九亦简称"元九"。元稹离开达州以后，每年正月初九，四川达州民众自发登高，寄托对元稹的思念。因此，"元九登高"在四川达州相沿成俗，延续至今。2006年，达州市人大常委会通过决议，把正月初九定为达州的市节。2009年，四川省还把达州元九登高节列入第二批非物质文化遗产名录。

一城一池，一州一县，千古兴亡多少事，其土地上发生的故事、产生的历史文化名人，使这块土地增添了人文色彩，历史愈加厚重。土地养育了一代又一代人，这块土地又因为人文历史而闻名，颇似子以母贵和母以子贵。对于旅游，我素以为自然风景当然令人赏心悦目，但更有意思的是去追寻、品味历史，感受过去的人和事。一个蛮荒之地，自然风景再好，少了人文、少了历史，趣味就会减少很多。而人文荟萃之地，比如扬州，隋唐以后市肆繁华，白居易与刘禹锡在这里"为我引杯添酒饮，与君把箸击盘歌"；刘禹锡吟出"沉舟侧畔千帆过，病树前头万木春"（《酬乐天扬州初逢席上见赠》）；杜牧写出"春风十里扬州路，卷上珠帘总不如"（《赠别·其一》），"十年一觉扬州梦"（《遣怀》），"二十四桥明月夜"（《寄扬州韩绰判官》）；姜夔咏叹"淮左名都，竹西佳处，解鞍少驻初程"（《扬州慢·淮左名都》）……令人目不暇接。当今社会，交通资讯发达，人们能很方便地到处游历；然而很多时候，旅游成了"进门买票，停车拍照，白天看庙，晚上睡觉"。如何结合地方优势，深度挖掘历史文化题材的旅游，值得认真思考和研究。

珍珠固然流光溢彩、璀璨夺目，若没有一根线串起来，就散落各处，成不了漂亮的项链。如果说那一首首精彩绝伦的唐诗是一颗颗珍珠，独秀山此书就好比那根线，把那些耳熟能详的经典诗词，用时间、地点、人物、事件等要素串了起来。书中每每在关键节点都有类似这样的串词："刘禹锡和白居易在扬州相会后的第七年，也就是833年，刚过而立之年的杜牧被淮南节度使牛僧孺授予推官一职，后转为掌书记，负责节度使府的公文往来。也就是从这时起，杜牧来到扬州并生活了两年""有一个人也抢了杜牧在池州的风光""在杜甫离开成都二十多年后，一代才女薛涛也来到浣花溪并寓居下来"。这样的串词把内容巧妙地连接起来，使全书形散而神不散，显示了作者高超的文字驾驭能力。

唐代诗人多如繁星，本书着墨最多的是韩愈、柳宗元、刘禹锡、白居易、元稹等人，我从中读出了关键词——友情。书中把"韩柳""元白""刘柳""刘白"等人之间相知相惜、患难与共的友情写得淋漓尽致：为了朋友，柳宗元可以屈尊在朝堂上哭，而且是号啕大哭；为了朋友，柳宗元让出生存的希望，把死亡的可能留给自己；柳宗元去世后，刘禹锡倾注全部精力整理柳宗元的遗作，并筹资刊印；刘禹锡把柳宗元的大儿子柳告留在身边，视为己出，将其抚养成人，柳告后来考中进士。独秀山以浓墨重彩写唐代诗人友情，他也特别重友情。时常有外地同学造访深圳，独秀山都热情接待。2019年春节前夕，我携夫人到深圳出差，独秀山盛邀我们及其他同学到盐田海滨漫步、把酒言欢。我微醺之余，作《新春与独秀山君及诸同学欢聚深圳》记之：

岭南春暖早，相约聚鹏城。

栈道漫行步，海滨同看云。

杯杯装往事，盏盏含深情。

诗酒人生意，清风雅韵真。

"人生得一知己足矣，斯世当以同怀视之。"最后，用独秀山撰写的体现他旷达、才情、友情的一副对联作为本序结尾："古今中外功名利禄全归档，湖海江河雪月风花尽同窗。"

是为序。

目录

CONTENTS

1

尾声
古道千年

后记

引子

千年一刿

长江，中华民族的母亲河。在其下游，流经安徽与江苏两省交界处，有一个面积一千多平方公里的中等县城，与县城隔江相望的是南京、马鞍山和芜湖三座城市。这个县城有个非常好听也非常有哲理的名字，这个名字所揭示的深刻内涵是我国几千年传统文化的重要象征，至今仍然是我们追求的目标，它的名字叫"和"。

　　据有关史料记载，和县古名"历阳"，因县城之南有历水而得名。历阳在周朝时隶属扬州，春秋属吴，吴亡入越，越亡入楚。555年，也就是在魏晋南北朝时期，当时的北齐将历阳改为和州，和县之名由此开始登上历史舞台。

　　我不知道当年的统治者为什么将历阳改成和州？但必须承认，这个"和"字改得太好了。"和"是中国哲学中的一个重要概念，用现在的话说就是"和谐"的意思。《国语·郑语》中记述了史伯关于"和"的论述："夫和实生物，同则不继……若以同裨同，尽乃弃矣。"他认为阴阳和万物乃生，完全相同的东西则无所生。在处理国与国、人与人之间的关系上，讲究"和为贵""和而不同"。这些都是形而上的东西。其实，古人造字，并没有那么多精神层面上的思考，更多的是从物质层面和生存角度，用符号去记录生活中的点点滴滴。就拿"和"字来说，它由禾、口两字组成，从字面上理解，意思非常直白，即每个人都有饭吃。有得吃则"和"，没得吃必"斗"。再比如"利"字，左边是禾，右边是刀，用刀割稻子，意味着要想获得利益，就必须去劳动，不要想不劳而获。另外，刀还是工具，它不仅能够创造利润，也能伤人，所以千万不要唯利是图。再比如"混"字，它由水、日、比三字组成，意思是日子比着日子过，一天要比一天有油水，一天过得要比一天好。平常我们经常说"最近混得怎么样""今后就跟你混了"，实际上是说，想让别人跟你混，就要让别人得到好处、得到油水，让别人过得滋润，否则永远别想当老大。说文解字其实挺有意思的，陈独秀也曾经沉迷其中，他编写的《小学识字教本》至今仍具有极高的学术价值。

尽管和县名字取得好，历史也很悠久，但我敢肯定地说，现在很多人都对和县比较陌生，更遑论了解和县的人文历史。我想，之所以出现这种情况，跟和县所辖的一个几乎在地图上找不到的小地方有一定的关联。这个小地方，成名的历史比和县定名的时间还长七百五十多年；在这个小地方发生的事件，几千年来还让人津津乐道、感慨万千。可以说，这个小地方的光芒，把和县完完全全"覆盖"了。

在和县东北，与江苏省相邻处，有一个小镇子，镇名叫乌江——当年西楚霸王项羽自刎的地方。"千年古镇，西楚乌江。"乌江为八百里皖江第一镇，是安徽省面向长江三角洲的东大门。据《史记·项羽本纪》记载，公元前202年，在楚汉战争中，项羽兵败逃至垓下（今安徽固镇东北沱河南岸）被围，"乃悲歌慷慨，自为诗曰：'力拔山兮气盖世，时不利兮骓不逝。骓不逝兮可奈何，虞兮虞兮奈若何！'歌数阁，美人和之。项王泣数行下，左右皆泣，莫能仰视"。于是，项羽带领八百人马突出重围，来到乌江亭。这时乌江亭长劝项羽赶快渡江，以图东山再起、报仇雪恨，项羽却笑着说："天之亡我，我何渡为！且籍与江东子弟八千人渡江而西，今无一人还，纵江东父兄怜而王我，我何面目见之？纵彼不言，籍独不愧于心乎？"后拔剑自刎而死。

项羽在乌江亭"引刀成一快"，这一刀却留给后世一段震烁千古的慷慨悲壮之歌。839 年（编者按：另有作于 841 年之说），唐代著名诗人杜牧途经和州，想起一千多年前项羽自刎而死的悲壮场面，为项羽未能渡江而再图霸业深表惋惜，他写道：

胜败兵家事不期，包羞忍耻是男儿。

江东子弟多才俊，卷土重来未可知。

1128 年，有一位女词人随丈夫途经乌江，面对这块浸透了悲情色彩的土地，回想起这两年颠沛流离的逃难生活和目睹的南宋统治者苟且偷生的窝囊行径，她随口吟出了一首英雄豪迈、掷地有声的五言绝句：

生当作人杰，死亦为鬼雄。

至今思项羽，不肯过江东。

这位女词人就是被誉为"千古第一才女"，有"词神""酒神""赌神"之称的婉约派代表词人李清照。

发生在项羽身上的故事，经过历史学家的记载、文学家的渲染，以及许许多多人的口耳相传，已逐渐成为中国历史上的一座丰碑。在我看来，在乌江亭，作为英雄的项羽，除了死亡，别无选择。因为当年跟他"混"的一帮人，经过几年的东征西讨，不仅无"利"可图，反而把身家性命赔了个精光。试问一下，如果项羽渡过长江，接下来还有人愿意跟他"混"吗？我觉得可能性很小。项羽毕竟是一位血性汉子，他知道，只要自己不死，这场楚汉战争就没有结束，刘邦一定会"宜将剩勇追穷寇"，那就意味着，项羽跑到哪儿，战火就会蔓延到哪儿，哪里就会生灵涂炭，最终仍难逃失败的命运。果真是这样的结局，项羽还能成为后人心目中顶天立地的英雄豪杰吗？答案显然是否定的。

非常荣幸的是，本人的这一观点与北宋时期伟大的政治家、文学家王安石几乎不谋而合。在他写的那首七言绝句《乌江亭》中，王安石也对江东子弟还肯不肯追随项羽，产生了极大的疑问。王安石认为，垓下之战失败后，项羽已不大可能卷土重来，这是大势所趋，不以人的意志为转移。王安石说：

百战疲劳壮士衰，中原一败势难回。

江东子弟今虽在，肯与君王卷土来？

不一定吧？如果项羽渡过长江，重整旗鼓，反败为胜了呢？杜牧也说"卷土重来未可知"呀。不会的。早在公元前522年，楚国的伍子胥为逃避楚平王的追杀，在好心人的帮助下，混过昭关（昭关位于安徽省含山县，含山与和县相邻，历史上两县曾合并过，称和含县），渡过长江，投靠了吴国公子光。在伍子胥的帮助下，公子光杀了吴王僚，自立为王，也就是吴王阖闾。后来，伍子胥依靠吴国，打败了楚昭王，既报了家仇，又成全了吴王阖闾的称霸之梦。伍子胥的一生，可谓跌宕起伏，他做到了"卷土重来"。伍子胥的确是一位了不起的历史人物，但绝非人们心目中的英雄豪杰。因为"英雄"从来不是一种外在赐予，而是人们心里的普遍价值认同，跟功名利禄、输赢成败没有直接关系。

因为项羽的死去，连续多年的楚汉战争结束了，继而迎来了大汉王朝，老百姓终于盼来了久违的和平。从这个角度去揣测，北齐将乌江亭所在地历阳改为和州，是否就在暗示：项羽死了，刘邦无忧，汉朝建立，天下咸和，历阳是和平之地？

历阳改名和州真的能带来和谐吗？和州真的能让人感到和睦、祥和吗？我看未必。

何陋之有

824年，已经五十三岁的刘禹锡从夔州（今重庆奉节）来到了和州，担任通判一职。需要特别说明一下，史料记载刘禹锡的职务是和州刺史，通判是民间说法。由于本书并非纯历史著作，为了方便继续讲故事，更重要的是能够更好地突出刘禹锡面对挫折，乐观向上、豁达豪迈的性格，我采用民间说法。其实这种做法自古有之，就像苏轼有三个姐姐，其中两个早夭，另一个在十八岁时被公婆一家折磨而死。后人又塑造一个苏小妹给他，他们兄妹之间的故事，编得活灵活现、妙趣横生，在民间流传非常广，足以以假乱真。大家也不以为意，听后还会报以会心一笑。

从夔州到和州，最直接也最便捷的交通方式就是坐船沿长江顺流东下。在途经长江三峡时，刘禹锡坐在船头，望着湍急的水流，他想到了六十多年前被贬夜郎（今贵州桐梓），途中遇赦的诗仙李白，便大声吟诵着李白因遇赦心情大好，回舟抵江陵时写下的著名七绝《早发白帝城》：

朝辞白帝彩云间，千里江陵一日还。

两岸猿声啼不住，轻舟已过万重山。

当经过湖北黄石时，刘禹锡下船登上了西塞山。请注意，我国有两处西塞山：一处位于浙江湖州，另一处在湖北黄石。这两处西塞山，各有一首著名的诗作流传。

772 年，唐代最牛的书法家颜真卿被朝廷任命为湖州刺史。774 年，自号"烟波钓徒"、唐代著名道士张志和驾舟前往拜见。时值暮春，桃花水涨、白鹭咸集、鳜鱼肥美，他们逍遥唱和，好不自在。这次会面，张志和作了五首词，那首著名的《渔歌子》词便是其中之一：

> 西塞山前白鹭飞，桃花流水鳜鱼肥。
>
> 青箬笠，绿蓑衣，斜风细雨不须归。

湖北黄石的西塞山是古代著名的军事要塞，岚横秋塞、山锁洪流，形势险峻。280 年，晋武帝司马炎命令大将王濬率领西晋水军，从这里顺江而下，讨伐东吴。刘禹锡面对滚滚东去的江流，想起那段西晋灭吴，结束三国分治，天下终归一统的历史，不禁感慨万千，写下了一首非常有名的诗作《西塞山怀古》：

> 王濬楼船下益州，金陵王气黯然收。
>
> 千寻铁锁沉江底，一片降幡出石头。
>
> 人世几回伤往事？山形依旧枕寒流。
>
> 从今四海为家日，故垒萧萧芦荻秋。

刘禹锡这首诗，纵横开阖、酣畅淋漓。他以嘲弄的语气描述在历史上曾经占据一方，但最终覆灭的统治者，并以古鉴今，对重新抬头的唐代地方割据势力产生了深深的担忧。刘禹锡想告诉朝廷，前事不忘，后事之师，一定要记住五百多年前东吴覆灭的教训，它可是一面很好的镜子啊！"处江湖之远，则忧其君。"这是一种真正的士大夫情怀。

离开西塞山，刘禹锡继续沿江东下，离即将到任的和州越来越近。尽管去和州担任的是一个小小地方官，但对刘禹锡来说，将近二十年在湖南、广东、重庆的贬谪生活，确实太苦了。现在终于可以回到富庶的长江中下游平原，尤其是离魂牵梦绕的长安、洛阳等地更近了，他的心情非常轻松愉快。更何况，和州可是西楚霸王项羽一刎千年之地啊！

满心期待的刘禹锡风尘仆仆地来到和州，没想到迎接他的却是结结实实的一瓢冷水，让他深深体会到了"落地凤凰不如鸡"的炎凉世态。按照规定，通判应在县衙里住三间三厢的房子。可和州知县是个势利眼，他觉得刘禹锡尽管名气很大，但已经五十多岁了，仕途的"天花板"清晰可见，更何况还是被贬的落魄之人，本官今日如果不显示一下官威，杀杀你的傲气，弄不好又会在和州整一个"玄都观里桃千树，尽是刘郎去后栽"的闹剧来。哼，本官最喜欢看那些自以为有骨气的文人，臣服于自己面前的熊样了。于是，他便将刘禹锡安排在县城南面一所朝江的房子。因为离江较近，房子湿气很重。刘禹锡是什么人，知县这点小把戏，他看得一清二楚。但他一无怨言，二无牢骚，十分平静地住进了新居。也许还觉得少了点气氛，几天后随意写下两句话贴在门上："面对大江观白帆，身在和州思争辩。"啧啧啧，叫我说什么好呢？只有这一句了：老刘心态真好！

麻烦了，老刘心态好，后果很严重：知县生气了！知县不敢当面朝刘禹锡发火，估计有点不自信，于是吩咐县衙差役把刘禹锡的住处从县城南门迁到县城北门，房子由原来的三间减少到一间半。归纳成四个字，就是"变向减半"。还好知县应该没有减薪的权力，不然，刘禹锡可惨了！第二个新居位于德胜河边，附近垂柳依依，环境也比较幽静。刘禹锡一看，嗯，房子虽小，景致还不错，并见景生情，又在门上写了两句话："杨柳青青江水平，人在历阳心在京。"唉，还是那句话：老刘心态太好了！不，还得问一句：老刘，你在挑战知县的权威吗？

果然，那位知县见刘禹锡仍然悠闲自乐、满不在乎，不由得怒从心头起，恶向胆边生：哼，看我整不垮你！再次派人把刘禹锡的新居调到县城中部，城中属于闹市区，周围人来人往，环境十分嘈杂。当刘禹锡打开自己的新居，不禁目瞪口呆——房子只有区区一间，且仅容一床、一桌、一椅。诸位，你们猜猜，刘禹锡接下来会怎么做？

这回轮到刘禹锡生气了。仅仅半年时间，知县就强迫自己搬了三次家，面积一次比一次小，最后仅是斗室。想想这位狗眼看人低的县官，实在是欺人太甚，是可忍，孰不可忍！刘禹锡撸起双袖，高举右手……喂，等等，老刘，你这是要去揍知县吗？千万别冲动，不要跟那家伙一般见识，好汉不吃眼前亏。什么？打架？怎么会呢？但我今天必须动手，不是动手打架，而是动手作文。说实话，那位县官确实可恨、可恶至极，换成我，也想上前扇他几个耳光。但朋友们，今天我却要告诉你们，我们一定要感谢那位知县，正是由于他一逼再逼，最后逼得刘禹锡不得不动手，我们才有幸读到那篇超凡脱俗、情趣高雅的《陋室铭》（编者按：此诗作者存有争议，有兴趣者可自行了解）。怎么样？再读一遍吧：

山不在高，有仙则名。水不在深，有龙则灵。斯是陋室，惟吾德馨。苔痕上阶绿，草色入帘青。谈笑有鸿儒，往来无白丁。可以调素琴，阅金经。无丝竹之乱耳，无案牍之劳形。南阳诸葛庐，西蜀子云亭。孔子云："何陋之有？"

写完《陋室铭》，刘禹锡十分得意，还摇头晃脑大声朗诵了一遍。这还不算，当老朋友、书法大家柳公权来和州时，还请他将《陋室铭》写在石碑上（编者按：柳公权书之事，学界也有争议），立在门前。事已至此，估计那位知县肠子都悔青了，早知刘禹锡有"诗豪"之名，干吗要去招惹他哟！

在刘禹锡心里，先前对和州的期待已化成冷冰冰的现实。不过没关系，山还是那座山，梁还是那道梁，我刘禹锡还是那个刘禹锡，和州不"和"，其奈我何！

在和州那间陋室居住不到两年，刘禹锡又奉旨调回东都洛阳，任职于东都尚书省。从初次被贬到此时，共历二十三年。在回洛阳的途中，刘禹锡经过金陵（今南京市），来到乌衣巷。这条巷子是东晋时期王导和谢安等贵族大家居住之地。看到曾经繁华的乌衣巷，如今杂草丛生，物是人非，刘禹锡非常感慨，便写下一首千古名作《乌衣巷》：

> 朱雀桥边野草花，乌衣巷口夕阳斜。
> 旧时王谢堂前燕，飞入寻常百姓家。

只要有点诗词知识的人，对这首诗就不会陌生。据传白居易在读到这首诗时，竟然"掉头苦吟，叹赏良久"，对刘禹锡是心服口服。毛主席对这首《乌衣巷》也是喜爱不已，经常抄写，在今天的南京乌衣巷口，就立有根据他的书法雕刻的《乌衣巷》诗碑。

离开金陵，刘禹锡来到了扬州。适逢大诗人白居易从苏州返回洛阳，两位诗人兼好友在扬州相逢。可以说，这次重逢是我国文学史上一次非常有意义的事件，对后世的影响不亚于八十二年前李白、杜甫在洛阳的首度相逢。在扬州，一对老友，相顾无多言，相视泪盈眶，酒杯频频举，白发已苍苍。尽管"同是天涯沦落人"，但对刘禹锡的遭遇，白居易表示了深深同情和极度不平。可是，谁又能真正主宰自己的命运呢？诗人相会，岂能无诗。白居易便在筵席上写了一首诗相赠，将自己对老友的那份情感，化成一道道无奈而苦涩的诗行。他把箸击盘，用略带酒气的男中音缓慢地朗诵一曲《醉赠刘二十八使君》：

> 为我引杯添酒饮，与君把箸击盘歌。
>
> 诗称国手徒为尔，命压人头不奈何。
>
> 举眼风光长寂寞，满朝官职独蹉跎。
>
> 亦知合被才名折，二十三年折太多。

据说，刘禹锡在家族的同辈人中以长幼排序是第二十八位，所以称"刘二十八"。白居易说，老兄啊，同辈之人都已经升迁了，只有你还在荒凉之地寂寞地虚度年华。可这怨得了谁？只能怨你自己啊，谁叫你的才名那么高呢！唉，只是命运太不公了，要用二十三年的不幸来惩罚你，这未免太过分了。

刘禹锡一听，并不以为然，还朝着白居易微微一笑，便当即挥毫，写了一首《酬乐天扬州初逢席上见赠》来答谢老友：

> 巴山楚水凄凉地，二十三年弃置身。
>
> 怀旧空吟闻笛赋，到乡翻似烂柯人。
>
> 沉舟侧畔千帆过，病树前头万木春。
>
> 今日听君歌一曲，暂凭杯酒长精神。

刘禹锡说，世事的变迁、官场的沉浮，都算不了什么，都可以坦然面对，兄台不必为老弟的寂寞、蹉跎而忧伤。你看那沉舟既没，侧畔还有千帆竞发；病树渐枯，前方依然万木争春。本来是白居易劝慰刘禹锡的，刘禹锡却反过来对与自己有相同悲惨遭遇的白居易进行开导。刘禹锡接着说，兄台你不是字"乐天"吗，那好，今天我们要做乐天派。来吧，"将进酒，杯莫停"，会须同饮三百杯。但是，请记住，李白前辈是借酒"与尔同销万古愁"，而我刘禹锡是要借酒

图 1　沉舟侧畔千帆过（刘朝云绘）

来振奋精神。高，实在是高啊！即便是喝酒，刘禹锡也要喝出与诗仙李白不同的境界来。

　　和州因为有了刘禹锡的《陋室铭》，今天修建了一座陋室公园，供人凭吊；而扬州，并没有因刘禹锡和白居易的唱和而大放异彩，今天的扬州，人们谈论更多的是另一位比刘禹锡晚一辈的唐代诗人：杜牧。

十年一觉

刘禹锡和白居易在扬州相会后的第七年，也就是833年，刚过而立之年的杜牧被淮南节度使牛僧孺授予推官一职，后转为掌书记（相当于机要秘书），负责节度使府的公文往来。也就是从这时起，杜牧来到扬州并生活了两年。

扬州，古称广陵、江都、维扬，建城史可上溯至公元前486年，迄今已超过两千五百年。历史上，扬州曾经是繁华的代名词，这主要归功于隋炀帝杨广。这位素来被评价为昏君、暴君的"帝二代"，且不论他生前做了多少令人不齿的事情，但对扬州的发展和繁荣却起到了至关重要的作用。其中，最关键的措施是打通了海河、黄河、淮河、长江、钱塘江等五大水系，修建了我国历史上最伟大的工程之一——大运河，使之成为贯穿我国南北交通的大动脉。扬州因位于长江和大运河的交汇处，而一跃成为南北交通的重要枢纽，并逐渐成为游客纷至、商贾云集的繁华大都市，唐代诗人王建在《夜看扬州市》中描述："夜市千灯照碧云，高楼红袖客纷纷。"隋炀帝杨广曾多次亲临扬州，最后还把自己的性命搭在这里。杨广的广告效应是强大的，隋唐时期，扬州成为无数达官贵人趋之若鹜的乐园，一时间人们"腰缠十万贯，骑鹤下扬州"。

扬州除了瘦西湖，还有"三把刀"。瘦西湖估计大家都很熟悉，就不浪费笔墨了。说说"三把刀"吧，即厨刀、修脚刀和理发刀。自古以来，"三把刀"在扬州人手中不仅是一门技术，还是一门艺术，更是扬州地方特色文化的重要组成部分。在我看来，这"三把刀"体现的是扬州城市性格的双重性，即刚柔并济。

所谓"刚"，这是由刀本身的材质决定的。1645年，史可法率领万余人退守扬州城，与十万清兵展开殊死较量，终因弹尽粮绝，史可法慷慨就义，扬州城惨遭屠戮，十日不封刀，这座江南名城几世繁华的老街古巷变成了血流成河的屠宰场，史称"扬州十日"。

所谓"柔"，这是由刀本身的作用决定的。如厨刀，它能切菜，喻示扬州人喜欢吃；修脚刀，暗示扬州人会享受；而理发刀，则意味着扬州人十分注重个人形象。这个既能一饱口福，又能让感官得到充分享受，还能体现个人美好形象的城市，只要条件允许，我想，谁都会心动前往。即使没有条件，也会想方设法到此一游。

杜牧应该是很幸运的，当他走进扬州时，立即被这座散发古老韵味而又充满诗意的城市所吸引。在扬州，除了公务，杜牧最喜欢干的一件事就是宴游。这差事挺美的，估计没有哪个男人不喜欢干。

杜牧，人称"中晚唐最风流的诗人"。据《唐才子传》

记载："牧美容姿，好歌舞，风情颇张，不能自遏。时淮南称繁盛，不减京华，且多名妓绝色，牧恣心赏。"意思是说，杜牧风姿绰约，风流倜傥，喜好歌舞，解风情且非常张扬，甚至喜欢人来疯。当时淮河南岸一带的繁华程度不输长安、洛阳等地，美女如云，名妓如鲫，杜牧经常会流连忘返。在这样一个温柔乡里，就连刘禹锡那种豪气冲天之人，也会高歌一曲（开个玩笑），风流诗人杜牧岂不更是如鱼得水。事实也的确如此。我不知道杜牧在扬州的两年中，具体组织了哪些文娱活动，但可以肯定的是，杜牧离开扬州后，便一直对这块热土念念不忘。

835 年，杜牧调任监察御史，离开扬州赴长安任职。临别之时，杜牧与一位相好的妓女依依不舍，望着眼前这位给他带来快乐的少女，心中有千言万语，却不知从何说起。杜牧说，我将要离开扬州了，身上没有什么好东西可以送给你，赠你一首诗吧，也给自己留个念想。诗的题目就叫《赠别》：

娉娉袅袅十三余，豆蔻梢头二月初。

春风十里扬州路，卷上珠帘总不如。

杜牧说，亲爱的，你姿态美好、举止轻盈，正是十三岁美妙年华，宛如初春二月那朵含苞待放的豆蔻花。我看遍扬州城十里长街的青春佳丽，任凭她卷起珠帘、卖俏粉黛，但没有哪个能比得上我心目中的你。真是撩妹高手，这也太肉麻了。当年元稹也发过"曾经沧海难为水，除却巫山不是云"的爱情誓言，已经让人心动不已。可杜牧这首诗不仅让人心动，简直让人心动得发颤，让人有一种手拉手的温暖和直戳心窝的甜蜜之感。

果然，当杜牧写完第一首诗，他眼前这位美人已哭得梨花带雨，杜牧不觉肝肠寸断，情不自禁又写了一首《赠别·其二》：

> 多情却似总无情，唯觉尊前笑不成。
> 蜡烛有心还惜别，替人垂泪到天明。

杜牧接着告诉女孩，真的很舍不得这里的一切啊！别看在离别的宴席上，我们俩淡然相对，彼此之间好像很陌生似的，其实那只是假象。在现实生活中，越是多情之人，会越假装很无情，有点"欲擒故纵"的意思。案头上那些蜡烛最懂我的心啊，它替我们流泪流到了天明。短短四句话，就把普普通通的离别，写得如此黯然销魂，让我们这些自命清高之人，简直要怀疑人生。

842年，已经快到不惑之年的杜牧被外放到黄州任刺史。是的，就是那个让后人苏轼一辈子刻骨铭心的地方。北宋的苏轼，于1079年因"乌台诗案"被贬黄州，一生豁达的他，在这个穷乡僻壤，时时会觉得自己是个"幽人"，像缥缈的孤鸿。从小锦衣玉食的杜牧在此地做官，尤其感到苦闷无趣。一日，杜牧百无聊赖，不由得想起自己在扬州时的放浪生活，于是提笔写了一首诗，以此来排遣自己无聊的时光。诗题干脆就叫《遣怀》。

落魄江湖载酒行，楚腰纤细掌中轻。

十年一觉扬州梦，赢得青楼薄幸名。

史称杜牧"性疏野放荡"。当年在扬州，他纵情声色，如今人过不惑，幡然醒悟，觉得像是大梦一场，到头来只落得个青楼负心郎的名声。

杜牧之所以发出这样的感慨，跟他成长的环境有很大的关系。杜牧是个"官三代"，他的祖父杜佑曾官至宰相。杜牧从小就有治国安邦的抱负，不仅书读得好，而且从青少年时期起就关心国事，研究各种现实问题和历史经验。他的咏史诗堪称唐诗中的一绝，随便举一个例子，如《赤壁》：

折戟沉沙铁未销，自将磨洗认前朝。

东风不与周郎便，铜雀春深锁二乔。

杜牧二十三岁那年，还写过一篇著名的《阿房宫赋》。这篇赋体文，中学时我就背过，虽然已过去三十五年，至今我还能记住最后那段振聋发聩的警世之言："呜呼！灭六国者六国也，非秦也；族秦者秦也，非天下也。嗟夫！使六国各爱其人，则足以拒秦；使秦复爱六国之人，则递三世可至万世而为君，谁得而族灭也？秦人不暇自哀，而后人哀之；后人哀之而不鉴之，亦使后人而复哀后人也。"要知道，杜牧写这篇文章时，还只是个在家勤学苦读的学生。三年后，当他二十六岁时，才高中进士。

在研究历史的过程中，我经常会想到一个问题：为什么古人年纪轻轻，就能够写出这样一篇思维缜密、文字优美、笔力千钧的雄文？过去的书院或者私塾，实行的是应试教育还是素质教育？我没有系统研究过，不敢妄下评论。但有一点是肯定的，经过几千年的大浪淘沙，能够流传且仍会继续流传的作品，不论出自多大年龄人之手，都会让人肃然起敬。

遗憾的是，杜牧生不逢时：他生活在社会危机日益加深的中晚唐时期，当他看到统治集团的腐朽昏庸，看到藩镇的拥兵自重，看到边患的频繁发生，极大地消耗了唐的元气，一点点侵蚀着这个"巨人"的肌体，他深感社会危机四伏，对当时千疮百孔的唐王朝表示了深深的忧虑。然而，作为有志之士，杜牧却备受打压而报国无门。怎么办？既然不能兼济天下，那就去享受生活，向快乐进发。

写到这里，我脑海里突然蹦出了三个字："差一口。"这是在同学群里非常流行且颇受欢迎的口头禅，"始作俑者"现在成都生活，外号"酒神"。我还为这三个字写了一首诗，诗题就叫《差一口之歌》。据说，"酒神"同学对这首诗很满意，现抄录下来与大家分享：

> 别问我为何那么渴，
>
> 人的一生也就吃与喝。
>
> 吃是为了肉体，
>
> 喝是为了灵魂，
>
> 今天的吃喝是为了告别昨。
>
> 啊，差一口，差一口，
>
> 我的心已飞向天府之国。

因为郁郁不得志，在扬州期间，我想杜牧也一定会"差一口"，以此来麻痹自己那颗受伤的心。不仅如此，他还会"好一口"，常出没于青楼娼家，整出一段段风流韵事。但无论是"差一口"，还是"好一口"，都必须有同道之人相和，否则将索然无味。"独酌无相亲"，多没意思呀。"红杏枝头春意闹"，那才叫有趣人生。杜牧才华横溢、风流倜傥，当然不愁没有追随者，时任淮南节度使判官韩绰就是其中一个。杜牧当时任掌书记，与韩绰经常一起宴游，两人"臭味相投"，交情很深。后来杜牧回长安担任监察御史，郁郁不得志，想起还在扬州的好友韩绰，便写了一首诗表达对韩绰的思念之情，诗题是《寄扬州韩绰判官》：

青山隐隐水迢迢，秋尽江南草未凋。

二十四桥明月夜，玉人何处教吹箫？

杜牧说，扬州那短短的两年，真是一段美好的时光。我仿佛看到了隐隐约约的青山，看到了源远绵长的河水，看到了即使秋天已经结束，依然草木葱茏的江南。我怀念那里的一轮明月，怀念那里的每个佳人，尤其是在二十四桥上吹箫的那些玉人，是否还在为我的离去而暗自神伤？在杜牧留恋的眼神之中，扬州成了他的精神家园。

1176年，有一位二十出头，名叫姜夔的年轻人来到扬州，目睹了这座曾经繁华、眼下萧条的都市，想起了杜牧当年在此地浪漫而惬意的生活，抚今追昔，不由得感慨万千，乃自创词牌扬州慢，填了一首清雅、空灵的词。这首词大量化用杜牧的诗句与诗境（有四处之多），又点出杜牧的风流俊赏，把杜牧的诗境融入自己的词境，展示了很高的艺术技巧，也足见杜牧在姜夔心目中沉甸甸的分量。大家不妨再温习一遍：

淮左名都，竹西佳处，解鞍少驻初程。过春风十里，尽荠麦青青。自胡马窥江去后，废池乔木，犹厌言兵。渐黄昏，清角吹寒，都在空城。

杜郎俊赏，算而今重到须惊。纵豆蔻词工，青楼梦好，难赋深情。二十四桥仍在，波心荡，冷月无声。念桥边红药，年年知为谁生？

令人没有想到的是，尽管杜牧给扬州留下了许多让后人津津乐道的人文遗产，但现在的扬州市并没有选取杜牧的诗句，代表城市宣传形象。大家可以猜一猜，那朵城市形象之花，会落到哪一位幸运儿的头上？这个幸运儿名叫徐凝，估计绝大多数人都没有听说过此人。徐凝也是唐代人，没有什么知名度，曾写过一首《忆扬州》诗，全诗如下：

萧娘脸下难胜泪，桃叶眉头易得愁。

天下三分明月夜，二分无赖是扬州。

至于是哪两句，估计大家都能猜到，就是"天下三分明月夜，二分无赖是扬州"。

扬州不用杜牧（的诗），另一个城市却把他当成了宝贝。这个城市，因为有了一处村、一条河、一座山，而成了当今无数游客追捧的地方。

一条诗河

会昌四年（844）九月，四十二岁的杜牧自黄州沿长江顺流而下，过九江、安庆后，便到了新的任地：池州。在现代人的印象中，池州最有名的当属九华山。九华山是地藏王菩萨的道场，与浙江的普陀山、四川的峨眉山和山西的五台山，并称我国四大佛教名山。这里每年游客不断，香火非常旺盛。杜牧在池州待了两年，好像没干什么造福百姓的实事。可是从2012年开始，池州在每年清明节时举行"清明公祭杜牧大典"，杜牧一下子成了池州人心中的"圣人"。

杜牧之所以在池州能享受如此高的礼遇，大家应该也猜到了，跟他写的一首诗有关。这段典故大家太熟悉了，没有必要再去浪费大家宝贵的时间。其他的不说了，直接引用那首我国古诗中，流传之广、影响之大绝对能排到前五名的《清明》绝句：

> 清明时节雨纷纷，路上行人欲断魂。
> 借问酒家何处有？牧童遥指杏花村。

一首诗成全了一个地方，一个人成就了一座城市，在我国历史上不是特别新鲜的事。但像池州那样，用如此隆重的方式祭奠杜牧的，并不多见。尤其是"杏花村"三字，更是成了香饽饽，凡是有杏花村的地方，都想把"版权"紧紧地攥在自己手中。如山西汾阳，因为此地有一款久负盛名的杏花村酒，便认为汾阳才是杜牧笔下的杏花村所在地。还有湖北麻城，过去隶属黄州，因杜牧曾任黄州刺史，便认为此地的杏花村才是"正宗"。总之，各地争来争去，说白了，就是因为杜牧的《清明》诗有巨大的经济和文化价值，利益驱动使然。我之所以认为杏花村在池州，主要依据是1979年版的《辞海》中记载："杏花村，在安徽贵池市西。向以产酒著名。"

在池州，杜牧还写过一首诗，知道这首诗的人应该不太多，现在池州方面的宣传资料也基本不提。但我觉得这件事必须讲一讲，因为它告诉大家，杜牧不只是一个想干事、会干事的官员，也不仅仅是一个会生活、会玩乐的性情中人，还是一个为朋友打抱不平而不惜得罪权贵的仗义之人。这首诗是《登池州九峰楼寄张祜》：

> 百感中来不自由，角声孤起夕阳楼。
> 碧山终日思无尽，芳草何年恨即休？
> 睫在眼前长不见，道非身外更何求。
> 谁人得似张公子，千首诗轻万户侯。

　　这首诗是写给谁的？可以从诗题中直接找到答案：张祜。张祜这个人在当代名气不大，但在他所处的那个年代，是一个想当官却不想考试（科举）、爱交际却难遇伯乐、名气大却鲜有闪光点的非常特殊的文人。鲜有并非没有，张祜曾写过一首《宫词》，足以让他名垂不朽：

故国三千里，深宫二十年。

一声何满子，双泪落君前。

　　何满子是唐玄宗时期的一名歌女，曾因得罪皇上被处以极刑。临刑前，她悲歌一曲，感动皇上，逃过一劫。后来，何满子成为专有歌名和词牌名。张祜这首《宫词》，据说源于一个从宫廷传出来的故事，孟才人曾给病重的唐武宗唱《何满子》，声调凄咽，闻者涕零。武宗死后，她"哀恸数日而殒"。《宫词》是我国历史上最著名的宫怨诗之一，突出特点是四句中皆有数量词，使读者随着时空距离的改变，情感也在不断递进，由此更加深刻地感知诗中人物心里的凄苦和哀怨。

　　张祜是杜牧的好朋友，当他得知杜牧到池州担任刺史后，便专程从丹阳寓地来到池州看望杜牧。其间，两人遍游境内名胜，玩得不亦乐乎。我想弱弱地问一下杜牧：您作为一个地方主官，放下手中的工作，整天陪着朋友游山玩水，如果被上面知道了，会不会受处分啊？杜牧呵呵一乐，老夫还担心别人不知道呢，我要作诗赠给张祜。杜牧说到做到，张祜离开池州后，杜牧便写下《登池州九峰楼寄张祜》。在诗中，杜牧表达了对白居易的不满："睫在眼前长不见，道非身外更何求。"还非常巧妙地表达了对张祜的同情、慰勉和敬重："谁人得似张公子，千首诗轻万户侯。"好个杜郎，敢为朋友不惜犯上，啥也别说了，我服、我敬！

杜牧认为，张祜一生与官场无缘，是白居易不愿意推荐其从政（另一个说法是元稹在打压张祜）所致。张祜呢，表面上好像很洒脱，其实也颇有怨气。他认为自己的才华可以和李白、孟浩然相比，可因无人相荐而不得施展，想做事却有人偏不让干。在他的《偶作》中，这种情绪表露得十分明显：

遍识青霄路上人，相逢只是语逡巡。
可胜饮尽江南酒，岁月犹残李白身。

张祜说，自己和江南所有的大官都有交往，尽管门好进、脸好看，一起喝酒喜洋洋。但一说起举荐之事，他们就顾左右而言他，只会打哈哈。杜我有诗仙李白一样的才智，现如今像明日黄花，开始凋零。"孟简虽持节，襄阳属浩然"——大家不要以为孟简这个人的官大，就很牛，其实谁都知道，孟浩然（湖北襄阳人）才是襄阳的骄傲。个人认为，张祜的观点没有错，但拿孟简与孟浩然相比，则有失公允，感觉有赌气的成分。其实孟简虽名简，却是唐代一个不简单的官员，现在常州市孟河镇就是孟简任常州刺史时，因拓浚大运河道有功而得名的，当地人为了纪念他，将那段河道称为"孟河"。

一如襄阳名人之最当属孟浩然，扬州和池州名人之最当属于杜牧。然而，就像徐凝抢了杜牧在扬州的风头一样，有一个人也抢了杜牧在池州的风光。这个人名气之大、魅力之足、才华之高，在唐代无人能出其右，他就是唐代伟大的诗人李白。

唐玄宗天宝十三年（754）的秋末冬初，五十四岁的诗仙李白在游完金陵、扬州之后，再一次来到了池州市石台县。

石台是现在的县名，从梁大同二年（536）到1959年，大多叫石埭县。我以为，无论是叫石埭还是叫石台，还不如改名叫"秋浦"。有说法吗？当然有：有一条河流经石台县，这条河原名秋浦江，又名云溪河，为长江一级支流，长一百四十九公里。正是这条不起眼的长江支流，由于李白的到来，而成为后世诗歌爱好者心目中最向往的地方之一。

据史料记载，749—761年，李白曾五到秋浦，留下了四十五首瑰丽的诗篇和许多动人的传说。一个名人，为同一条河流写了这么多首诗，在我国好像找不到第二例。也许有人不以为然，认为唐代都城长安的曲江南湖是诗人创作灵感的源泉，更有"一座曲江池，半部《全唐诗》"之说。我以为，尽管因曲江南湖诞生了三百多首诗，却不是一个人所作；而秋浦河是李白的酷爱之地，其创作的十七首《秋浦歌》已成为贯穿秋浦河的精神之魂。我了解石台、知道秋浦，也是从李白的《秋浦歌》开始的，准确地说，是从《秋浦歌·其十五》开始的：

> 白发三千丈，缘愁似个长。
>
> 不知明镜里，何处得秋霜。

这首诗写得既浪漫又夸张，浪漫得愁肠百结，夸张得无以复加。白发因愁而生、因愁而长，诗中有形的白发被无形的愁绪所替换。这三千丈的白发，其实是李白内心愁绪的象征。夸张得如此离谱的诗句，除了李白，没有第二人敢这样写，估计其他人也写不出。

才华无解、魅力无限、粉丝无数，可爱的大诗人李白，为何有那么多愁啊？愁得让人心疼，愁得让人绝望，难道眼前那条美丽的秋浦河，也洗不尽他心中的千丈闲愁吗？在李白的另一首诗里，也许可以找到答案：

> 宣州谢朓楼饯别校书叔云
>
> 弃我去者，昨日之日不可留；
>
> 乱我心者，今日之日多烦忧。
>
> 长风万里送秋雁，对此可以酣高楼。
>
> 蓬莱文章建安骨，中间小谢又清发。

俱怀逸兴壮思飞，欲上青天览明月。

抽刀断水水更流，举杯销愁愁更愁。

人生在世不称意，明朝散发弄扁舟。

李白说，舍弃我而去的昨天，已经不可挽留；扰乱我心绪的今天，更是让我非常烦忧。想我才华盖世、志存高远，欲佐帝王而取功名，欲建伟业而济苍生，可是"我本不弃世，世人自弃我"（《送蔡山人》），从天宝三年（744）离别长安，至今已近十年，在这么长的时间里，我经常是"停杯投箸不能食，拔剑四顾心茫然"，或者是呼朋唤友、借酒浇愁，可谁知"举杯销愁愁更愁"啊！所以只能寄情山水、蹉跎岁月。美丽而多情的秋浦河啊，你流淌的不是一泓清水，而是我内心的一片忧愁：

秋浦猿夜愁，黄山堪白头。

清溪非陇水，翻作断肠流。

欲去不得去，薄游成久游。

何年是归日，雨泪下孤舟。

在我看来，尽管"秋浦猿夜愁，黄山堪白头"，但秋浦河里漂流的那一首首满含忧愁的诗句，并没有让生性豪迈的李白泯灭斗志。就在李白写完《秋浦歌》的第二年（755），让强大的唐王朝由盛转衰的安史之乱爆发。756年，永王李璘再三邀请李白随其平安史之乱（永王其实想趁机篡位）。李白是文学巨人，政治上却像个侏儒，他并未看出永王的真实目的，不仅欣然入幕，还慷慨唱出"三川北虏乱如麻，四海南奔似永嘉。但用东山谢安石，为君谈笑静胡沙"（《永王东巡歌》）的豪迈、自信之歌。这个草率决定，让李白遭受了重大的人生挫折，甚至极大地摧残了他的健康。李璘之乱被平息后，李白被以"附逆"之罪入狱，面临"世人皆欲杀"的危险境地，最终被流放夜郎。即便如此，还是没能阻挡李白建功报国的脚步。762 年，李光弼出征东南时，他又一次欲从军报国，走到半道，因病而还。不久后，我国伟大的天才诗人李白走完了浪漫、坎坷、辉煌的一生，醉酒掬月，飘然仙去。

此时，我仿佛看到大诗人李白独自坐在离秋浦河一百多公里的宣州敬亭山上，周围茂密的树木里，鸟儿已飞得无影无踪，头顶上那一片白云自由自在地飘来飘去，一身仙气的李白静静地望着敬亭山，敬亭山也在静静地看着李白，他们无言地对视，一切都归于平静。"人生得一知己足矣"，鸟飞云去又如何，我有眼前这座敬亭山相伴，而且彼此不相厌。

众鸟高飞尽，孤云独去闲。

相看两不厌，只有敬亭山。

一千多年后，有一位笔名独秀山的诗词爱好者，在游览秋浦河，读完《秋浦歌》后，无限感慨之余，填了一首《念奴娇·读李白〈秋浦歌〉》，以表达对诗仙李白深深的纪念：

万家灯火，哪一点朝向？皖南秋浦。千里江陵成往事，千丈闲愁一路。独立船头，春风十里，笑问愁何处？春风如旧，一如河面白鹭。

还有明月当头，一壶浊酒，隐隐桃花树。影舞随风着夜色，不必昔追今抚。岸上踏歌，水中掬月，冷眼观迂腐。远山如画，画中多少白骨？

"相逢桥上无非客，行尽江南都是诗"（萨都剌《重过九华山》），秋浦河因为有了李白的《秋浦歌》，而被誉为"流淌着诗的河"；马鞍山市因为有了李白之墓，而被称为"诗城"。想一想，这两个地方真的很幸运啊！

但它们还不是最幸运的，在我国广袤的土地上，还有一个城市，因为一位唐代文化名人，当地人不仅给这位名人树碑立传、建庙祭奠，还将此地的山山水水直接改成了他的姓氏。也许是本人孤陋寡闻，该城市的这一做法，在全国也是仅此一例。

韩江驱鳄

　　元和十四年（819）正月，唐宪宗李纯下了一道诏书，派使者到离长安不远的凤翔迎接佛骨。令唐宪宗没有想到的是，自己只不过朝小河里扔了一枚"石子儿"，居然在整个长安城掀起了信佛狂潮；更没有想到的是，事情是自己干的，却让另一个人青史留名。

　　在唐代二十几个皇帝中，唐宪宗不算最好的，也不算最差的，我觉得可以排到中上。在即位之初，他也想有一番作为。他以古之明君为榜样，励精图治，重用贤良，其中就包括大家所熟知的宰相裴度、翰林学士白居易、监察御史元稹等，对内改革弊端，对外削平了魏博、淄青、淮西等藩镇，使因安史之乱而元气大伤的大唐王朝再显兴盛之象，史称"元和中兴"。然而，和很多老套的故事一样，唐宪宗能够善始却没能善终，兢兢业业地干了十来年后，就开始寻仙问道，遍寻长生不老之药，简直就是唐玄宗的翻版，让人不得不惊叹李家遗传基因之强大！

　　兴致勃勃的唐宪宗正为自己迎接佛骨之事而得意呢，不料出现了一位"搅局者"。这位"搅局者"的行为也没有什么特别之处，他一如古代文人官员的惯用做法，先在家里奋笔疾书，然后将写好的奏折直接上报给了皇帝。唯一不同的是文笔太过锋利，以至于差点要了自己的性命。

"搅局者"名叫韩愈，那篇"锋利"的文章就是让后人膜拜不已的《论佛骨表》。这也难怪了，"千古文章四大家"之首的韩愈亲自捉笔的策论，一出手便是范文。韩愈对自己的文章也是很自负的，以为皇上览阅后，不仅能改变主意，说不准还会褒奖自己呢。韩愈的感觉没有错，因为他的文章确实写得太好了，一下子就抓住了问题的本质，戳中了皇帝的要害。然而，韩愈真的错了，而且错得一塌糊涂。因为他面对的是自我感觉好得连自己也认不清的唐宪宗李纯，而不是愿意"兼听则明"的一代明君唐太宗李世民。唐宪宗看了《论佛骨表》后，非常生气，不，是震怒：大胆韩愈，以为自己有几把刷子，便不知天高地厚，敢捋老子的胡须，是不是活腻了？好，朕今天就成全你。

一篇《论佛骨表》招来杀身之祸，我琢磨了一下，应该跟文章的开头有关。韩愈说："昔者黄帝在位百年，年百一十岁；少昊在位八十年，年百岁；颛顼在位七十九年，年九十八岁；帝喾在位七十年，年百五岁；帝尧在位九十八年，年百一十八岁；帝舜及禹，年皆百岁。此时天下太平，百姓安乐寿考，然而中国未有佛也。其后，殷汤亦年百岁，汤孙太戊在位七十五年，武丁在位五十九年，书史不言其年寿所极，推其年数，盖亦俱不减百岁。周文王年九十七岁，武王年九十三岁，穆王在位百年。此时佛法亦未入中国，非因事佛而致然也。汉明帝时，始有佛法，明帝在位才十八年耳。其后乱亡相继，运祚不长。"这么长的一段话，意思很明了。韩愈认为，在佛教没有流入我国之前，皇帝基本上都能活过百岁，而且天下太平、百姓安乐。自汉明帝时佛教流入我国后，不仅皇帝在位时间短，还国运衰微、祸乱不断。客观地说，韩愈的观点在逻辑上确实很牵强，佛教与寿命没有因果关系。尽管历史记载是这么回事，但拿这两件事对比，进行推理，给人的感觉像是诅咒。此时，如果你是皇帝，读了这篇《论佛骨表》，会是什么感觉？不用说，肯定也会暴怒。文章的后面部分，估计唐宪宗看都没看（其实文章的精彩部分在后面），就直接判韩愈死刑。

好在苍天有眼，韩愈最终逃过了一死；否则，我就没法再写下去了。在这里，我们首先要感谢时任宰相裴度。裴度比韩愈大三岁，是中晚唐著名宰相。他为人正派，在二十余年的将相生涯中，不仅辅佐唐宪宗取得了"元和中兴"，而且荐引李德裕、李宗闵、韩愈等名士，并重用李光颜（中唐名将，原名阿跌光颜，因功赐姓李）、李愬等名将，还保护过刘禹锡等人。史称其"出入中外，以身系国之安危，时之轻重者二十年"，在《旧唐书》中被比作郭子仪。在文学上，裴度也有很高的造诣和独特见解，他主张"不诡其词而词自丽，不异其理而理自新"，反对在古文写作上追求新奇、诡异，这方面与韩愈、柳宗元的观点一致。裴度对当时的文人雅士也是高看一眼，深受时人的敬重。晚年留守东都洛阳时，裴度与白居易、刘禹锡等交往十分密切，是洛阳文化活动的核心人物之一。正是由于裴度等人极力劝谏，唐宪宗终于松口——韩愈死罪可免，活罪难逃，让他给朕滚得远远的，别让朕再见到他。当时人称瘴气肆虐的蛮荒之地，因韩愈的到来，而一跃成为万众瞩目的历史文化名城。

又要离开长安了。从小便是孤儿，由兄长抚养长大，如今已经年过半百的韩愈，有一种强烈的预感：这一去，估计今生再也回不到长安了。怎么办？还是提前交代一下后事吧，希望自己死后，能够回到故土安葬。在无限伤感之中，韩愈给赶来同行的侄孙写了一封遗书，遗书不长，只有短短五十六个字：

　　　　一封朝奏九重天，夕贬潮阳路八千。

　　　　欲为圣明除弊事，肯将衰朽惜残年。

　　　　云横秦岭家何在，雪拥蓝关马不前。

　　　　知汝远来应有意，好收吾骨瘴江边。

这封题为《左迁至蓝关示侄孙湘》的遗书，其实是一首律诗。短短五十六个字，信息量却很大，把事情的前因后果都交代得非常清楚。意思是，就是因为那篇文章，让我从"天上"掉到"地下"，我现在年龄也大了，估计很难活着回来，小湘子啊，你千万要记住，一定要把我的遗骨带回家乡安葬。诗作格调比较感伤，尤其是"云横秦岭家何在，雪拥蓝关马不前"，已成为经典名句。诗中提到的一个地方，它真的会成为一代文豪韩愈生命的终点吗？

潮州是一个神奇的地方。潮州之名，始于隋代，取"在潮之洲，潮水往复"之意。这个面朝大海、远离中原的南方小城，有我国最难懂也最难学的方言潮州话，有"世界上最早的启闭式桥梁"广济桥，它与河北的赵州桥、福建的洛阳桥、北京的卢沟桥并称我国四大古桥。当代人谈论潮州，一定离不开潮菜、潮商和潮州工夫茶。潮州菜是大家公认的高端菜肴的代表；潮商精明、勤奋、抱团，被誉为中国的"犹太人"，其中最著名的莫过于曾为亚洲首富的李嘉诚；潮州工夫茶则是我国最古老的茶文化之一。潮州女人也很特别，据潮州朋友介绍，潮汕地区的女人是目前我国最重视传统礼仪的一个特殊群体，她们注重家庭，夫唱妇随，但很少外嫁。潮州人还非常重视文化教育，在潮州地区诞生了许多科学家和文化名人，其中国学大师、汉学泰斗——饶宗颐更是"整个亚洲文化的骄傲"。我多次去过潮州，对当地独特的区域文化，尤其是潮州人感恩、抱团、勤劳的特点，有着极其深刻的印象。

经过七十多天的长途跋涉，韩愈怀着沉重、悲怆而又迷惘的心情，于元和十四年（819）三月来到了距都城长安八千里的潮州。当他看到性格纯朴的当地百姓饱含怀疑而又渴望的目光时，立即激发起济世安民的情怀。他带领老百姓兴修水利、大办教育，在任内短短七个多月的时间里，有效地改变了潮州的民风和文风。韩愈之后的潮州，成为远近闻名的状元之乡。

我有时想啊，每个人一生的轨迹，仿佛总有一根绳子牵系着。你看韩愈吧，因为一篇《论佛骨表》，被贬到潮州，自己受难；又因为一篇《祭鳄鱼文》，让饱受鳄患之苦的老百姓免遭伤害。文字这玩意儿啊，既能杀人，也能救人。据记载，潮州有一条大江，这条江是潮州的母亲河，流经潮州主城区三公里，广济桥横卧于此江中段，连接古城与东岸的交通，自古以来是闽粤两省的交通枢纽，两省往来陆路的必经之地。这条美丽的大江，在韩愈到来之前，经常有吃人的鳄鱼出没，成为当地一害，韩愈对此忧心忡忡。怎么办呢？韩愈的策略是先礼后兵。怎么个"礼"法？韩愈最拿手的是写文章，那就先写一篇文章警告凶猛的鳄鱼，以达到"不战而屈人之兵"的效果。本来不想引用，只是韩愈这篇妙文太有趣，还是让大家看看韩刺史是如何警告鳄鱼的吧：

"鳄鱼有知，其听刺史言：潮之州，大海在其南，鲸、鹏之大，虾、蟹之细，无不容归，以生以食，鳄鱼朝发而夕至也。今与鳄鱼约：尽三日，其率丑类南徙于海，以避天子之命吏。三日不能，至五日；五日不能，至七日；七日不能，是终不肯徙也。是不有刺史，听从其言也；不然，则是鳄鱼冥顽不灵，刺史虽有言，不闻不知也。夫傲天子之命吏，不听其言，不徙以避之，与冥顽不灵而为民物害者，皆可杀。刺史则选材技吏民，操强弓毒矢，以与鳄鱼从事，必尽杀乃止。"

每当我读到这一段，都会忍不住发出"拖拉机的笑声"。韩愈说，鳄鱼啊鳄鱼，韩某千里迢迢来到潮州这里做官，为的是能造福一方百姓。你们却一点面子也不给，在这里兴风作浪，危害百姓。现在本刺史限你们在三天之内，带上同族类离江出海，如果时间来不及，可以宽限到五天，甚至七天。如果过了七天还不走，那就别怪本刺史不客气了，韩某会发动村民，操强弓，放毒箭，将你们全部赶尽杀绝。听说过对牛弹琴，没见过对鳄警告的，韩愈这老头太可爱了。说来也怪，至今还百思不得其解，从此之后，潮州再也没有发生过鳄鱼吃人的事情。

原本计划让家人"好收吾骨瘴江边"，不料却把潮州带向了诗和远方，韩愈之不幸成了潮州之大幸。七个多月后，韩愈离开潮州，转任袁州（今江西宜春）刺史。当地人为纪念和感恩韩愈，便把他祭鳄鱼的地方称为"韩埔"，渡口称为"韩渡"，大江称为"韩江"，江对面的山称为"韩山"。从此，"潮州山水都姓韩"！一代文豪韩愈之名永久留在了这块美丽而富饶的土地上。

写到这里，脑海里突然闪出一丝灵感，便在微信同学群里写了一句下联，并求征上联。我拟的下联是：鳄患成灾韩退之。"韩退之"是双关语，既是韩愈之名（韩愈字退之），又表示韩愈消除了鳄患。但没过多久，就有人对出了上联：禅宗立派卢行者。禅宗六祖慧能俗姓卢，剃度前曾在黄梅山五祖门下为行者，故称"卢行者"。哇，太厉害了！天衣无缝，简直可以称为绝对！应对者名叫邹列强，在同学中有一个外号：联神。额（我）的神啊，真是名不虚传！

847 年，也就是韩愈离开潮州二十八年后，有一个官职非常高的人也被贬至潮州，他就是祸害唐代四十年之久，"牛李党争"的主角之一，曾官至宰相的李德裕。由于李德裕在潮州的时间比韩愈还短（不久后再贬至更远的崖州，两年后在崖州病逝），暂时找不到相关资料，其他的不好评述，有一点还得感慨一下：李德裕为何没有利用手中权力，将潮州山水的姓氏改成"李"姓？这种事后来的人干过，如安徽有个金寨县，国共内战时期，国民党的卫立煌在此打了一场胜仗，便把县名直接改成立煌县。更何况李德裕还有冠冕堂皇的理由——唐代的天下都是李家的，写个奏折上去，没准皇上会同意，甚至收回成命，把自己调到离京城更近的地方任职。于公于私，貌似这个马屁都值得拍。然而，李德裕并没有这样做，是不屑，还是不愿，甚至想都没想过？本人水平有限，不敢信口开河，大家可以自行琢磨。

但有一件事是不用琢磨的，那就是韩愈一定是带着十分愉快的心情离开潮州的。只是，开心的时刻太过短暂：就在他赴袁州就任的途中，从都城长安传来一条令人震惊的消息——柳宗元在柳州去世了，韩愈一下子仿佛掉进了冰窟窿之中，心情变得十分沉重起来。

寒江独钓

在许多人看来，韩愈和柳宗元是不可能走到一起的：两个人政见相左，韩愈思想保守一些，柳宗元思想激进一点；信仰各异，韩愈尚儒，柳宗元信佛。可实际上，他们不但没有成为政敌，反而"始终"是十分要好的朋友。当然，说"始终"还是有点瑕疵，其中有一个小插曲，跟大家分享一下。

803 年底，刚任监察御史不久的韩愈，为了展示"新官上任三把火"的担当，率先放了一把火。结果这第一把火放出去后，没有烧到别人，却把自己"烧糊"了。火引子还是那支出神入化的笔，他写了一篇《论天旱人饥状》上奏，然后呢，监察御史的凳子还没坐热，就被贬了。被贬的地方离长安也很远，比潮州近不了多少，就是连州阳山县（今广东清远），韩愈被发配到那里当县令。由此可见，文章写得好不是错，错的是把它拿出来"发表"。韩愈还偏偏好这一口，以为真能传道、授业、解惑，忘了自己说过什么了吗？"世有伯乐，然后有千里马。"

在阳山，备受煎熬的韩愈一直在等，终于等到了贬他的皇帝驾崩、诬陷他的官员被贬。但令韩愈奇怪的是，这么好的机会，自己还是回不了梦中的长安，而是仅仅挪了个位

置，调到了离长安稍近的江陵（今湖北荆州）任法曹参军
（司法参军事）。这让韩愈很郁闷，更多的是纳闷：怎么会
这样呢？没理由啊。于是就开始反思，琢磨自己到底得罪谁
了。在赴江陵就任的路上，韩愈似乎想明白了，便写了一首
诗给长安的三位领导。这首诗很长，我数了数，足足有七百
字，诗题是《赴江陵途中寄赠王二十补阙、李十一拾遗、李
二十六员外翰林三学士》，中间有几句话是这样写的：

> 同官尽才俊，偏善柳与刘。
>
> 或虑语言泄，传之落冤雠。
>
> 二子不宜尔，将疑断还不。

　　大概意思是，我们这些同朝为官的人都是才子俊杰，可
朝廷却只对柳宗元和刘禹锡他们俩高看一眼、厚爱三分。我
开始怀疑是不是这两个人，把我们之间一些妄议朝政的悄悄
话泄露出去，从而导致我现在欲回不能。当然，我目前还只
是怀疑，不敢确定。不过，我愿意把话先撂在这儿，他们两
个绝对有很大的嫌疑。看来韩愈还是个直肠子，不玩阴的，
心里想什么，直接摆到台面上说。
　　应该说，韩愈对柳宗元和刘禹锡两个人产生怀疑，也不
是空穴来风，他们三个人的关系太特殊了。三个人年龄相差
不大，韩愈比柳宗元、刘禹锡分别大五岁和四岁。从 786 年
到 795 年，将近十年的时间里，韩愈一直在长安参加科举考

试。在唐代，进士及第并不意味着可以做官，要想谋得一官半职，还必须通过博学宏词科考试。就是这一科，让韩愈吃尽了苦头，连续考了三次都没过关。相比之下，柳宗元和刘禹锡则幸运得多，基本上是一考必过。793年，柳宗元和刘禹锡同榜进士及第，之后又很轻松地通过了博学宏词科考试。在京城长安期间，柳宗元、刘禹锡两人应该与知名度很高的老考生韩愈同堂考试过，从这层关系看，他们三人可以算是同学。非常巧合的是，803年，韩愈、柳宗元和刘禹锡都被调到御史台任监察御史，他们三人又变成了同事。

同学加同事，三人一台戏。他们互为磁石，互相吸引，经常在一起谈天说地，"奇文共欣赏，疑义相与析"，有时也免不了对朝堂之事指指点点，发发牢骚。韩愈之所以怀疑柳宗元、刘禹锡泄密，跟这些牢骚有关。

尽管韩愈被贬，在外地受苦受难，而柳宗元和刘禹锡此时在长安正风光无限，跟着王叔文，浑身像打了鸡血似的推动革新运动，韩愈也一定不会因处境迥异、落差太大而妒忌，他们三个人之间的友谊经得起时间的考验。问题是，韩愈反对革新运动。

他们之间的关系，就像北宋时期的王安石和苏轼，丁是丁，卯是卯，可以相互欣赏，可以有深厚的友谊，但在大是大非的政治立场面前，决不迁就、妥协。韩愈的担心是，因为自己不同意柳宗元、刘禹锡搞的那一套改革，他们俩不愿意自己回到长安添堵、添乱。

自古以来，也许杰出的文人在心理上某些方面是相通的，想想后来王安石对苏轼的态度，韩愈的判断是有一定道理的。但这一次，韩愈应该是冤枉柳宗元、刘禹锡了。

805年，唐德宗驾崩，太子李诵继位，即唐顺宗。唐顺宗一登基，便重用王叔文、王伾等人。为方便开展工作，王叔文还建了一个朋友圈，里面基本上是政见相同的朝廷官员，其中就包括柳宗元、刘禹锡等人，由此形成了一个政治集团。于是，王叔文等带领这帮人，积极推行革新运动，采取了一系列改革措施，史称"永贞革新"。然而，这场轰轰烈烈的革新运动，前后仅存一百四十六天，当年八月便宣告失败。同历史上历次改革一样，永贞革新之所以失败，原因大同小异，最关键的是改革措施触犯了另一些官僚集团的利益，并遭到这一阶层的强烈反对。就在永贞革新失败的当月，韩愈获得新的任命，去江陵当法曹参军。由此可见，此时的柳宗元和刘禹锡已经大难来临，连自己的命运都左右不了，又怎么可能左右韩愈的返回长安之路。

这场改革的失败，让柳宗元、刘禹锡等人的命运天翻地覆，来了个一百八十度大转弯：刘禹锡在外面，前前后后总共游荡了二十三年；而柳宗元中途回到长安仅仅一个月，因受刘禹锡牵连，旋即再被贬，最终客死他乡。

805年，这是一个应该被记住的年份。不是因为这一年发生了短暂的永贞革新，而是在往来南北的官道上，同时出现了两个对我国文学产生巨大影响的文化巨人的身影，一位北上，一位南下。北上的是韩愈，南下的是柳宗元。在南下的人员中，还有包括刘禹锡在内的其他七人，他们的官职都是司马，又称"二王八司马事件"。柳宗元去的地方叫永州，刘禹锡则去了朗州。

从离开京城那天起，柳宗元的心底里恐怕还抱有一丝希望，以为在外地待上两三年，就可以回到长安，至少可以回到离长安更近的地方。然而，现实永远比理想残酷。柳宗元万万没有想到，本来去邵州当刺史的他，走到半路，又被加贬为永州司马，而且在永州一待就是十年。

永州，位于湖南省南部，在隋代以前称零陵。永州境内有座九嶷山，传说舜帝就葬在这里。据《史记·五帝本纪》记载，舜"南巡狩，崩于苍梧之野，葬于江南九嶷，是为零陵"。永州还处在潇、湘二水汇合之处，所以又雅称"潇湘"。关于舜帝的传说，曾引起后世许多文人骚客为此写诗填词，其中包括一代伟人毛泽东。湖南是毛泽东的故乡，在他八十三年的人生中，对家乡始终怀有深深的感情。不仅写过《七律·到韶山》，并发出"为有牺牲多壮志，敢教日月换新天"的豪迈誓言，还写过一首《七律·答友人》：

> 九嶷山上白云飞，帝子乘风下翠微。
>
> 斑竹一枝千滴泪，红霞万朵百重衣。
>
> 洞庭波涌连天雪，长岛人歌动地诗。
>
> 我欲因之梦寥廓，芙蓉国里尽朝晖。

　　这是毛泽东所有诗作中最绚丽、飘逸，也最讲究的律诗之一。诗的意思，曾经有不同的解读，后来他老人家自己给出了答案。据芦荻在《在毛主席身边读书》一文中记载，毛泽东曾说："人对自己的童年，自己的故乡，过去的朋侣，感情总是很深的，很难忘记的，到老年就更容易回忆、怀念这些……'斑竹一枝千滴泪，红霞万朵百重衣'，就是怀念杨开慧的，杨开慧就是霞姑嘛！可是现在有的解释却不是这样，不符合我的思想。"

　　诗词的魅力就在于，不同的人可以有不同的理解，即便是同一个人在不同的心理状态之下读同一首诗，也会有不同的感觉。比如月亮，李白在不同的环境中，感受就明显不一样。"举头望明月"的时候，他会思乡；"举杯邀明月"的时候，他想喝酒；醉酒之后，他又觉得月亮是自己的灵魂伴侣，必须把它从水中捞上来。同一个月亮，产生了不同的意象，李商隐看到月亮，还想到了嫦娥呢："嫦娥应悔偷灵药，碧海青天夜夜心。"因此，哪怕是作者给出了答案，也不能阻止读者产生其他的联想。我有一个朋友，特别擅长将唐诗翻译成现代诗，他的译作曾被选为全国高考语文试题。有一次，他心里"痒"，便将那道十二分的高考试题认认真真地做了一遍。结果却令他哭笑不得，他只得了区区四分。也就是说，他对这道题的理解与标准答案有很大的差距。可是，你能说答案是错误的吗？当然不能。

在柳宗元的脑海里，永州一定是其一生中永远也抹不去的记忆。尽管他只活到四十七岁，在永州的十年，相当于其一生近五分之一的时光。可以说，这是他一生最孤独又最辉煌的十年。只不过，那杯孤独之酒，经常是自己对着层峦起伏的群山，望着静静流淌的江水，苦涩地品尝。而他在这十年里所创造的辉煌，却让柳宗元名垂不朽。

与韩愈到潮州任刺史不同，刺史相当于现在的市委书记，是绝对的一把手，柳宗元却只是一个小官——司马。尽管他是一位有理想、有抱负，想干事也能干成事的好官，无奈官职太小，没有话语权，纵然有一身本领，也无法施展。因为他上面有刺史管着，想做事必须请示汇报，领导还不一定同意。如果不小心惹得领导不高兴，给自己小鞋穿，甚至写奏折告他一状，岂不是雪上加霜。刚刚夭折的永贞革新就是前车之鉴啊！柳宗元长叹一声，罢了罢了，还是先低调一点吧。

然而，有一个现实而迫切的问题很快摆在他面前，柳宗元想逃也逃不掉。永州除了山就是水，除了辣还是辣。当地人讲话，他也听不大懂，交流十分困难，这日子太寂寞、太难熬了。因此，如何摆脱孤独、适应孤独，甚至是享受孤独，成了柳宗元在永州必须解决的问题。这人啊，最害怕的不是物质的匮乏，而是精神的孤独。所以，只要智力没问题，如果你能很好地适应并享受孤独，恭喜你，你就有了属于自己的思想和空间！

柳宗元当然有自己的思想，现在他要把自己的思想尽快融入永州这个陌生的空间。在一个大雪漫天飞舞的冬季，柳宗元拿着钓竿，戴着斗笠，穿着蓑衣，独自来到潇水边。此时此刻，天地之间仿佛只有他一个人，一切生命仿佛在这一刻静止，时光似乎已经凝固，只剩下眼前这白茫茫的一片：

　　　千山鸟飞绝，万径人踪灭。
　　　孤舟蓑笠翁，独钓寒江雪。

我实在无法想象柳宗元写这首诗时的心境，是苦闷，是彷徨，是茫然，还是享受？或者兼有。我只知道，此时的柳宗元还没有绝望。因为千山之外，还有明月；万径之远，还有远方。

这首画面感超强、号称"历史上最孤独的诗"，让永州成为我国最适合体验孤独的城市，一孤独便想到了永州。

孤独的柳宗元，在孤独的永州，静静地品尝着孤独。尽管如此，柳宗元并不寂寞。因为在永州期间，他心里一直装着一个人，也无时无刻不在想念这个人。这个人，不是已被赐死的老领导王叔文，也不是与他有着相同文学理念的韩愈。这个人，是他真正的亲同学，一辈子真正的好兄弟。每当柳宗元想到他，心里就会充满着温暖。

此时这个人，就在离永州不远的地方：朗州。

图 2 独钓寒江雪（刘朝云绘）

晴空一鹤

从永州北上走高速，经过湖南邵阳、娄底，三个半小时后，便可到达桃源县，这里已是湖南常德市地界。

常德，古称"武陵""朗州"，别称"柳城"，位于湖南省北部。它头顶长江，腰缠沅澧，脚踏洞庭，是一座拥有两千多年历史的文化名城，俗有"川黔咽喉，云贵门户"之称。常德之名源自《老子》中的一句话："为天下溪，常德不离。"我知道常德这个地方，是因为陶渊明的《桃花源记》："晋太元中，武陵人捕鱼为业。缘溪行，忘路之远近。忽逢桃花林，夹岸数百步，中无杂树，芳草鲜美，落英缤纷。渔人甚异之，复前行，欲穷其林。"这篇文章中还有一句"不知有汉，无论魏晋"，它应该是后人引用此文最多的句子。前不久，因为心仪桃花源，便同友人一起到此寻古访幽，还填了一首《菩萨蛮·桃花源》，斗胆秀一秀：

不谈秦汉不谈魏，只说东晋陶公醉。一醉访桃源，归来话自然。

桃花开又落，我在门前坐。抬眼望青山，心飞云水间。

在常德，还有一件事必须提一提。那就是抗日战争时期，发生在这块土地上的一场惊心动魄的大会战，以及由此名扬全国的国民党 74 军（即后来的整编 74 师，师长是张灵甫）57 师师长余程万。常德会战又称湘北会战，在整个抗日战争乃至第二次世界大战中，具有相当重要的地位，被誉为"东方的斯大林格勒保卫战"。黄埔军校第一期毕业的师长余程万，带领有"虎贲"之称的 57 师，面对十倍于己的日军，坚守常德十余日，有力支援了中缅抗日战场。57 师八千士兵最后仅剩八十三人，战况之惨烈足以惊天地泣鬼神。民国时期最受欢迎的流行小说作家张恨水有感于此，一改不写纪实作品的习惯，以 57 师为原型，专门创作了一生中唯一一部纪实作品《虎贲万岁》。

806 年初，与柳宗元同时被贬，又几乎同时南下的刘禹锡来到了朗州。这一年，刘禹锡刚刚三十五岁。初到朗州的刘禹锡，心情并没有受到再贬（由连州刺史再贬为朗州司马）的影响，他觉得这里的一切跟长安相比都显得那么新鲜。那年深秋，天气逐渐转凉，花儿难觅踪影，树叶开始枯黄，满眼一片萧瑟景象。尽管秋天是收获的季节，但我国古代文人大多有悲秋的情结。因为在大多数人的观念中，秋是肃杀的象征，一切生命都在秋天终止。如诗仙李白，就曾写过"人烟寒橘柚，秋色老梧桐"。秋色在李白眼里，不是"寒"就是"老"。还有诗圣杜甫，也曾在诗中感叹："万里悲秋常作客，百年多病独登台。"然而，刘禹锡却不这么看。

在他眼里，秋天很好啊，尤其是江南的秋天，天高云淡，比长安的春天好多啦，还写了两首被无数后人追捧的七言绝句《秋词》：

其一

自古逢秋悲寂寥，我言秋日胜春朝。

晴空一鹤排云上，便引诗情到碧霄。

其二

山明水净夜来霜，数树深红出浅黄。

试上高楼清入骨，岂如春色嗾人狂。

图 3 晴空一鹤排云上（刘朝云绘）

刘禹锡说，朋友们，请不要同情我，不要以为这点挫折，就意味着我的仕途像秋天的树叶一样开始枯萎。大家看，在那秋高气爽的晴空中，有一只仙鹤拨开云层，直上九霄，这哪里是春天可以看到的风景！此时，我的诗兴啊，也将随着仙鹤一起，飞向那万里云霄。放眼望去，只见山明水净，轻霜染白了夜色，绿树披上了浅黄，红叶点缀着层峦。如果你不相信秋天的景色是这样清雅美丽，可以登上高楼望一望，你会感到这种清澈入骨之感，不会像繁花似锦的春天那样令人觉得轻狂。

北宋文坛领袖欧阳修曾写过一篇著名散文《秋声赋》，在文章中，欧阳修想借秋声告诫世人，秋天只是一种自然现象，大可不必去悲秋、恨秋，怨天恨地，而应该经常自我反省。"奈何以非金石之质，欲与草木而争荣？念谁为之戕贼，亦何恨乎秋声！"人啊，为什么要以非金石般的肌体，去像草木那样争一时的荣盛呢？是无穷无尽的忧劳伤害了自己，又何必去怨恨秋声的悲凉！现代著名作家郁达夫在《故都的秋》里曾写道："中国的文人学士，尤其是诗人，都带着很浓厚的颓废色彩，所以中国的诗文里，颂赞秋的文字特别的多……著名的大诗人的长篇田园诗或四季诗里，也总以关于秋的部分，写得最出色而最有味。足见有感觉的动物，有情趣的人类，对于秋，总是一样的能特别引起深沉、幽远、严厉、萧索的感触来的。"

刘禹锡这两首《秋词》，既不深沉，也不幽远，更不萧索，而是发自心底的一种自信和豪迈。就连白居易也经常被他感染，称刘禹锡为"诗豪"。读此诗，我突然想到了西楚霸王项羽在和县乌江亭，那惊天动地的一刀；还想到了诗仙李白"十步杀一人""事了拂衣去"那浪漫、潇洒的一剑；还有苏轼在赤壁古战场，面对长江，发出"浪淘尽，千古风流人物"那跨越时空的一叹。我很好奇，刘禹锡此时在想什么呢？难道仅仅是对萧瑟的秋天，一种与众不同的感悟吗？不，一定不是。

此时此刻，刘禹锡也在想一个朋友，他太了解这个朋友了。对，是柳宗元。他知道，柳宗元这位老弟的性格比较内敛，表面冷峻寡言，内心热情似火，渴望建功立业，此时他的情绪一定十分低落，思想非常苦闷。刘禹锡觉得，必须让柳宗元振作起来，不能让长期低沉摧残他的健康。于是，刘禹锡告诉柳宗元，老弟，我知道你现在很孤独，是一个孤独的钓者。在朗州这个地方，我也没有其他同道之人，我也只是一只孤独的鹤。但这只鹤，可以在秋天肃杀的环境里昂首前行。做一个孤独的舞者吧，让自己的生命舞起来，让自己的心情飞起来。

俄国著名文学评论家别林斯基曾说："任何一个诗人也不能由于他自己和靠描写他自己而显得伟大，不论是描写他本身的痛苦，或者描写他本身的幸福。任何伟大诗人之所以伟大，是因为他们的痛苦和幸福的根子深深地伸进了社会和历史的土壤里，因为他是社会、时代、人类的器官和代表。"其实，经过几百年甚至几千年的大浪淘沙，那些能够流传下来的文学作品，它的根子已经渗进了社会的土壤，扎进了人们的心里。就像今天我们读包括刘禹锡作品在内的唐诗，以及后来的宋词、元曲等，心里所产生的感受跟前人的感觉差别不大。比如刘禹锡的这两首《秋词》，每个时代的人都会从中感到满满的正能量，发人深省，催人奋进。我想，柳宗元也不会例外。在永州期间，柳宗元曾说："贤者不得志于今，必取贵于后，古之著书者皆是也。"又说："大抵生则不遇，死而垂声者众焉。"这些从表面上看是称颂古人的话，实际上都是在激励自己，要使自己的生活目标，从事功转向著作。正是思想观念上的转变，使柳宗元在文风和境界上都得到了一次全面的升华。这也是刘禹锡所希望看到的，无论经历多少磨难，好兄弟柳宗元都不会向命运低头。

就这样，朗州和永州，湘北与湘南，刘禹锡和柳宗元，两人心意相通，互通书信，相互鼓励，由此告诉世人：什么是真正的朋友，什么是真正的人生知己！

好兄弟刘禹锡在时刻关注着柳宗元，另一个好朋友韩愈也很关心他。柳宗元被贬永州后，作为好哥们儿，韩愈曾给他写过一封信。这封信的意图很简单，就是想安慰一下柳宗元，否则太不够哥们儿义气了。韩愈的人品真没得说，不久前还在怀疑柳宗元、刘禹锡两人暗中给他使绊子，现在看到柳宗元落难，却反过来安慰他。有理由相信，韩愈绝对不是虚情假意，而是英雄相惜。

之所以这样说，我是有根据的。前面提过，韩愈、柳宗元既同过学也同过事，他们俩有私交，更主要的是，他们在文学领域还是同道。正是在相同的文学理念驱使下，韩愈和柳宗元当时在文坛发起和领导了一场意义深远的古文运动：在文章内容方面，针对骈文不重内容、空洞无物、无病呻吟的弊端，提出"文道合一""以文明道"，要求文章反映现实，"不平则鸣"；在文章形式方面，提出要革新文体，突破骈文束缚，句式长短不拘，并要求革新语言的表达方式，"务去陈言""辞必己出"。此外，还指出先"立行"再"立言"，不要坐而论道、光说不练等。韩愈、柳宗元的文学思想在两百多年后，被几个工作、生活在洛阳的文学青年重新拾起并发扬光大：欧阳修、梅尧臣、苏舜钦、尹洙等人在洛阳当时的主要负责人钱惟演的大力支持下，汲取韩愈、柳宗元的"文从字顺"等文学理念，大力提倡简而有法、流畅自然的文风，并身体力行，欧阳修也由此一举奠定了宋代文坛领袖的地位。此外，他们还培养和提拔了王安石、苏轼、苏辙、曾巩等青年才俊，再加上苏洵、韩愈、柳宗元，被后世誉为"唐宋八大家"，其中韩愈、柳宗元、欧阳修、苏轼四人被称为"千古文章四大家"。

韩愈认为，道德是文章的根本。他在《答李翊书》中说："道德之归也有日矣，况其外之文乎……养其根而俟其实，加其膏而希其光。根之茂者，其实遂，膏之沃者，其光晔。仁义之人，其言蔼如也。"也就是说文章是作家品德的反映，只有仁德的人才能写出好文章。道德败坏之人，即使文章写得好，也没有多少人会去读。想想也是，秦桧进士及第，才华没得说，字写得也不错（有人讹传仿宋体仿的是秦桧的字），但因品行不端，引起公愤，他写的文章，谁会去读？至少我从未读过。也许有人会说不一定吧，唐代武则天时期的宋之问是一个品德极差之人，为了窃取外甥刘希夷创作的"年年岁岁花相似，岁岁年年人不同"诗句，竟然用装土的袋子将其活活压死，但他那首《渡汉江》可是千古名篇，几乎人人会背：

> 岭外音书断，经冬复历春。
> 近乡情更怯，不敢问来人。

诗的确是好诗，但又有多少人真正了解宋之问肮脏的历史？说实话，在我不了解宋之问之前，也认为这是一首写得非常细腻、巧妙的思乡诗。可是，在了解宋之问之后，便对这首诗产生了不同的理解。705年，宰相张柬之乘武则天年老病危，杀死张昌宗、张易之兄弟，拥立唐中宗复位，尊武氏为"则天大圣皇帝"。宋之问因媚附"二张"，受到惩罚，被贬为泷州（今广东罗定）参军。宋之问过不惯岭南的清苦生活，在没有得到朝廷赦免的情况下，偷偷摸摸潜回洛阳。在路过湖北襄阳楫渡汉江时，写下了这首《渡汉江》。在我看来，宋之问的《渡汉江》所表达的情感并非思乡，因为他离开家乡不过一年左右，何"怯"之有啊！他到底害怕什么呢？我认为，这是一个犯人在潜逃过程中心理活动的真实写照：越靠近家乡，越想探点消息，又怕暴露逃犯身份，被别人告发，罪加一等，所以才有了"怯"，才"不敢问"。从这个角度去理解，是不是味道就变了？

韩愈给柳宗元的信到底写了些什么呀，引得我这么长篇幅的议论？其实，韩愈的信真的没什么，就是作为一个好朋友，安慰一下柳宗元。韩愈说，老弟呀，你要想开一点，人的一生不可能一帆风顺，你看我，也是刚从连州那个鬼地方回来的。没办法，这些都是"天命所致"。韩愈这番安慰人的话，其实挺暖心的，换成我，一定会感动得眼泪汪汪。

柳宗元也很感动，一个人遇到困难的时候，如果有人惦记，有人安慰，是非常欣慰的。然而，就是这封信，准确地说，就是这封信提出的所谓"天命所致"，引发了我国哲学史上的一场大论战。这场论战所产生的影响，甚至惊动了一千多年后一个伟大的人物。

而这一次，柳宗元并不孤独——他不是一个人在战斗。

"三英"论道

柳宗元在永州期间，他的职务全称是"永州司马员外置同正员"。什么是"员外置"？用现代语言解释，"员外置"就是在编制之外，属编外人员。柳宗元怎么也想不通，自己经过多年寒窗苦读，费了九牛二虎之力才混了个一官半职，如今既没有犯经济错误，也没犯生活作风问题，只不过是想干点事而已。干事有错吗？更何况还是秉公办事。皇上啊，您好糊涂！您用这种方式对待一个兢兢业业干事的官员，今后还有谁会为李家王朝"鞠躬尽瘁，死而后已"啊？

想想柳宗元也是够冤的，好不容易得到的体制内身份就这样不明不白地整没了，现在可好，一下子回到了"解放前"。更糟糕的是，以这样的身份来到永州，待遇非常差，柳宗元既无公务也无官舍。没事干倒很好，落得个轻闲自在；没地方住却比较麻烦，柳宗元只好寄宿于一个名叫"龙兴寺"的古庙里。"至则无以为居，居龙兴寺西序之下。"恶劣的生活环境，加上水土不服，缺医少药，导致随行的母亲卢氏到永州后仅约半年就溘然长逝。母亲的死，对柳宗元来说是个巨大的打击，他感到非常自责，如果不是受自己牵连，老母亲也不会客死他乡。此时此刻，柳宗元"穷天下之声，无以舒其哀矣；尽天下之辞，无以传其酷矣"（柳宗元《先太夫人河东县太君归祔志》，祔即合葬之意）。

面对一连串的挫折，柳宗元也心灰意冷过，曾表示要永远退出政治舞台，不想玩了。但柳宗元毕竟是柳宗元，骨子里留存的士的精神，让他的内心充满着坚毅和力量，人可以被打倒，但不可以被打败。加上刘禹锡和在永州结识的吴武陵等好友的鼓励，柳宗元慢慢地从痛苦中走了出来。他干脆沉下身子，广泛与当地农夫、渔夫等打成一片，并写下了传世名作《捕蛇者说》。这篇入选过中学语文教科书的散文，估计大多数人都会记得第一句"永州之野产异蛇，黑质而白章"，就像记得欧阳修《醉翁亭记》的首句"环滁皆山也"一样。《捕蛇者说》记叙了蒋氏一家三代人捕蛇顶租的悲惨遭遇，深刻揭露了统治者横征暴敛给老百姓造成的深重苦难。每次读到那句"苛政猛于虎也"时，都会让人掩卷长叹：是啊，毒蛇尚可捕，苛政无处逃，陶渊明笔下的桃花源只是他一厢情愿的幻想而已！

对于韩愈写给他的那封安慰信，柳宗元认为，出发点虽然很温暖，但信中所阐述的观点也只是韩愈的一厢情愿，恕我不接受。柳宗元也太较真了，因为对于绝大多数人来说，即使不苟同朋友的观点，十有八九也就呵呵一笑而已，更何况这还是一封安慰信。但柳宗元偏偏是那十分之一二，不，起码是万分之一。柳宗元想干吗呢？他要给韩愈回信表明自己的态度。就这样，一场由三位杰出人物"主演"的大戏，给死气沉沉的中唐上空，增添了一抹亮丽的色彩。

这封题为《天说》的回信篇幅不长，只有两个自然段，第一段引用的全部是韩愈信中的原话，第二段才是柳宗元的观点。比较有意思的是，第一段比第二段的篇幅还要长。现在好像没有人敢这样写文章，如果高考这样写作文，一定会不及格。如果给领导这样写讲话稿，挨批甚至挨骂是板上钉钉的事。可柳宗元偏就这样写了，而且还成了名篇。

出于叙事需要，有必要对柳宗元这封回信的观点做简要的归纳：我的朋友韩愈先生说，物必先腐而后虫生，虫子繁衍后，又会对物体造成更大的破坏，这就是"天"的道理。有些人在征服大自然的过程中，不遵循自然本性，肆意破坏自然，这难道不比虫子的危害更大吗？所以，韩愈认为，如果谁能让此类人群逐渐减少，便是有功于天地。如果此类人群越来越多，那就是"天"的仇敌，"天"一定会惩罚他们。现在好多人不懂得这个道理，才会有那么多抱怨和牢骚。"吾意天闻其呼且怨，则有功者受赏必大矣，其祸焉者受罚亦大矣。子以吾言为何如？"韩愈说，"天"是能听到这些人的呼叫和埋怨的，有功则赏，有祸则罚。子厚老弟，你觉得我说得怎么样？

韩愈洋洋洒洒地讲了一番道理，最后一个设问，颇有挑战的意味。柳宗元像一位内功深厚的高手，不动声色进行拆解："功者自功，祸者自祸，欲望其赏罚者大谬。呼而怨，欲望其哀且仁者，愈大谬矣。子而信子之仁义以游其内，生而死尔，乌置存亡得丧于果蓏、痈痔、草木耶？"希望"天"能够赏功罚祸，是荒谬的；向"天"呼叫、埋怨，希望"天"能够发善心而怜惜人，就更加荒谬了。如果你相信自己那套说辞，你就为它而生，为它而死好了，又何必把生死、得失的原因，归于和瓜果、痈痔、草木一样的"天"呢？韩愈用设问挑战，柳宗元则以反问反击，两人你来我往，针锋相对。

在我看来，这两位说得都很有道理，但感觉他们俩不在一个"频道"上。韩愈强调的"天"，指的是大自然；柳宗元突出的是人，认为人才是大自然的主宰。不过，千万别问我站在哪一方，这两个牛人都是我的偶像，我不会选边站。

柳宗元写好这封信后，并没有直接寄给韩愈，而是先寄给了几百里之外的好朋友刘禹锡，想听听刘禹锡对这件事的看法。我估计柳宗元此时还是有点拿不准。从这一点也可以看出，刘禹锡在柳宗元心目中的地位。

刘禹锡收到柳宗元的《天说》之后，首先是开心，能写这种文章，说明子厚老弟终于振作起来了；其次还是开心，太好了，子厚老弟跟我想到一块了。接着呢？我也不能闲着，既然老弟被人挤兑，我这个做兄长的，岂能袖手旁观？今天，我必须出手，与子厚老弟一道，杀杀韩退之那家伙的傲气。

刘禹锡在朗州也是区区司马官，整天没有多少事可做。既然决定动手，便立即行动。他一边整理思路，一边铺纸研墨，三篇《天论》，一蹴而就。"余友河东解人柳子厚作《天说》，以折韩退之之言，文信美矣，盖有激而云，非所以尽天人之际，故余作《天论》以极其辩云。"刘禹锡说，我的好兄弟柳子厚最近写了篇《天说》来反驳韩退之的观点，文章写得还不错，就是嫩了点儿，比较偏激，没有把问题谈透。还得我出马，写这篇《天论》，把道理掰开了、揉碎了，都讲清楚。写到这里，我扑哧一乐：刘禹锡太有意思了，一点也不客气，旁若无人，抬手就直接"啪"的一枪。有这样的朋友，真是人生之大幸！

"天，有形之大者也；人，动物之尤者也。天之能，人固不能也；人之能，天亦有所不能也。故余曰：天与人交相胜耳。"刘禹锡接着说，天是有形物体中最大的，人是动物中最突出的。有些事天能干，人却做不了；也有些事人能做，天却干不了。所以说，天和人各有所长。如天能定四时、生万物，人能治万物，即根据天时、地理，利用自然，发展生产。"其说曰：天之道在生植，其用在强弱；人之道在法制，其用在是非。"天的规律就是生养万物，它既能使万物茁壮成长，也能使万物衰弱消亡；人不一样，人的行为要受法制的约束，关键要明辨是非。嗯，在理！

既然天不能干预人事，为什么有些人还相信天呢？刘禹锡认为，当法制松弛，社会秩序紊乱，政府是非不分、赏罚不明，老百姓掌握不了自己命运的时候，就会祈求老天来主持公道。当人力战胜不了自然或未认识到事物发展的规律时，人也会相信天。譬如江海行船，波涛汹涌，安渡或沉船，谁也没有把握，这时也会相信天，祈求老天保佑。刘禹锡试图从这两方面探讨天命论和宗教产生的根源，你别说，到现在仍具有很强的现实意义。当然，随着科学的发展，人们对自然规律的认识越来越深刻，刘禹锡的个别观点有一定的局限；但不得不承认，老刘的确没有吹牛，他的《天论》比柳宗元的《天说》，道理讲得更加全面、透彻。

刘禹锡的三篇《天论》，内容很丰富，考虑到本书并非哲学著作，这里不再继续展开。强烈建议有兴趣的朋友，可以找出来读一读。

现在我更加关心的是，当韩愈读到柳宗元、刘禹锡两兄弟，一唱一和，联手反驳他的文章时，心里会是什么感受。我没有找到相关的历史书籍，只能冒昧地猜一猜：韩愈心想，得了，不能继续跟你们辩论了，一个柳子厚已很难应付，现在又来了一个更加难缠的刘梦得（刘禹锡字梦得），这台戏若再唱下去，我岂不是自讨苦吃？

韩愈想罢战，柳宗元却不干了。在刘禹锡的刺激之下，一向自视甚高的柳宗元犹如一匹脱缰的野马，在永州那片荒山野岭纵横驰骋起来，文思如潇湘之水，滚滚流出，一篇被后人称为"大胆之作"的哲学"鸿篇巨制"《天对》应运而生。

一千多年后，毛泽东读了柳宗元的《天对》，对此文十分欣赏，评价说："屈原写过《天问》，过了一千年才有柳宗元写《天对》，胆子很大。"

为什么说柳宗元"胆子很大"？我想不外乎有两点原因：一是千年以来，屈原是神一般的存在，其历史地位已不可撼动，没有人敢向他挑战，除了柳宗元。二是在《天对》一文中，的确有许多超过前人的独到思想。如宇宙生成论——元气（阴阳二气）推动万物运动变化，对时空无限性的猜测，对古代神话、迷信的驳斥和批判，等等。柳宗元这篇《天对》，篇幅较长，解读费劲，加上我太懒，实在不愿多花工夫去梳理它。好在研究《天对》的专著很多，有兴趣者不妨花点时间去琢磨。

这场哲学史上的思想大论战，可谓高潮迭起、精彩纷呈。韩愈、柳宗元和刘禹锡三位绝顶高手在"华山之巅比武论剑"，挥洒之间，暗藏"杀机"；沉着冷静，招招点穴；气势绵绵，蔚为大观。这样的哲学盛会，若想再看一次，那就要等到三百多年之后了，故事发生在信州（今江西上饶）。

1175 年，南宋著名理学家吕祖谦，鉴于当时理学和心学两派人物经常吵架，且互不相让，便在信州鹅湖寺主持召开了我国哲学史上别开生面、堪称经典的学术讨论会，史称"鹅湖之会"。每当我读到这段历史，都会怦然心动。知道辩论双方都是谁吗？一方是泰山级人物朱熹，另一方是泰斗级人物陆九龄、陆九渊兄弟。辩论过程就不介绍了，据现场旁听者反映，现场火药味很浓，比较一致的看法是，心学代表人物陆九渊略占上风，最后结果是不欢而散。这次辩论，尽管朱、陆双方闹得不是很愉快，但他们仍保持着相当不错的关系。五年后，陆九渊到南康（今江西星子）拜访朱熹，朱熹盛情邀请陆九渊到白鹿洞书院为学生讲课。讲到精彩处，朱熹甚至离开座位向学生们说："熹当与诸生共守，以无忘陆先生之训。"后来，他还请人将陆九渊的讲义刻在石碑上以作纪念。

韩愈、柳宗元、刘禹锡之间的友谊也没有因这次论战而受到影响。柳宗元去世后，韩愈撰写了《柳子厚墓志铭》，追记其一生的功绩。文中高度评价了柳宗元在柳州的政绩，颂扬了柳宗元的高尚品德，并对柳宗元的文学建树大加赞赏。作墓志铭时，按惯例是称呼死者的官衔，但韩愈却直接称柳宗元的字：子厚。由此可见，在韩愈心中，柳宗元是暂时的同事，却是一生的朋友。

无论是朱熹和陆九渊，还是韩愈和柳宗元、刘禹锡，他们的言行，向世人诠释了什么是做事的格局，什么是做人的格局，只有真正的君子才有这样的格局。无论历史由谁来书写，这种人性的光辉永远经得起任何考验，正如刘禹锡在《浪淘沙》中所说：

莫道谗言如浪深，莫言迁客似沙沉。

千淘万漉虽辛苦，吹尽狂沙始到金。

心底无私

柳宗元和刘禹锡被贬一年之后，在江陵担任法曹参军的韩愈终于等到了新的任命，官授权知国子博士。尽管这只是一个代理国子博士，但毕竟回到了朝思暮想的都城长安，韩愈心情还是十分舒畅的。

不久后，韩愈遇到一件更开心的事：大概是在 808 年，韩愈到东都洛阳处理公务。一日，他正在客舍休息，忽听门房来报，有一位年轻小哥想拜见韩大人。韩愈一问求见者姓名，睡意顿时全无，赶忙穿起会客的衣服，对着门房说，这个年轻人了不得，快请，快请！

来访者究竟是谁？居然让大文豪韩愈如此重视。不会是皇亲贵戚吧？难道是故人之子？莫非是柳宗元派来的信使？都不是。其实这个人在七岁的时候，韩愈就见过他。据有关史料记载，796 年，正在长安的韩愈听说京城出了一位神童，他当时就很奇怪，没理由啊，自己在长安交游不可谓不广，消息不可谓不灵通，如果是古人，有可能不知道；如果是现代人，我怎么会不知道呢？"若是古人，吾曹或不知；是今人，岂有不识之理？"于是，韩愈和好友皇甫湜便决定去探个究竟。

　　韩愈要见的人姓李，名贺，字长吉，是中晚唐时期的牛人。江湖上曾流传"太白仙才，长吉鬼才"，"诗鬼"名号让后世无数人膜拜不已。李贺只活了二十七岁，却开创了别具一格的诗歌流派，是长吉体诗歌的开创者。

　　韩愈和皇甫湜来到李贺家，小李贺总角（头发梳成两个发髻，如头顶两角）荷衣而出。韩愈一见，便想考一考李贺，看看他是不是有传说中的那么神奇。考试的方式很简单，就是让小李贺当场赋诗一首，题目可自拟。李贺似乎胸有成竹，显得非常淡定，很快就写好了一首题为《高轩过》的诗，请韩愈过目。韩愈读后，大吃一惊，小小年纪，居然能写出水平如此之高的诗作，而且是当场即景赋诗，如果不是亲眼所见，打死也不会相信。我把这首诗摘抄下来，让大家读一读韩愈赞赏不已的《高轩过》。诗的开头有一行序言："韩员外愈、皇甫侍御湜见过，因而命作。"

　　　　华裾织翠青如葱，金环压辔摇玲珑。
　　　　马蹄隐耳声隆隆，入门下马气如虹。
　　　　　云是东京才子，文章钜公。
　　　　二十八宿罗心胸，九精照耀贯当中。
　　　　殿前作赋声摩空，笔补造化天无功。
　　　　庞眉书客感秋蓬，谁知死草生华风。
　　　　我今垂翅附冥鸿，他日不羞蛇作龙。

　　我实在无法想象，一个七岁的孩子能写出这样的诗。这个年龄段的孩子，能把这些字认全、读准、写对，已经很了不起。如果能熟练掌握每个字的含义，可称"神童"。倘若能把这些字巧妙地排列组合成诗句，那一定是天才。我敢肯定，即便是现在的在校大学生，如果不查字典或者不在百度上查，也未必清楚该诗中有些词的意思。不信吗？那我考你一个，"庞眉"何意？提醒一下，千万别告诉我是"大眉毛"的意思。后世也有不少人跟我一样，认为这首诗应该不是李贺七岁时写的。"初唐四杰"之一的骆宾王，可是我国历史上著名的神童，他七岁时写了《咏鹅》："鹅鹅鹅，曲项向天歌。白毛浮绿水，红掌拨清波。"全诗没有一个生僻字、生僻词，形象生动，朗朗上口，流传千年而不衰，已经非常牛了。《高轩过》若是李贺七岁时所作，那简直是不可思议，除非他是外星人。真相已经有人考证出来了，民国著名作家、文化学者朱自清经过仔细研究，断定该诗是李贺二十岁时的作品。

　　且不管这首《高轩过》是李贺什么时候写的，但有两点确定无疑：一是李贺自幼就才思敏捷、聪慧异常，少年成名；二是李贺能够名扬天下，绝对与韩愈的大力推荐有关，韩愈是李贺的伯乐。

　　李贺这一次来到洛阳拜见韩愈，还带来了一首他最新创作的作品——《雁门太守行》。韩愈读罢，除了惊叹，还是惊叹。

黑云压城城欲摧，甲光向日金鳞开。

角声满天秋色里，塞上燕脂凝夜紫。

半卷红旗临易水，霜重鼓寒声不起。

报君黄金台上意，提携玉龙为君死。

这首《雁门太守行》是李贺的著名代表作，讲述的应该是平定藩镇叛乱的某次战斗。一般来说，描写悲壮的战争场面，不宜过多地使用浓艳色彩的词语，因为与血腥的战争环境非常不协调。但李贺偏要这么干，通篇诗文几乎都是由鲜明的色彩组成，黑色、金色、紫色、红色、秋色、胭脂色、玉白色等，令人目不暇接，让人觉得很诡异，又让人感到很奇特。如果再仔细琢磨琢磨这些句子，不但没什么不妥，反而越来越有味道。这首奇诡而又妥帖的诗作，把韩愈当场就给镇住了：后生可畏，后生可畏啊！年轻人，赶紧回去准备参加科举考试吧，有些话不能说得太直白，你懂的。

用浓郁的色彩渲染战争场面，应该是李贺首创。一千多年后，有一位伟人也仿效李贺的笔法，填了一首《菩萨蛮·大柏地》：

赤橙黄绿青蓝紫，谁持彩练当空舞？雨后复斜阳，关山阵阵苍。

当年鏖战急，弹洞前村壁。装点此关山，今朝更好看。

　　这首词的作者就是毛泽东。该词的创作背景是：1929年1月，毛泽东和朱德率领工农红军从井冈山出发，2月10日—11日，同围追过来的国民党军队在大柏地（位于江西瑞金）打了一仗，大获全胜。1933年夏，毛泽东再次经过大柏地时，触景生情，便写了这首词。这首《菩萨蛮·大柏地》，集齐了"赤橙黄绿青蓝紫"七种颜色，通篇格调极其浪漫。我有充足的理由相信，毛主席写这首词一定受到了李贺《雁门太守行》的启发，因为他喜欢李贺的诗已是公开的秘密。大家不要以为我是在胡扯，哗众取宠，举两个例子吧：在《浣溪沙·和柳亚子先生》中，有一句"一唱雄鸡天下白"，这句的原创者其实是李贺，只不过毛主席把李贺的"雄鸡一声天下白"改成了"一唱雄鸡天下白"，字和词序微调，句意一样；再如在《七律·人民解放军占领南京》中，最后两句是"天若有情天亦老，人间正道是沧桑"，"天若有情天亦老"的原创者还是李贺，毛主席直接原文照搬。

　　化用前人的诗句为我所用，自古有之，也不是什么丢人的事。至于用得好不好，得看你能不能在原作的基础上，赋予诗句更深、更美的内涵和意境。如果超越了原作，你仍是有才之人；如果无法超越原作，那你就是小偷、傻蛋，甚至是品行不端之人。有点"胜者为王，败者为寇"的意思。必须承认，毛主席不仅是军事天才，也是超一流的诗词高手。李贺的诗句经他活学活用，立即产生了不同的效果，境界也得到了升华。说到这里，我想起了1992年春天发生的一件具有里程碑意义的事件。那一年，一代伟人邓小平第二次来到改革开放的窗口城市深圳，并发表一系列重要讲话。不久之后，《深圳特区报》时任副总编辑陈锡添将邓小平的南方谈话内容进行了全面报道。这篇在全国引起重大反响的新闻报道，标题是"东方风来满眼春"。大家知道这诗出自何人之手吗？其实这诗是陈锡添借用的，原创者是李贺。

自己的诗句被后人频繁化用或借用，尤其是被有雄才大略的伟人喜爱，李贺如果泉下有知，当为此浮一大白。

确实应该去大喝一场。从韩愈处告辞后，李贺的脚下像装了弹簧似的，有种飞一般的感觉。高兴啊，太高兴了！能得到韩愈的提携，加上自己雄厚的实力，考个进士，不说轻而易举，应该问题不大。

至于李贺后来的命运如何，我先暂时按下不表，还是说说韩愈，用现在的眼光看，堪称完人，不仅能文，而且能武。且慢！韩愈一介书生，还能武？瞎扯吧！是不是瞎扯，我在后面还会写到，大家只要继续看下去就会知道。单凭韩愈对有真材实料之人不遗余力地培养、推荐、提拔这一点，就足以让大家心悦诚服、无比尊重。在对待人才的态度方面，韩愈不仅身体力行，还向世人阐述识人和用人的道理。在他那篇著名的《马说》中，韩愈多么不希望真正有才华的人，"祗辱于奴隶人之手，骈死于槽枥之间"。他还告诉那些抱怨无人才可用的官员："其真无马邪？其真不知马也！"

这种忧国忧民的济世情怀，试问历史上有几人能真正做到？

韩愈对人才的提携不遗余力，在孟郊身上体现得也十分明显。孟郊？这名字有点熟啊。不熟也没关系，他写的那首《游子吟》一定要记住哦：

> 慈母手中线，游子身上衣。
>
> 临行密密缝，意恐迟迟归。
>
> 谁言寸草心，报得三春晖。

在学习古诗词的过程中，往往会出现这样一种情况：你读了一首非常喜欢的诗词，就想了解该诗词作者的相关经历。著名国学大师钱锺书就曾遇到过这种事情，一名粉丝想去拜访钱锺书，表达自己的仰慕之意。钱锺书却回答："如果你吃到一个鸡蛋，觉得好吃，你又何必去认识下蛋的母鸡呢？"钱锺书可能不明白粉丝的心理，因为他是一个偶像级牛人。但孟郊可能是个例外，你会背《游子吟》，但未必知道作者。即便暂时记住了，时间一长，诗没忘记，作者却不记得了。这不怪你，要怪只能怪孟郊太普通了。孟郊四十六岁才中进士，貌不惊人，性格孤僻，也没留下什么政绩，还外号"诗囚"。就是这样一个人，韩愈却跟他一见如故，对他赞赏备至。据《旧唐书》记载，孟郊"性孤僻寡合，韩愈一见以为忘形之契"。尽管孟郊比韩愈年长十七岁，差不多隔代了，却依然得到了韩愈的大力推荐，孟郊也因此诗名大振。

这就是韩愈与众不同的地方，只要有才，不分老幼，悉数举荐。举荐比自己年轻的人，估计大多数人都乐意；举荐比自己年纪稍大的人，估计大多数人都不会干；举荐比自己年龄差不多大一辈的人，除非脑袋进水了。这是为什么呀？道理其实很简单，因为推荐比自己年轻的人，今后退下来有可能得到他的关照；如果年纪比自己大，就意味着比自己先退休甚至先去世，今后啥也指望不上，世上基本没有这么笨的人。人本来就是自私的，这样考虑很正常啊。按照这样的思维逻辑，是不是觉得韩愈真是太笨了，怎么能干这种傻事呢，难道真的是脑袋进水了？错了，这是以小人之心度君子之腹。在我看来，韩愈之所以愿意这么做，是因为他没有私心。

比较有意思的是，尽管孟郊给人的感觉很沉闷，可一旦疯狂起来，会让人不自觉地跟着他一起起舞。不信吗？那就读一读他在进士及第后写的《登科后》：

昔日龌龊不足夸，今朝放荡思无涯。
春风得意马蹄疾，一日看尽长安花。

这首诗充分体现了"欣喜若狂"之意。如果要评比，它可能是历史上最得意忘形的一首诗了。

孟郊在大文豪韩愈的影响下，终于修成了正果，尽管这只是一场"迟来的爱"，尽管之后孟郊并没有在官场"春风得意"，但他至少有机会把长安看了个遍——"一日看尽长安花"，也至少享受了一回长安普通大众对自己露出的羡慕和期盼的目光。从这个意义上讲，孟郊比张祜幸运多了；如果再跟李贺比，活着的孟郊简直就是人生赢家。

李贺怎么啦？

天若有情

谁也没有想到，神童李贺的进士及第之梦居然碎了。而这一次，即便韩愈用他那炉火纯青的游说之功，再配上那支出神入化的笔，也无济于事，没有办法帮到他。

这人啊，少年成名未必是好事。如果把握不好，有可能最终会流俗，如王安石笔下的仲永，小时候很牛，长大了"泯然众人矣"。又如20世纪70年代末，中国科技大学少年班的知名神童宁铂，后来也没什么建树，干脆出家当了和尚。还有可能折寿，我没统计过，但印象中历史上被称作神童的，基本上没活过五十岁（不包括最终流俗的），正是应了那句话："木秀于林，风必摧之。"

李贺在少年时就名扬长安，连韩愈也对他另眼相看。这有可能使他养成了自命不凡、自命清高的性格，又因为异于常人的想法较多，心里所思与现实格格不入，容易抑郁。因为生活越不如意，就越想超越现实，常常活在一个人的世界里。怎么办？李贺只好把全部心血倾注于诗歌创作中，用心血构筑自己理想的殿堂。李贺的母亲曾说过，这孩子要把心呕出来。那么，李贺心中的殿堂是什么样的呢？大家可以读一读他写的一首非常有名的诗——《马诗二十三首·其五》，窥其内心世界：

　　　　大漠沙如雪，燕山月似钩。
　　　　何当金络脑，快走踏清秋。

　　李贺说，我多么渴望奔向平沙如雪的疆场，那里才是英雄用武之地。可是，何时才能受到皇帝的赏识，赐我一匹用黄金打造辔头的骏马，让我在秋天的战场上驰骋，杀敌报国？

　　李贺想建功立业，而且把血腥的战场想象得如此浪漫，具备这种丰富情感世界而又自命不凡的人，一定有一种与生俱来的优越感。790 年，李贺出生于福昌（今河南宜阳）一

图 4 燕山月似钩（刘朝云绘）

个破落贵族之家，远祖是唐高祖李渊的叔父李亮，属于唐宗室的远支。武则天执政时大量杀戮高祖子孙，到李贺的父亲李晋肃时，早已世远名微，家道中落。尽管如此，李贺对自己有李唐宗室的高贵血统非常自豪，在他与朋友的交往过程中，经常会提起"唐诸王孙李长吉"，骨子里的高贵基因最终促成了李贺自恃孤傲的贵族性格。

就是因为孤傲的贵族性格，李贺得罪了一生中最不该得罪的人。这个人与白居易是同学（同登书判拔萃科），并与白居易共同倡导新乐府运动，是白居易的终生诗友。他就是大名鼎鼎的元稹。

元稹多牛啊，李贺干吗要得罪他？论年龄，元稹还大李贺十一岁；论名气，元稹不比李贺差；论职务，李贺跟元稹没法比。这事要从唐代的科举制度说起。

在唐代，科举取士以明经、进士两科为主。明经科主要考查考生对儒经的掌握程度，通俗地说就是考记忆力，比较容易通过，考试环节也比较简单。因明经科考试相对容易得多，即使三十岁考中，仍被看作"老明经"。进士科主要考诗、赋和时务策，而且非常注重语言规范、文笔优美，难度相当大，考试的过程也比较复杂。进士科每年应举者少则八九百人，多则一两千人，能及第者最多三十人，录取比例不超过百分之三。由于应举者多，录取名额少，五十岁能考中进士的人，还算是年轻的，仍被看作"少进士"，终身不第的居大多数。因此，唐代有"三十老明经，五十少进士"

之说。

这下明白了四十六岁的孟郊登科后，为什么会表现得那么疯狂了吧。

弄清楚了唐代科举制度，估计大家能猜出李贺看不起元稹的原因了。当时在长安，李贺名气太大，尽管他还不是进士，但大家都认为李贺进士及第如囊中取物，是迟早的事。因此仰慕他的粉丝多不胜数，许多学子以能与李贺结交为荣，元稹也不例外。元稹担心自己考不过进士科，便选择了相对容易的明经科考试，如愿通过后，就去拜见李贺。李贺并不认识元稹，很不客气地说："明经及第，何事来见李贺？"这话问得很不友好，的确很过分，够刺激人的，让元稹非常尴尬，一时不知所措，只好捂着脸惭愧而退。

"文人相轻，自古而然。"这种情况在亲兄弟之间也存在，如三国时期，曹操的两个儿子曹丕与曹植，他们俩是一母同胞，为了继承王位斗得你死我活。表面上看是权力之争，但能否认他们之间没有文人相轻的心理在作祟吗？大家都知道曹植才高八斗，他的《洛神赋》："翩若惊鸿，婉若游龙""含辞未吐，气若幽兰。华容婀娜，令我忘餐"。他的《七步诗》，其中那句"本是同根生，相煎何太急"已成为千百年来人们劝诫不要兄弟阋墙、自相残杀的普遍用语。曹丕在文学上的造诣也是相当了得，他的《燕歌行》是我国现存最早的完整的七言诗。他的《典论》，其中的《论文》是我国文学史上第一部有系统的文学批评专论作品。大家不妨读一读曹丕的《燕歌行·其一》：

秋风萧瑟天气凉，草木摇落露为霜。

群燕辞归鹄南翔，念君客游思断肠。

慊慊思归恋故乡，君何淹留寄他方？

贱妾茕茕守空房，忧来思君不敢忘，不觉泪下沾衣裳。

援琴鸣弦发清商，短歌微吟不能长。

明月皎皎照我床，星汉西流夜未央。

牵牛织女遥相望，尔独何辜限河梁。

你能想象这首笔致委婉、语言清丽、感情缠绵的七言诗，是出自一位帝王之手吗？作为杰出文人，曹丕对公认的才华盖世的弟弟曹植，心里会服气吗？不仅不服气，还要利用手中的权力狠狠地敲打自己的弟弟，甚至不惜置其于死地。

但无论"相轻"也好，"相爱"也罢，我不得不佩服曹氏三父子所取得的令人望尘莫及的成就，后世也只有北宋时期的苏氏三父子才能与之比美。曹操、曹丕、曹植和"建安七子"（孔融、陈琳、王粲、徐幹、阮瑀、应场、刘桢）以及女诗人蔡琰，他们继承了汉乐府民歌的现实主义传统，采用五言形式，作品风骨遒劲，具有慷慨悲凉的阳刚之气，形成了"建安风骨"，被后人尊为典范。

曹丕和曹植兄弟都难免相轻，李贺瞧不起元稹，似乎是无可厚非了。想想也是，能考上进士的，那都是响当当的"学霸"啊！元稹为尽快获取功名，选择报考相对容易的明经科，这种投机取巧的做法让李贺鄙视也是正常的。不说别的，应届生还看不起留级生呢！

然而，那令元稹心寒的鄙视眼光，让李贺付出了惨痛的代价。它就像南美亚马孙河流域一只轻轻抖动翅膀的蝴蝶，最终在长安掀起了一场猛烈的风暴。

应该说，李贺的科举之路一开始还是蛮顺利的。在韩愈的劝说之下，李贺参加了河南府试并一举过关。810年底，李贺再次来到长安，摩拳擦掌，准备参加进士科考试。意外就在此刻出现了：曾遭到李贺羞辱、现已飞黄腾达的元稹，向朝廷写了一份奏状，矛头直指李贺。元稹认为，李贺的父亲名叫晋肃，"晋"与"进"同音，李贺应避其名讳，不能参加进士考试。（编者按：也有学者考证，元稹没有做过此事）元稹这招够狠、够毒，想直接剥夺李贺的考试资格。让元稹没有想到的是，他这么轻轻一呼，居然得到了不少举人的响应。大家也许觉得很奇怪，元稹要拆李贺的台，是为了报复，那些举人凑什么热闹啊？如果大家认真想一想，就不会大惊小怪，这是人与生俱来的自私、自利之心使然。李贺是什么人？"学霸"啊。如果把他排挤出去，别人就有更大的机会出头。进士指标那么少，千军万马过独木桥，少了一个强有力的竞争对手，自己考上的概率就会大大提高。损人不利己的事情，可能有人不干；

损人利己的事情，会有人不干？

也许有人会问，这也太小题大做了吧，不就是一个字吗，至于那么严重吗？更何况李贺是个人才，是国家需要的栋梁之材啊！对这种难得一遇的人才，难道就不能网开一面，特事特办？

这事还真是有点难办，因为古人非常看重避讳。什么叫避讳？简单地说，就是对帝王，或者地位、辈分比自己高的人，不能直接说出或写出他的名字，哪怕是其中某一个字，甚至字音相同也不行，否则就是大不敬。举一个例子，如杜甫的父亲名字叫"杜闲"，为了避"闲"字的讳，杜甫的诗中从未用过"闲"字。不信你找找看，反正我所知道的杜甫诗中，就没有见过这个"闲"字。

李贺不能参加进士考试，成了当时长安城的热点话题，用现在的话说，此事连续多日占据了"今日头条"。对此，有人开心，有人惋惜，有人幸灾乐祸，有人仗义执言。韩愈坐不住了，心想这么有才华的一个孩子，不能就这样给毁了。怎么办呢？韩愈一介书生，能有什么办法，只能再用那支出神入化的笔声援李贺，希望皇上能法外开恩，给李贺一次机会。于是，韩愈在家奋笔疾书，写了一篇《讳辩》，为李贺鸣冤叫屈，并控诉这个不讲情理的害人规则。

我在想啊，也不知道哪个吃饱了撑着没事干的家伙，定了这样一个毫无道理的规矩。我国的汉字尽管有几万个，但常用的不过几千字，那时的人口总有几千万吧，不重名都难以做到，还要避讳，这不是明摆着坑人吗？试想，如果李贺的父亲名字中有个"仁"字，是不是意味着李贺连做人的资格也没有了？韩愈也是这么认为的，他说："父名晋肃，子不得举进士；若父名仁，子不得为人乎？""士君子言语行事，宜何所法守也？今考之于经，质之于律，稽之以国家之典，贺举进士为可邪？为不可邪？"（士大夫的言论行动，究竟应该依照什么法度？总之，我无论是考据经典、查询律文，还是稽核国家典章，也没有找到李贺参加进士考试，到底是行还是不行的依据。）但是，任韩愈如何巧舌如簧，李贺就是不能考。韩愈最后也是回天无力，只能叹息。

　　今生不能参加科举考试，对于积极要求进步、渴望建功立业而又自视甚高的李贺来说，真是太残忍了，更何况他当时还只有二十一岁啊！我不知道李贺是怎样离开长安，返回家乡的，只知道李贺此时应该还没有完全绝望，他的心底还残存着一点希望。只要是金子，总会有发光的时候。上天为自己关上了"进士"之门，也许会为自己打开"凌烟阁"之窗：

> 男儿何不带吴钩，收取关山五十州。
>
> 请君暂上凌烟阁，若个书生万户侯。

　　贞观十七年（643）二月，唐太宗为怀念当初一同打天下的众位功臣，命令褚遂良题字，由阎立本在凌烟阁内画了包括长孙无忌、魏徵、程知节、秦琼等在内的二十四位功臣图像，人物大小如真人一样。后来又有四位皇帝在凌烟阁添加功臣图像，包括张九龄、郭子仪、李光弼等，总共一百多人。有唐一朝，画像能上凌烟阁，对于每个有志之士及其家族都是莫大的荣誉。李贺在巨大的打击之下，还能够坚持下去，就是因为他心中还有一个"凌烟阁"之梦。李贺说，大家看看凌烟阁内的画像，有几个是书生呀？我有年龄优势，还有机会。

然而，心比天高、命比纸薄的李贺没有等到登上凌烟阁的机会，长期不得志和过度忧郁耗尽了他的一生。此时，我仿佛听到一个低沉、忧伤、苍凉的声音在耳边回响："衰兰送客咸阳道，天若有情天亦老。"

狠狠教训了一下那个无礼的李贺，让元稹长出了一口恶气。说实在的，尽管李贺的言行确有失当之处，但元稹用这种方式报复，显得心理很阴暗，太没有格局了。我不知道元稹有没有后悔过，但此时他一定感到很得意：这人啊，有时候还是要有一点定力，否则一得意就容易忘形。元稹一忘形，也会得罪人，而且他得罪的人，不仅让他遇到了人生中最大的挫折，还因此遭受了皮肉之苦，付出了血的代价。

曾经沧海

现代人提起元稹，第一反应往往是：元稹呀，那可是一个著名的情种，绝对是玩弄女性的高手。大多数女性甚至还会狠狠地补充两个字：渣男。

元稹之所以给后人留下负心郎的印象，始作俑者却是他自己。我们不妨先读一首诗，诗题是《答张生》，作者崔莺莺。

> 待月西厢下，迎风户半开。
>
> 拂墙花影动，疑是玉人来。

好熟悉的诗！这不是《西厢记》中崔莺莺写给张生的约会接头暗语吗？可是，《西厢记》是元代戏剧大家王实甫的代表作，跟唐代的元稹有关系吗？有，如果没有元稹，恐怕不会有《西厢记》。我甚至想，元稹如果泉下有知，估计会郁闷死了，事情是自己干的，却让王实甫成了大名人。

《西厢记》中男主人公张生的原型是元稹吗？是的。元稹曾写过一篇传奇小说《莺莺传》，讲的是唐德宗贞元年间（785—805），有一个读书人姓张，因外出旅行住在蒲州（今山西永济）普救寺中，偶遇并保护了崔家人，由此认识了崔家貌若天仙的姑娘莺莺，且一下子就爱上了她。张生通过婢女红娘了解到崔莺莺喜欢诗词，便写了两首诗托红娘转送莺莺，这一招有的放矢的爱情攻势最终收到成效，两人私下往来了几个月。后来张生进京赶考，只好与崔莺莺分别。谁知张生落榜了，滞留在长安不归。一年多以后，张生另娶他人，崔莺莺也另嫁别人。有一次，张生经过崔莺莺的夫家，想以表兄的名义相见，崔莺莺始终不见，并答诗一首：

> 弃置今何道，当时且自亲。
> 还将旧时意，怜取眼前人。

崔莺莺说，当初你狠心抛弃了我，现在又想跟我重温旧梦，哼，想得美！我们不必再见面了，还是各自珍惜眼前所爱吧。诗写得还蛮有味道的，看来崔莺莺不仅貌美，还是一个才女，难怪风流才子元稹对她一见钟情。

以上就是元稹《莺莺传》的故事梗概，王实甫的《西厢记》与之不同的是，他给了张生和崔莺莺一个圆满的结局，有情人终成眷属。鲁迅在《中国小说史略》中说："元稹以张生自寓，述其亲历之境。"元稹为何要将自己的经历写成《莺莺传》？后世比较一致的看法是，这家伙为推卸责任，把崔莺莺描绘成水性杨花的尤物，让别人觉得他是受害者。元稹万万没有想到的是，原本以为凭自己的生花妙笔，给自己贴上"负责任的男人"的标签，谁知后人却送给他一顶大大的帽子，帽子上写着四个大字：始乱终弃。

也许有人会问，既然《莺莺传》是元稹的自传，那么他抛弃崔莺莺后，娶的又是哪位？

这个女子可不简单，跟崔莺莺相比，这个女子多了一个对元稹来说更有吸引力的优势：家族有权。该女子姓韦，名丛，其父韦夏卿时为京兆尹、太子宾客等，后迁东都留守。什么是留守？古时帝王离开京城，命令太子或重臣代为守国，称为"留守"。唐代，洛阳又称东都，地位仅次于长安；宋时，洛阳的地位仅次于开封。在洛阳当留守长官，可谓位高而权重。如此有权有势的家庭背景，对于求官心切、渴望尽快改变命运的元稹来说，岂能错过？套用现在的流行语，就是元稹"宁可坐在宝马车里哭，也不愿坐在自行车上笑"。

读到这里，大家一定会认为元稹是一个只会钻营的小人、玩弄感情的骗子。事实不完全是这样。对于韦丛，元稹付出的绝对是真爱。他与韦氏共同生活了七年，这是他一生中非常甜蜜的时光。809 年，元稹任监察御史时，韦氏不幸病死。他非常痛苦，便写了一组悼念亡妻之诗——《离思》，总共写了五首，其中流传最广的是第四首：

> 曾经沧海难为水，除却巫山不是云。
> 取次花丛懒回顾，半缘修道半缘君。

熟悉吧？尤其是头两句，几乎成了热恋中情人的口头禅。沧海之后再无水，巫山之外更无云。因为心里只有你，即使眼前美女如云，我看都懒得看。这样的爱情表白，谁不会心动？

相信这毫不掩饰的真情告白，元稹当时的确是发自内心的。在此后两年的时间里，元稹常常因思念过度而夜不能寐，并饱含深情地为韦丛写下了一组著名的悼亡诗《遣悲怀》。其中第三首是：

> 闲坐悲君亦自悲，百年都是几多时。
> 邓攸无子寻知命，潘岳悼亡犹费词。
> 同穴窅冥何所望，他生缘会更难期。
> 惟将终夜长开眼，报答平生未展眉。

元稹跟妻子韦氏说，我常常在闲坐无事时，为你伤悲也为自己感叹。都说人生短暂，那百年时间又是多长？邓攸没有后代是命运的安排，潘岳悼念亡妻也只是徒然悲伤。亲爱的人啊，即使我们俩能够合葬，却再也无法倾诉衷肠。企望来世结缘，更是不切实际的幻想。我只能睁着双眼彻夜把你思念，以此报答你平生不得伸展的双眉。

元稹这一组悼亡诗，可谓字字真挚、声与泪俱，令人不忍卒读。另外两首同样十分感人，还是把它们抄录下来供大家欣赏吧：

遣悲怀·其一

谢公最小偏怜女，自嫁黔娄百事乖。

顾我无衣搜荩箧，泥他沽酒拔金钗。

野蔬充膳甘长藿，落叶添薪仰古槐。

今日俸钱过十万，与君营奠复营斋。

遣悲怀·其二

昔日戏言身后意，今朝皆到眼前来。

衣裳已施行看尽，针线犹存未忍开。

尚想旧情怜婢仆，也曾因梦送钱财。

诚知此恨人人有，贫贱夫妻百事哀。

字里行间都是元稹对韦氏的真挚情感，这不是诗，而是泪，是痛。读了这些诗，还会认为元稹只是一个玩弄女性感情的骗子吗？

在我国文学史上，从《诗经》开始，就有了悼亡诗；到唐宋之前，悼亡诗写得最有名的当属西晋的潘岳；到了中唐和晚唐，元稹、李商隐等亦先后有悼亡之作。他们的作品悲切感人，或写爱侣去后，独处孤室倍感凄怆，目睹遗物暗自伤神；或者追忆往昔，慨叹世事乖舛、天命无常；或将自己深沉、浓郁的思念和追忆之情，用真切、诚挚的文字，辅以忧伤的色彩，抒发出来，读之令人心痛不已。

到了北宋，苏轼是第一个尝试用词这种文学体裁写悼亡的大家，而且一出手便不同凡响。比如他那首被评为"千古第一悼亡词"的《江城子·乙卯正月二十日夜记梦》：

十年生死两茫茫，不思量，自难忘。千里孤坟，无处话凄凉。纵使相逢应不识，尘满面，鬓如霜。

夜来幽梦忽还乡，小轩窗，正梳妆。相顾无言，惟有泪千行。料得年年肠断处，明月夜，短松冈。

读这首词，感觉不到一丝"矫情"，每一次解读都仿佛是一次伤害。

1101年，也就是苏轼去世那一年，北宋著名词人、外号"贺梅子"的贺铸回到苏州，在给亡妻扫墓之后，也写了一首痛彻心腑的《鹧鸪天》，以寄托对亡妻的哀思：

重过阊门万事非，同来何事不同归？梧桐半死清霜后，头白鸳鸯失伴飞。

原上草，露初晞，旧栖新垅两依依。空床卧听南窗雨，谁复挑灯夜补衣。

贺铸说，老伴啊，我又回来看你了。我现在心里啊，非常难受，只觉得物是人非，万事皆非。你太狠心了，当年与我同来苏州，如今却先舍我而去。我现在整个人啊，好像霜打的梧桐，半生半死；又好像失伴的鸳鸯，孤独倦飞。夜晚，我躺在空荡荡的床上，听着窗外淅沥的雨声，满脑子都是你的身影。唉，今后还有谁再为我深夜挑灯补衣啊！

由此我想，你别看古代人只要经济条件允许，就可以三妻四妾，便用现代人的价值观判断古代女人只是传宗接代的工具，家庭地位一定很低。这种观点其实失之偏颇。从流传下来的文学作品和民间传说来看，古代男人也有非常重视家庭生活、珍惜夫妻之情的，这些感人至深的文学作品，没有真情实感是无论如何也写不出来的。元稹的两组悼亡诗、苏轼的《江城子》、贺铸的《鹧鸪天》等，读后无不为之动容。从这个角度去分析，曾被我们口诛笔伐的"三纲五常"，其实得到了很多人的认可，并在某种程度上成为社会的稳定器和黏合剂。

还是继续说元稹吧。纵观元稹的一生，他就是这样一个典型的两面人：在情场上，一见面，他可以跟人爱得死去活来；一转身，他很快把人忘得九霄云外。在官场上，元稹也同样如此——一方面，他是一位敢于直言、勇于担当的有为官员；另一方面，他又是趋炎附势、排斥异己的势利小人。当然，如果没有碰到那次意外事件，元稹在官场上也许不会改变得那么快。

810年，身在洛阳的元稹因弹奏河南尹房式（开国重臣房玄龄之后）贪赃枉法，被召回长安并被罚薪水。在途经华州（今陕西渭南）敷水驿时，恰逢宦官仇士良、刘士元等人。这下问题来了：驿馆只有一间上厅，却来了两拨尊贵的客人，上厅该谁住？元稹先到驿站，就住在了上厅。仇士良是谁？他虽然只是一个宦官，却是唐宪宗身边的红人。他破口大骂：哪里来的浑小子，敢在爷的面前撒野，今天就让你见识一下爷的厉害。说罢，朝刘士元一使眼色，刘士元心领神会，上前就用马鞭猛抽元稹，打得元稹鲜血直流，落荒而逃。（《旧唐书》："宿敷水驿，内官刘士元后至，争厅。士元怒，排其户，稹袜而走厅后。士元追之，后以棰击稹伤面。"）

元稹其实是很委屈的，本来嘛，按照当时的规矩，宦官和御史投宿于同一驿站，驿站上厅由先到者得。元稹先到，上厅自然就归元稹。但元稹还是欠点火候，没有看清大唐自安史之乱后，已开始进入宦官的黄金时代。在读史的过程中，大家有时也会觉得奇怪：为什么皇帝会相信那些太监？再仔细琢磨琢磨，就恍然大悟了：唐王朝经过一百多年的演变，那些高高在上的皇帝先是吃够了权臣的苦，后又吃够了藩镇的苦，最后终于想明白了——凡是能让人生孩子的人都靠不住，只有不会生孩子的太监才可靠。想法貌似很好啊，谁知按下葫芦浮起瓢，助长了太监的"拳头"，后来甚至连皇帝的废立都由太监做主。这种状况一直延续到一百年以后，唐王朝的太监终于迎来了他们的末日：一位先是跟着唐末农民起义军头领黄巢一起造反，后又投降于唐王朝反过来镇压起义军，最后干脆推翻唐王朝自己当皇帝并建立后梁，名叫朱温的家伙，成了太监的噩梦，他像剁瓜、切菜一样直接砍掉了太监的项上人头。

大家认为元稹遇到如此狼狈不堪的事情会怎么办？忍住吗？既然惹不起太监，那就自认倒霉，躲一边去。反抗吗？以血还血，以牙还牙。可是，元稹他敢吗？元稹当然不敢。但无论如何，这口气还是咽不下。无奈之下，元稹只好把出气的希望寄托在一个人身上，谁呀？还能有谁，皇上呗。没想到，唐宪宗不辨是非，居然拉偏架，明明是太监"追尾"，反而让"被撞"的元稹负全责。好朋友白居易也看不过去了，帮着元稹一起抗议。没用，仇士良啥事没有。这太黑了吧？更黑的还在后面，元稹被以"年少轻树威，失宪臣体"为由，贬为江陵府士曹参军（相当于现在的民政局局长），从此开始了他十余年的贬谪生活。

想想元稹也真是够背的，先是被李贺羞辱，后又被太监鞭抽；指望皇上主持公道，却反被嘲笑，说自己被人揍得很狼狈，实在有失作为宪宗皇帝臣子的体面。唉，人一倒霉，喝凉水都塞牙。在南下江陵的路上，元稹是欲哭无泪，哀叹时运不济。他想到了过世的妻子韦丛，回忆起两人的幸福时光；想到了欺人太甚的太监仇士良，恨不得将其碎尸万段；还想到了远在天府之国的一个女人，现在她过得还好吗？

巾帼校书

在成都市东门外九眼桥锦江南岸，有一座望江楼公园，该公园是明清两代为纪念一位传奇女性而修建的。望江楼又名崇丽阁，它是公园内的标志性建筑。喜欢对联的人可能知道跟望江楼有关的一副著名的楹联：望江楼，望江流，望江楼上望江流，江楼千古，江流千古；印月井，印月影，印月井中印月影，月井万年，月影万年。

公园内有一处建筑，名叫清婉室，门边也有一副对联：古井冷斜阳，问几树枇杷，何处是校书门巷；大江横曲槛，占一楼烟月，要平分工部草堂。这副对联提到了两位历史人物，其中一位就是家喻户晓的杜甫，即联中所说的"工部草堂"。那么"校书门巷"指的是何人，居然能与诗圣杜甫平起平坐？公园的西北角处，有一座墓静静地立在竹林深处。

墓的主人是一位女性，她的名字叫薛涛。

薛涛可是一位奇女子，她与鱼玄机、李冶、刘采春并称唐代四大女诗人，又与卓文君、花蕊夫人、黄娥并称蜀中四大才女。只有薛涛同时上了这两份名单，突显了薛涛的与众不同。上述几位女性都是比较特别的，可以说每个人都是一部传奇，今后若有时间和精力，一定要专门系统地讲讲她们的故事。

元稹任监察御史一个月后，便奉命到蜀地梓州（剑南东川节度使治所）检查工作。估计现在大多数人都没有听说过梓州，可是在元代以前，梓州却是四川地区能与成都齐名的城市。梓州现属于四川省绵阳市三台县，以现在的眼光看，三台仅仅是川中一个普通的县，但早在先秦时期，三台是古郪国的国都，郪国是四川四大古国之一，与古蜀国、古巴国、古充国并列。郪国人的主要活动范围在涪江中游一带，如今的三台县还有郪江镇，它就是古郪国国都所在地。到了唐代，四川最有影响力的区域主要是以成都为中心的西川，和以三台为中心的东川，其建制相当于现在的省，成都、三台则相当于各自的省城。

现在不少人误以为四川是因嘉陵江、金沙江、岷江、沱江等流经而得名，其实不然。北宋第三个皇帝宋真宗赵恒继位后第四年（1001），将四川地区划分为益州路、梓州路、利州路、夔州路，合称"川峡四路"或"四川路"，设四川制置使、四川宣抚使等官职，四川之名由此而来。三台为梓州路的中心，成都为益州路的中心。元代设立四川行省，将省城定在成都后，三台与成都的差距开始拉大。明清以来，三台为潼川府驻地，是当时四川最大的府城之一，影响力渗至川北、川南、川东地区。

元稹一到梓州，立即想见一个人，准确地说是想见一个女人。这是一个让元稹仰慕已久的女人，在京城长安的朋友圈里，这个女人绝对是女神，她的美色、她的才华、她的作品，经常成为文人骚客谈论的话题。有一个名叫严绶的官员得知元稹的想法后，便主动跟元稹说，我负责通知她来梓州吧。（编者按：学界对元稹与薛涛的关系争议较大，由于历史事实与民间传说混在一起，目前尚无定论。）

终于见到薛涛了！在众多史料中，我都没有看到元稹与薛涛首次见面的详细描述，而这恰恰是我最想知道的细节：当三十一岁的元稹见到从成都风尘仆仆地赶来梓州，时年已经四十二岁的薛涛时，第一反应是怎样的？

不急，我们还是先来看看在薛涛的一生中两个重要的男人吧。

785 年，韦皋出任剑南西川节度使。韦皋是谁？此人可以说相当了得，能文也能武，是诗人，更是中唐名臣。他在蜀地做了二十一年的官，和南诏、拒吐蕃，为蜀地的安定、繁荣做出了巨大贡献。我认为，韦皋对蜀地乃至整个西南地区的贡献比三国时期的诸葛亮还大。史称韦皋"数出师，凡破吐蕃四十八万，禽杀节度、都督、城主、笼官千五百，斩首五万余级，获牛羊二十五万，收器械六百三十万，其功烈为西南剧"，太厉害了！历史教科书上为何不介绍这样的牛人？元人乔吉曾创作一部杂剧《两世姻缘》，全名为《玉箫女两世姻缘》，取材于唐代传奇《玉箫传》，杂剧梗概是书生韦皋与韩玉箫相爱，并立下白首之誓。韩母因朝廷挂榜招贤，劝说韦皋上京赶考。韦皋如愿以偿状元及第，本想回去与韩玉箫成亲，此时恰逢吐蕃作乱，韦皋奉命领兵西征。因事发突然，来不及传递书信，韩玉箫在家望眼欲穿，思念成疾，因病而亡。韦皋镇守吐蕃后，便派人接韩玉箫母女，然而韩玉箫已逝，韩母亦不知去向。十八年后，韦皋班师途中拜访同学、荆襄节度使张延赏，张延赏设宴款待，并让义女张玉箫与韦皋相见，不承想此女便是韩玉箫转世。韦皋于是向张延赏提出要娶张玉箫，张延赏觉得此事太过荒唐，非常不高兴，两人闹得差点动手打架。此事后来被皇帝知道了，干脆御赐婚配，成就了韦皋与玉箫的两世姻缘。这是一个圆满的大结局，有情人终成眷属。

战功赫赫、政绩斐然的韦皋不仅书写了个人的传奇，还慧眼识才，让年仅十八岁的薛涛一诗成名，由此开启了这位传奇女子浪漫、曲折的一生。

韦皋与薛涛相识应该是在一次酒宴上。尽管韦皋已听说薛涛少有才名，但也是将信将疑，为了验证薛涛到底有几把刷子，韦皋利用酒宴的机会让薛涛即席赋诗。薛涛羞涩一笑，神态从容地拿过纸笔，一挥而就《谒巫山庙》：

乱猿啼处访高唐，路入烟霞草木香。
山色未能忘宋玉，水声犹是哭襄王。
朝朝夜夜阳台下，为雨为云楚国亡。
惆怅庙前多少柳，春来空斗画眉长。

韦皋读罢，拍案叫绝：这哪像一位小女子写的诗哟！他望着眼前这个楚楚动人的小姑娘，心想薛涛是通过《谒巫山庙》来劝喻自己吗？韦皋是朝廷命官、地方大员，职责是保境安民、建功立业，可不要像楚襄王那样，整天沉湎于女色而荒废政务啊！想到这里，韦皋心里竟涌出一丝感动，不禁对薛涛刮目相看。对于《谒巫山庙》，韦皋读出了劝喻的味道。有人却读出了"勾引"的暗示，认为历史上有太多经验教训可以用来写诗劝谏，薛涛却又是云又是雨的，拿男女私情来说事，这不明摆着在挑逗韦皋嘛。这么理解好像也有点道理。

且不管大家怎么理解，有一点是肯定的，就是因为这首诗得到了韦皋的点赞，使十六岁就加入乐籍，成为一名官妓的薛涛声名鹊起。现代人一看到"妓"字，就会皱眉头，觉得干这种事的一定是好吃懒做的坏女人。大家可不要想歪了，古代官妓是可以领朝廷俸禄的。做妓女还有薪水？这完全颠覆了现代人的"三观"，看来古人在某些方面比现代人还开放。尽管有薪水，但官妓社会地位很低，名门望族、达官贵人、家境殷实的富裕之家，根本就不会让自己的孩子去从事这个职业。对于那些生活困难的家庭来说，让女孩子去当官妓还是不错的选择。但是，这个行业不是你想进就能进的，它有很高的门槛：首先得有姿色，相貌至少要对得起观众，回头率越高，优势越大；其次得有绝活儿，官妓的主要工作就是在朝廷官员举办宴会、外出郊游等时候，亮出绝活儿，为他们饮酒助兴，如能歌善舞、琴棋书画等，绝活儿越多，越受追捧，但卖艺不卖身。正是由于条件比较苛刻，官妓中的绝大多数是因家道中落而被逼无奈的官宦人家的女子，也只有这些人家的女子，才有机会从小接受良好的教育。

薛涛其实是长安人，她的父亲薛郧在京城做官，后因得罪了当朝权贵，才被贬到四川。薛涛十四岁那年，父亲病故，家庭陷入困境。作为一个被贬官员的女儿，除了去当官妓，也没有其他更好的选择。官妓的门槛对于薛涛来讲不是问题，因为她不仅长得漂亮，而且还有一手写诗的绝活儿，所以她属于官妓中的诗妓。如果有机会被某个达官贵人看中并纳为妾，对官妓来说是比较好的结局。

薛涛自从得到韦皋的赏识之后，韦府中每有盛宴，她就是侍宴的不二人选，而且很快就当上了韦皋的文字秘书，成为领导身边的红人。韦皋让薛涛从事文字秘书工作，说白了就是让薛涛帮助自己处理公文、写写奏折，应该还有领导的讲话稿。你还别说，薛涛干得非常出色，她写的公文不仅富有文采，而且很少出错，乃至后来韦皋在公文处理方面对薛涛产生了相当程度的依赖，就像当年武则天对上官婉儿的依赖一样。真是应了那句话——机会永远留给有准备的人。

上官婉儿号称"巾帼宰相"，薛涛也有一个响当当的名头：薛校书。校书是干什么的？其实就是校书郎，官阶为从九品，工作内容主要是公文撰写、典校藏书。虽然职位低，但门槛却很高，按规定只有进士出身的人才有资格任此职，像大诗人白居易、王昌龄、李商隐、杜牧等都是从这个职位做起的。历史上还没有女子担任过校书郎，更何况薛涛还不是进士，韦皋敢于打破常规，向朝廷打报告，奏请唐德宗授薛涛秘书省校书郎官衔，由此可见，他对薛涛的器重和依赖已经到了无以复加的地步。尽管因旧例所限，也因太过惊世骇俗，韦皋想给薛涛一个名正言顺的名分的愿望未能实现，但"女校书"的名号，仍然让薛涛从此成为江湖上的一个传奇。

应该说，这是薛涛出道以来最春风得意的一段时光。案牍公务、迎来送往，让薛涛的生活过得非常充实。这人啊，生活一充实，基本没有诗。薛涛也是如此，偶尔写了一首，就成了名篇，才女之名绝不是虚传的。如她那首著名的送别诗《送友人》：

水国蒹葭夜有霜，月寒山色共苍苍。
谁言千里自今夕，离梦杳如关塞长。

有人说这是刘禹锡路过成都时，薛涛送给他的一首诗。诗的大意是，水边蒹葭好似染上了秋霜，月色与山色浑然一体苍苍茫茫。谁说朋友之情能在一夕之间说没就没？可为什么离别之后，我们连相逢之梦也那么难求，它竟然像万里关塞那样遥远！

薛涛认为朋友之情不大可能在一夕之间消失，然而，现实却让她见识到了，即使是朋友，某些方面也是要讲原则的，有些东西你怎么碰都可以，有些东西你无论如何也不能碰；否则，朋友之情真的可能在一夕之间无影无踪。尽管才华横溢，但涉世不深的薛涛还是碰到了韦皋不喜欢她碰的东西。这个东西具有十足的"魔力"，它让薛涛一度失去了认识自我的能力，并为此付出了惨痛的代价，使她真正体会了一次什么是"离梦杳如关塞长"。

这个东西名叫"权力"。

大智若愚

> 君王台榭枕巴山，万丈丹梯尚可攀。
>
> 春日莺啼修竹里，仙家犬吠白云间。
>
> 清江锦石伤心丽，嫩蕊浓花满目班。
>
> 人到于今歌出牧，来游此地不知还。

这是诗圣杜甫在游览四川阆中滕王阁时，留下的《滕王亭子》。写到这里，我又得感慨一番：在读史的过程中，古人所展示的人文素质还真令我们今人汗颜。比方说旅游，我们每到一地，在旅游景区的墙上、树上、竹子上、石头上等，凡是有空隙的地方，都有可能看到"某某某到此一游"的字样，就像人脸上的一块伤疤，非常丑陋。古人在旅游时也喜欢到处写写画画，如杜甫的这首《滕王亭子》，个人判断应该是他游滕王阁时，直接写到亭子上的。最典型的要数苏轼了，这位超级有才、超级可爱的"万人迷"向来不拘小节，在庐山旅游时诗兴大发，一时找不到地方，就干脆写在墙上，当然不是"到此一游"这种庸俗无聊之语，而是：

> 横看成岭侧成峰，远近高低各不同。
>
> 不识庐山真面目，只缘身在此山中。

相信个别不了解这首诗背景的读者，一定会惊得合不拢嘴巴。因为这首诗太熟悉了，现在还经常被人引用，这诗中精品居然是墙壁诗！是啊，苏轼这首诗名叫《题西林壁》，顾名思义，就是写在西林寺的墙壁上。南宋时期的辛弃疾也喜欢在墙上填词，如《丑奴儿·书博山道中壁》《菩萨蛮·书江西造口壁》等，都是词中名篇。但我觉得苏轼的《题西林壁》应该是历史上最好的墙壁诗了。

还有一点，滕王阁明明在江西南昌，为何说在四川阆中？这个问题有必要详细说一说。

要说滕王阁，必须先说一个人。此人姓李，名元婴，这家伙身世极其显赫，他是唐高祖李渊之子、唐太宗李世民之弟、唐高宗李治之叔。有人说李元婴是一个欺男霸女、游手好闲的特大浑蛋，还有人说李元婴是一个大智若愚、会享受生活的人生赢家。之所以会出现这两种截然相反的评价，是因为李元婴一生的经历比较特别，用几句话概括，即创建了一种绘画流派，建造了三座楼阁，玩弄了无数女人。此外，李元婴还有一个奇怪的嗜好，就是喜欢拿着弹弓，对着过路的行人乱射。

李元婴是李世民最小的弟弟，十岁时就被李世民封为滕王，封地在山东滕州。在山东期间，李元婴仿佛一匹脱缰的野马，一方面大肆盘剥百姓，拼命捞钱；另一方面沉迷于歌舞，整日酒色。为了使自己玩得更嗨，且更有派头，这家伙还在滕州"建造"了一座滕王阁，以方便玩乐。在长安的李世民听说此事，心想这个不知天高地厚的小弟也太过分了，比我这皇帝派头还大，于是将他挪了个地方，贬到金州（今陕西安康）去了。因为干了太多坏事，李元婴离开后，当地老百姓将一肚子怒火发在滕王阁上，滕州滕王阁就这样给毁了。在金州，李元婴不但没有收敛，反而变本加厉，甚至在李世民驾崩，举国同悲的时候，还在行宫里开派对。我想，这如果换作其他人，肯定得株连九族。继位的唐高宗李治尽管气得暴跳如雷，但对这位小叔也没忍心下狠手，只是将他贬到了洪州（今江西南昌）。没想到，李治这一无奈之举，不仅成就了李元婴，还成就了王勃，成就了南昌。李元婴在洪州期间，首先干的事就是在赣江之滨找了一块风水宝地，广聘能工巧匠，建起了一座高耸入云的楼阁，这就是"初唐四杰"之一——王勃笔下的滕王阁，也是李元婴"建造"的第二座滕王阁。

洪州滕王阁让人们记住李元婴，主要是因为王勃的《滕王阁序》。这篇骈文写得真是没得说，通篇对偶，对得整齐；通篇用典，自然恰当。信手拈来，就是名句，如"渔舟唱晚，响穷彭蠡之滨；雁阵惊寒，声断衡阳之浦。""关山难越，谁悲失路之人？萍水相逢，尽是他乡之客。""老当益壮，宁移白首之心？穷且益坚，不坠青云之志。""杨意不逢，抚凌云而自惜；钟期既遇，奏流水以何惭？"尤其是那句"落霞与孤鹜齐飞，秋水共长天一色"，更是惊艳了千年，就连大文豪韩愈也因"壮其文辞，益欲往一观而读之，以忘吾忧"。文章最后，王勃以一首诗收尾：

> 滕王高阁临江渚，珮玉鸣鸾罢歌舞。
> 画栋朝飞南浦云，珠帘暮卷西山雨。
> 闲云潭影日悠悠，物换星移几度秋。
> 阁中帝子今何在？槛外长江空自流。

李元婴在洪州搞出了这么大动静，李治又看不过去了，怎么办？还是不能杀，只能继续贬，这次贬的地方更远：隆州。隆州，也作崇州，治所就位于现在四川的阆中市。在山高皇帝远的阆中，李元婴依然按宫苑的格局，在嘉陵江畔的玉台山腰建起了一座规模宏大的行宫，这就是杜甫诗中的阆中滕王阁。我在想啊，李元婴是不是有毛病，难道看不出来皇侄李治的意图吗？怎么这么轴啊！

除了建造楼阁，李元婴还喜欢干两件事：画蝴蝶、玩女人。画蝴蝶嘛，倒是很高雅，你还别说，这家伙有画蝶天赋，不仅画得好，还创立了"滕派蝶画"。我对画没有研究，但宋代人谢无逸曾写过一首诗，对"滕派蝶画"大加赞赏：

> 粉翅双翻大有情，海棠庭院往来轻。
> 当时只羡滕王巧，一段风流画不成。

至于玩女人，李元婴确实玩过头了，非常不像话。不过，一个干尽坏事、玩尽女人，却权势遮天的天潢贵胄，居然还有羞耻之心（"尝为典签崔简妻郑嫚骂，以履抵元婴面血流，乃免。元婴惭，历旬不视事"）。从这点上可以断定，李元婴的言行举止是有意而为，是做给别人看的。

那么，李元婴要做给谁看呢？他为什么要这样做？

首先，他要做给皇兄李世民看。李元婴用自己的行为告诉李世民：我没有李建成、李元吉等皇兄那样的野心，皇兄不要担心我会抢你的位置，我就是一个胸无大志、吃喝玩乐的花花皇弟。

其次，他要做给皇侄李治看。李元婴告诉年纪相仿，辈分却比自己小的唐高宗李治：你不必提防我，我这辈子只对女人感兴趣；当然，除了你想要的女人。

写到这里，大家也许明白了李元婴的良苦用心。他不惜抹黑自己的形象，不管世人的唾骂，我行我素，游戏人生，是因为他非常清醒地知道，唯有如此，方可保命。后来事情的发展，充分证明了李元婴的行为无比正确。唐高宗李治死后，武则天当上了皇帝。为了巩固自己的权位，这个集美貌、智慧、狠毒于一身的女皇帝，开始血洗李家子弟，如李渊的儿子韩王李元嘉、鲁王李灵夔，李世民的儿子越王李贞，还有李渊的十四子、魏徵的女婿霍王李元轨等，全被处死。唯独李元婴，武则天不仅不杀他，反而经常赏赐他一些金银财宝。

看了李元婴的人生轨迹，是不是觉得他才是李唐子孙中最聪明的人？你看他生前享尽荣华富贵，生了十八个儿子，自然死亡，死后还被追封"司徒"。更让人羡慕的还在后面，李元婴的后裔李觏（gòu），北宋江西抚州人，一生从事教学工作，创办了盱江书院，所以又被称为"李盱江"，晏殊是他最好的朋友。当时抚州有两个十分厉害的青年才俊，即王安石和曾巩，但他们俩在李觏面前也要毕恭毕敬，为什么呀？因为曾巩是李觏的学生，而王安石深受李觏思想的影响。现在很多人不知道李觏，但他写过的一首思乡诗，可以跟李白的《静夜思》媲美，诗题是《乡思》：

人言落日是天涯，望极天涯不见家。
已恨碧山相阻隔，碧山还被暮云遮。

毫无疑问，李元婴的一生，绝对是玩得刺激、乐得遭嫉的潇洒一生。不过我认为，这些其实只是表象，如果再仔细琢磨琢磨，会发现李元婴活得并不轻松。因为他必须时时刻刻提醒自己，有一样东西千万不能碰，一碰就没命。对，就是权力。说得高大一点，就是政治。政治，说白了就是权力游戏。这玩意儿是有魔力的。李元婴能够善终，就是看透了这玩意儿的本质。

涉世未深的薛涛却在这方面栽了个大跟头。不到二十岁的她尽管满腹才华，政治上却十分幼稚，她还没有弄明白，命运轻易给予的宠爱都有毒，它会让人无法理性认识自己。

薛涛在红得发紫的时候，便开始恃宠而骄，以至于干了一件让韦皋非常不高兴的事情。韦皋是当时的西川老大，掌握着当地最高权力，自然会有很多官员想巴结他。这些人为了能够见到韦皋，就通过薛涛走后门。既然是走后门，就不可能空着手，他们纷纷给薛涛送礼行贿。史称薛涛"性亦狂逸"，果然不假。薛涛对此的态度是，你敢送我就敢收。哇，这也太过狂放不羁了！尽管薛涛并不爱钱，收下之后一文不留，全部上缴，但如果送的是化妆品或金银首饰之类的礼物呢？总之，薛涛这事干得确实出格了：第一，薛涛接受下属带有目的性的钱物，属于滥用职权。尽管钱已经上缴，但是犯忌了，因为这些钱即使韦皋想要，也没法再拿了。更何况在行贿者看来，只要你收了，这些钱或其他礼物的归宿，不是在薛涛处，就是在韦皋处，这有可能会使韦皋蒙受不白之冤。第二，薛涛的做法会诱导人们的思维，影响原本属于上级的权力意志，并进一步助长官场的不良风气。

薛涛的行为完全超出"校书"的权限，这让十分爱惜自己羽毛的韦皋极其不满，觉得必须惩罚一下这个不知天高地厚的小丫头。领导一发怒，衙门也要抖三抖，薛涛麻烦了。果然，韦皋一怒之下，便下令将薛涛发配到一个人烟稀少、鸟不拉屎的地方：松州（今四川松潘）。

设想一下：薛涛能用一首诗赢得韦皋的欣赏，这一次，她还能用诗去化解这一劫吗？

浣花溪畔

　　走在荒凉的通往松州的官道上，薛涛开始为自己的轻率与张扬感到后悔。尽管松州城是历代兵家必争的军事重镇，也是汉民族与少数民族茶马互市的商贸集散地，但在薛涛眼里，松州位于四川北部偏远地区，人烟稀少，兵荒马乱，这哪是一个弱女子待的地方呀！对于一直在成都这个西川最大、最繁华的城市生活的薛涛来说，松州这个陌生而又荒凉之地，的确会让她觉得恐惧。薛涛啊薛涛，尽管我很同情你，也很想帮助你，可你的命运掌握在韦皋手里，我知道韦皋，但他不知道我，因此他的思想工作，只能是你自己想办法。我现在能做的就是给你推荐一个好地方备着，假以时日，你回到成都了，就住那吧。放心，我的眼光不会差。什么，不信？那好，我先卖个关子，请你读两首诗，看看我挑选地方的品位如何？第一首《江畔独步寻花·其六》：

> 黄四娘家花满蹊，千朵万朵压枝低。
> 留连戏蝶时时舞，自在娇莺恰恰啼。

　　花满蹊、蝴蝶舞、娇莺啼，这地方好美，在哪？别急，再读第二首《绝句·其三》：

> 两个黄鹂鸣翠柳，一行白鹭上青天。
>
> 窗含西岭千秋雪，门泊东吴万里船。

此地有黄鹂鸣、白鹭飞，坐在窗前，还能看到终年不化的雪（成都西面为岷山山脉，古代空气澄净，能远眺雪山），以及远道而来的船。

但是，这不是诗圣杜甫写的两首著名的七绝吗？杜甫和薛涛八竿子打不到一起，他们之间有联系吗？杜甫去世的时候，薛涛才三岁，怎么可能会有联系？是的，杜、薛二人不可能有联系。但有一个地方，却因杜甫而成名，因薛涛而生色。

此处名叫浣花溪。嗯，一听名字就觉得不错，多么浪漫、多么有诗意啊！说起成都浣花溪，据说与一段动人的故事有关：唐时溪边住着一位姓任的姑娘，貌美而心善。一天，她和邻居们正在溪畔洗衣，这时过来了一位浑身疮口的和尚。只见他脱下沾着脓血的袈裟，请求大家为其清洗。人们见此纷纷躲得远远的，唯有这位任姑娘不避不让，欣然接受。令人称奇的是，袈裟一入水，整条溪水霎时泛起朵朵莲花。大家再去看那和尚，他却早已不知去向。于是，当地人就把这条河命名为浣花溪。后来，有人经过考证，认为浣花溪的得名与任姑娘无关。比较可信的说法是，当时沿溪居住者多以造纸为业，他们取溪水来制作十色彩笺，"其色如花"，浣花溪由此而得名。

其实，我更愿意相信那个传说，因为一切美好都会让人的心里感到很舒服。我甚至还想继续演绎，那位善良而美丽的任姑娘，从此被当地人亲切地称为"荷花仙子"。

759 年冬天，杜甫为避安史之乱，携家由陇右（今甘肃省南部）入蜀。在亲友的帮助下，他在成都西郊风景如画的浣花溪畔修建了茅屋，居住了将近四年。杜甫选择在浣花溪安家，是不是受到了那个美丽传说的感染，我没有考证过。但有一点是肯定的，在此地居住的几年时间里，杜甫的生活比较安定，心绪也较宁静，其创作的诗歌作品具有浓浓的田园风格，就连春季的绵绵细雨在他眼里也是那样美好：

> 好雨知时节，当春乃发生。
> 随风潜入夜，润物细无声。
> 野径云俱黑，江船火独明。
> 晓看红湿处，花重锦官城。

在浣花溪，杜甫的心态真是好极了。堂上燕、水中鸥、老妻、稚子，在他的眼里都是那样恬静悠然、自由自在、相亲相爱。朋友送来了一些粮食，让他非常知足。在杜甫看来，此时的自己应该是世上最幸福的人。杜甫仿佛正在轻轻地哼着：从今天起，做个幸福的人，开始关心粮食和蔬菜。我有一处草堂，面朝浣花溪，春暖花盛开。

清江一曲抱村流，长夏江村事事幽。

自去自来堂上燕，相亲相近水中鸥。

老妻画纸为棋局，稚子敲针作钓钩。

但有故人供禄米，微躯此外更何求？

读了上面的诗，是不是觉得杜甫的浣花溪就像世外桃源，小日子虽然苦点，但总体过得还是蛮惬意、蛮知足的？我的感觉就是这样，生活一直漂泊不定的杜甫终于有了一个可以暂时栖身的地方。但这并不是杜甫生活的全部，自从读到杜甫的《茅屋为秋风所破歌》，我才知道，在浣花溪这首"田园交响曲"中，仍然有不和谐的音符；杜甫那颗安于现状之心中，还深藏着一股忧国忧民的情怀。

八月秋高风怒号，卷我屋上三重茅。茅飞度江洒江郊，高者挂罥长林梢，下者飘转沉塘坳。

南村群童欺我老无力，忍能对面为盗贼，公然抱茅入竹去。唇焦口燥呼不得，归来倚杖自叹息。

俄顷风定云墨色，秋天漠漠向昏黑。布衾多年冷似铁，娇儿恶卧踏里裂。床头屋漏无干处，雨脚如麻未断绝。自经丧乱少睡眠，长夜沾湿何由彻！

安得广厦千万间，大庇天下寒士俱欢颜，风雨不动安如山！呜呼！何时眼前突兀见此屋，吾庐独破受冻死亦足！

面对秋风怒号、被冷似铁、床头屋漏，杜甫想到的不是自己，而是同自己一样境遇的"天下寒士"。套用现在比较时髦的一句话，就是：他心里装着别人，唯独没有自己。如此高尚情怀，令人肃然起敬！

非常幸运的是，杜甫在成都还有好朋友高适。高适到四川的时间与杜甫差不多，杜甫是因避难，而高适是来做官的。他先是出任彭州刺史，接着又改任蜀州刺史、剑南节度使，前后加起来将近五年时间。其间，高适经常在生活上接济好朋友杜甫。就算你不了解高适，他写的那首著名的《别董大》应该读过吧：

千里黄云白日曛，北风吹雁雪纷纷。

莫愁前路无知己，天下谁人不识君。

此前（757年），杜甫曾追随李亨（唐肃宗），因政治站位正确，得到了一个"左拾遗"的官职。个人认为，杜甫这一次政治"赌博"，应该是受到了高适的影响。命运真是不可思议！回想起十几年前，李白和杜甫在洛阳首次相会，当年秋天共游梁宋（今河南开封、商丘一带），路上遇见高适，三人"气酣登吹台，怀古视平芜"，那是何等的逍遥快活！但因为安史之乱，朝廷内部波谲云诡，三人不同的选择导致了不同的政治命运：高适被提拔为御史大夫、扬州大都

图 5　茅屋为秋风所破（子拙绘）

督府长史、淮南节度使，地位相当尊贵；杜甫被任命为左拾遗，终于成为朝廷命官；而李白却因站错了队伍，差点丢了性命，已成为皇帝面前红人的高适对此也是爱莫能助。

　　人的一生，会面临很多节点。无论这些节点是自己主动所为，还是被动导致，都必须去选择、去面对。有的时候看起来有很多选择，但实际上最终的选择只会遵循"利"字，有利于己则选，不利于己则弃。尽管最后的结果未必如人所愿，但再一次选择时，还是会回到"利"字方面。比如项羽选择在乌江亭自刎，虽然无奈，却是最好的结局。再比如薛涛，面对在松州的苦寒生活，是选择去还是留，是选择生还是死，看起来好像很纠结，其实她的内心只有一个念头，即必须尽快离开这个鬼地方。

　　主意已定，摆在薛涛面前的只有一个问题：怎么样才能顺利离开松州？逃跑，不现实；立功，没机会；请人帮忙说情，却上面没人。这也不行，那也不行，只能靠自己。要说薛涛是才女，绝不是浪得虚名。俗话说"大丈夫能屈能伸"，小女子薛涛也可以做到。于是，她开始写诗，而且一口气写了十首，寄给了远在成都的韦皋。

　　薛涛写的诗叫《十离诗》。"十离诗"也是一种诗歌体裁，它以十首为限，每首诗题都有"离"字。薛涛《十离诗》的题目依次是：犬离主、笔离手、马离厩、鹦鹉离笼、燕离巢、珠离掌、鱼离池、鹰离鞲、竹离亭、镜离台。在诗中，薛涛不惜把自己比作犬、笔、马、鹦鹉、燕、珠、鱼、鹰、竹、镜，而把韦皋比作自己所依靠的主、手、厩、笼、巢、掌、池、韝、亭、台。只因犬咬亲情客、笔锋消磨尽、名驹惊玉郎、鹦鹉乱开腔、燕泥汗香枕、明珠有微瑕、鱼戏折芙蓉、鹰窜入青云、竹笋钻破墙、镜面被尘封，引起主人的不快而被厌弃，薛涛说这实在是咎由自取，自己要负完全责任。常言道，温柔和眼泪是女人最厉害，也是最有效的武器。薛涛这组悲悲切切的《十离诗》，那一句句扰人心肝的"不得""不得"，不啻十道温柔金牌，韦皋的心一下子被融化了。啥也别说了，韦皋一纸命令把薛涛召回了成都。

实话实说，我并不喜欢薛涛的《十离诗》，但我必须承认，薛涛确实是个聪明人，不但有诗才，而且十分了解女人的优势和男人的弱点，她凭一首诗赢得韦皋的青睐，再用十首诗让自己化险为夷，充分体现了她过人的智慧。正应了那句话："世事洞明皆学问，人情练达即文章。"更加难能可贵的是，这次磨难让薛涛看清了自己。因此，从松州归来不久，薛涛便在韦皋的帮助下脱去了乐籍，也就是不做官妓了，成为自由身。

"花径不曾缘客扫，蓬门今始为君开。"在杜甫离开成都二十多年后，一代才女薛涛也来到浣花溪并寓居下来。那一年，她二十二岁。在那个简单而又美丽的小院，薛涛种满了枇杷花。后来，同期诗人王建写了一首《寄蜀中薛涛校书》诗，以表达对薛涛的爱慕之情：

> 万里桥边女校书，枇杷花里闭门居。
>
> 扫眉才子知多少，管领春风总不如。

王建说，薛涛的才华可以横扫唐代所有的男性骚客。乖乖，这马屁拍得太有水平了！由此，薛涛另一个名号——"扫眉才子"不胫而走，传遍大江南北。只是王建啊，你讨好了一位美才女，却得罪了一群"骚男人"。值吗？我想，如果王建知道与薛涛经常唱和的都是哪些大佬，估计……估计还会为薛涛写诗，这叫情不自禁。

想知道还有谁与薛涛"卿卿我我"吗？随便说一个，名气就盖过了王建。其实，王建也是唐代比较有名的一位诗人，只是命不太好，一生潦倒，他写了很多诗，我最喜欢的却是那首《新嫁娘》：

> 三日入厨下，洗手作羹汤。
>
> 未谙姑食性，先遣小姑尝。

尽管王建颇有诗名，但跟其他与薛涛有书信来往的诗人相比，简直是小巫见大巫。如白居易、刘禹锡、杜牧……哪一个不是大名鼎鼎、如雷贯耳。可是，名气大又能怎样？在薛涛心里，他们都只是自己的笔友而已。等薛涛见到另一个现在名气不大，那时却位高权重的人时，她心动了。

别猜，还不是元稹。

第一美男

807 年，剑南西川节度使又换人了。两年前，主政西川二十一年之久，为西川繁荣稳定做出了巨大贡献的韦皋在任上去世。接替他的高崇文不通文字，讨厌案牍之事，只在蜀中待了一年，便请求戍边。

新上任的节度使是谁？我先透露一点信息吧，此人有两大特点：一是身份显赫，其曾祖父是武则天的堂兄弟；二是相貌超群，被誉为"唐代第一美男子"。这么优质的基因，到底是谁呀？

基因好那是天生的，比基因更厉害的是此人后天取得的成就。784 年，此人二十七岁时参加科举考试，因诗赋俱佳，金榜题名，并最终成了无数人朝思暮想、羡慕不已的状元。除此之外，此人人品好、能力强、本事大，明明可以靠颜值，却偏偏要靠才华。最后坐上了宰相之位，号称"铁血宰相"。

不吊人胃口了，此人姓武，名元衡，字伯苍。现代人谈唐代名相，言必称房玄龄、杜如晦、姚崇、宋璟等，甚至张九龄，几乎无人提及武元衡。具体是什么原因，我不太清楚，估计与贞观之治、开元盛世有关，即这些人帮助唐太宗李世民、唐玄宗李隆基建立了辉煌时代。一个巴掌拍不响，有明君才有名相。从这个角度去分析，武元衡未能在唐代历史上占有一席之地，只能说他生不逢时。后来发生的事情，也充分证明了武元衡真的是生错了年代，最后竟然死于非命。

当然，没有人能够预知自己的未来。当武元衡到达成都，见到薛涛后，他一定会觉得自己是世上最幸福的人。

"状元诗人"武元衡来成都任职的消息，很快传到了浣花溪。此时薛涛已在浣花溪居住了近二十年。其间，薛涛除了到官府赋诗侍宴、与一些文人墨客诗词唱和外，还干了一件对后世影响非常大的事情。

在唐代，浣花溪不是一条小溪，而是一条可以行舟的大河。这条河属于长江水系，从浣花溪坐船能直达东吴，所以杜甫说"门泊东吴万里船"。正因为浣花溪水系发达，这里也是当时四川造纸业的中心之一。生活在这样的环境中，让薛涛萌生了一个想法：能否按照自己的意愿制作特色纸笺？薛涛的设想主要包括两个方面：一是纸张尺寸大小，最大可容纳八句的律诗，最小仅容纳四言绝句；二是改变纸张单一的颜色，以红色为主。薛涛按照自己的创意，指点造纸工匠制成了既便于携带又便于交流且带有个人色彩的"薛涛笺"，我估计这可能是我国最早的"私人定制"产品。据有关史料记载，薛涛将鸡冠花、荷花、不知名的红花的花瓣捣成泥，再加清水，经反复实验，从红花中得到染料，并加进一些胶质调匀，用毛笔或毛刷一遍又一遍地涂在纸上，使颜色均匀。再以书夹湿纸，用吸水麻纸附贴色纸，再一张张叠压成摞，压平阴干，由此解决了外观不匀和一次制作多张色纸的问题。为了变换花样，薛涛还将小花瓣洒在小纸笺上，制成了红色的彩笺。薛涛使用的涂刷加工制作彩色纸的方法，与传统的浸渍方法相比，有省料、加工方便、生产成本低的特点，类似于现代的涂布加工工艺。据《唐音癸签》记载："诗笺始薛涛，涛好制小诗，惜纸长剩，命匠狭小之，时谓便，因行用。其笺染演作十色，故诗家有十样变笺之语。"薛涛笺有十种颜色：深红、粉红、杏红、明黄、深青、浅青、深绿、浅绿、铜绿、残云。

为什么纸笺以红色为主？我想这与薛涛一生酷爱红色有关。一般认为红色是快乐、喜庆的颜色，它能使人感到喜悦、兴奋。但我认为薛涛常常穿着红色的衣服在浣花溪边流连，这种红色所代表的含义与喜庆无关，而是与心态有关。说白了，就是薛涛对美好生活的渴望，尤其是对浪漫爱情的渴望。只是"薛涛笺"并没有让她收获爱情，而是让她名动大唐，成了当时地地道道的"网红"。这种蕴含女性特有的奇思妙想的红色"薛涛笺"，再配上以薛涛俊逸的行书书写的清雅脱俗的薛涛诗，一时间风靡全国，文人骚客们纷纷想方设法得到薛涛的真品，并作为珍品收藏。到后来，官方的国札也使用此笺，至今还在流传。

从薛校书到扫眉才子，再到薛涛笺，薛涛绝对是当时男人们心中的"女神"。江湖传说，薛涛是貌美如花的仙女，是善于写诗的官妓，还是异常聪明的发明家。你说，头顶"状元诗人""唐代第一美男子"光环的武元衡，见到这位神话一般的薛涛时，他们之间的心灵会碰撞出多大的火花呢？

在未到成都之前，武元衡早已耳闻薛涛的大名，现在终于有机会一睹薛涛的芳颜。事实也与大家所想的一样，武元衡和薛涛两人一见如故，且大有相见恨晚之感。望着眼前这位既是长者，也是美男子的武元衡，薛涛的感觉就像贾宝玉第一次见到林黛玉似的，以为武元衡是"天上掉下来的"，那颗早已平静如水的心居然泛起了微澜。在此后的日子里，他们俩时常和诗作赋，配合十分默契。薛涛也经常走出浣花溪，出入武元衡的幕府，诗词酬唱。请看武元衡在《听歌》中写道：

> 月上重楼丝管秋，佳人夜唱古梁州。
> 满堂谁是知音者，不惜千金与莫愁。

武元衡说，我是多么地享受与薛涛在月下轻歌曼舞的时光，尽管座中佳丽如云，但只有薛涛才是我的知音。武元衡对薛涛的喜爱毫不隐晦，溢于言表。不过，这还仅仅是武元衡的 1.0 版情诗。我们再读读那 2.0 版的，看看武元衡写给薛涛的另一首情诗《同幕府夜宴惜花》：

芳草落花明月榭，朝云暮雨锦城春。

莫愁红艳风前散，自有青蛾镜里人。

武元衡说，花谢了又如何，我只要有薛涛；月暗了又能怎样，我只要有薛涛；哪怕眼前所有的"红艳风前散"，我只要拥有薛涛就足够了。这话说得真是太让人感动了！我想薛涛没有可能不心动。到后来，武元衡的表白更加露骨，又写了一首 3.0 版的情诗。3.0 版？可是我觉得"眼前情话道不得，武郎题诗在上头"，情话都已经说尽了，还能说什么呢？要不说人家怎么能考上状元呢，这事难不倒武元衡。请大家继续读读他写的那首《赠歌人》：

仙歌静转玉箫催，疑是流莺禁苑来。

他日相思梦巫峡，莫教云雨晦阳台。

这首诗里有一个典故，出自战国末期辞赋家宋玉的《高唐赋》。《高唐赋》中写道：

昔者楚襄王与宋玉游于云梦之台，望高唐之观。其上独有云气，崒兮直上，忽兮改容，须臾之间，变化无穷。王问玉曰："此何气也？"玉对曰："所谓朝云者也。"王曰："何谓朝云？"玉曰："昔者先王尝游高唐，怠而昼寝，梦见一妇人曰：'妾巫山之女也，为高唐之客。闻君游高唐，愿荐枕席。'王因幸之。去而辞曰：'妾在巫山之阳，高丘之阻，旦为朝云，暮为行雨。朝朝暮暮，阳台之下。'"

这个典故可能有人不清楚，但根据这个神话而衍生出的一个成语，估计很少有人不知道，即"巫山云雨"。其实，巫山云雨本意是指国君与仙女的交媾能使人口繁衍、民族兴旺，但后来可能是人们觉得这种解释过于高大上、不接地气，便将其意加以引申，巫山云雨最终成了男欢女爱的代名词。

读了这个故事，我想大家应该明白武元衡心里在想什么了。是的，武元衡做梦都在想与薛涛"巫山云雨"。这连续三首不同版本的情诗，颇有"一回生、二回熟、三回同床宿"之意，至于他与薛涛最终有没有同床共枕，我没有查到相关的文字记载。

对于武元衡抛来的暗示，冰雪聪明的薛涛岂能不知。薛涛说，君将木桃投赠予我，我拿美玉作为回报吧。薛涛所谓的美玉当然不是真正的玉石，而是她最拿手的诗。在武元衡举办的一次宴会上，薛涛特意写了两首诗献于武元衡，诗题是《上川主武元衡相国二首》：

其一

落日重城夕雾收，玳筵雕俎荐诸侯。
因令朗月当庭燎，不使珠帘下玉钩。

其二

东阁移尊绮席陈，貂簪龙节更宜春。

军城画角三声歇，云幕初垂红烛新。

薛涛毕竟是女子，表达比武元衡含蓄多了，她的这两首诗写得庄严宏伟、气势昂扬。薛涛说，武大人啊，您是做大事的人，小女子我从心底里对您表示由衷的仰慕。不得不佩服薛涛真的很聪明，她把男人的心理都琢磨透了。知道那个时候男人最得意的事情是什么吗？有权或者有钱。没错，权力和金钱对那个时候的男人来说当然是梦寐以求的东西，但这两样东西其实不能给男人带来精神上的真正愉悦，它只能为满足男人的征服欲创造良好的条件。男人最喜欢征服什么？大自然吗？那是骗小孩的鬼话。男人吗？有点道理，但只说对了一半。在我看来，武元衡之所以视薛涛为红颜知己，是缘于薛涛这个号称"唐代第一美才女"对自己不带任何功利色彩的崇拜。因此，当时的武元衡心里一定是美滋滋的，估计连做梦都会笑起来。岂止是笑起来，梦中都会跑去巫山"兴风作浪"了。

我在想啊，作为大唐王朝的高级官员，居然可以这样"肆无忌惮"地调戏美才女薛涛，武元衡难道就不怕朝廷治他流氓之罪吗？朝廷倒没有为难武元衡，但有一个人对武元衡与薛涛之间眉来眼去，实在看不下去了。准确地说，他吃醋了。谁呀？说出来大家会觉得好笑，竟然是大名鼎鼎的白居易。武元衡与白居易既是同僚也是朋友，然而二人还是情敌。白居易暗恋薛涛已经很久了，但也不知道是什么原因，薛涛对他就是不来电，这让曾经写出"慈恩塔下题名处，十七人中最少年"，自我感觉非常好的白居易倍感沮丧，最后甚至发展到恼羞成怒，心中的醋意和怨气一直都难以消解，在元稹抛弃薛涛十多年以后，白居易还是按捺不住，给薛涛写了一首诗，诗题很直接，就叫《赠薛涛》：

> 峨眉山势接云霓，欲逐刘郎北路迷。
> 若似剡中容易到，春风犹隔武陵溪。

要明白这首诗的意思，必须了解由南朝宋刘义庆编写的《幽明录》中记载的"刘阮遇仙"的神话传说。刘义庆就是编写《世说新语》的那位。故事梗概是：东汉永平五年（62），剡县（今浙江嵊州）人刘晨和阮肇到天台山采药，遇见两位仙女，并结为夫妻。十天后因思乡心切，要求回家。被仙女苦留半年，才得以脱身。二人还家，子孙已传七代。刘晨、阮肇在山上待了半年，山下却到了东晋太元八年（383），已经过去了三百多年时间。见此情况，刘晨和阮肇只得返回采药的地方寻找妻子，却再也找不到了。"至晋太元八年，忽复去，不知何所。"读了这个神话故事，不知道大家有没有似曾相识的感觉，反正我觉得东晋陶渊明所写的《桃花源记》，灵感非常有可能来自这个民间传说。

那么，白居易为什么要给薛涛讲"刘阮遇仙"的神话传说呢？个人理解，应该有两种意思：一是嘲讽之意，二是垂涎之情。"蛾眉山势"：元稹曾用"蛾眉秀"比喻薛涛，此处又恰合天台仙境。在诗中，白居易不说刘郎逐仙女，反而说仙女逐刘郎，有为元稹抛弃薛涛开脱之意。可是我怎么觉得白居易还有点"酸葡萄"心理呀，表面上是偏袒好朋友元稹，实际上还在对薛涛想入非非。元郎无情，白郎有意啊！

无论白居易是什么样的心态，有一点是肯定的，他在与武元衡争夺薛涛的过程中，可以说是完败。没办法，谁叫白居易长得没有武元衡帅呢。开个玩笑，其实薛涛和白居易只有诗文往来，从未谋面，白居易纯粹是在"意淫"。

正当薛涛和武元衡打得火热的时候，另一位高大威猛、风流倜傥的美男子，从都城长安春风得意地来到了剑南东川节度使治所——梓州。

这一次，终于轮到了元稹。

"姐弟"绝恋

　　薛涛其实是不想来梓州的，尽管以前的同事严绶苦口婆心地劝说，薛涛也提不起兴趣。后来，还是武元衡出面打圆场，他对薛涛说，人家元御史相当于朝廷派来的钦差大臣，你一点面子都不给，非常不妥。更何况元稹也是当朝名流，才华横溢，去见一见吧，如果觉得无趣，就马上赶回来，我请你喝酒。我在想啊，如果武元衡能预知到薛涛到了梓州后，会与元稹闹出那段旷世"姐弟恋"，他还会劝薛涛去见元稹吗？

　　在严绶和武元衡的劝说之下，薛涛终于启程赶赴梓州。谁知道薛涛这一去，同元稹相处不过三个月的时间，却让后世将他们之间的故事添油加醋地演绎了上千年，至今还被津津乐道。我相信，他们之间的爱情故事必将继续流传下去。

　　那一年，薛涛已四十二岁。当薛涛见到元稹时，目光立即被眼前这个身材高大、外表俊朗、器宇轩昂，年仅三十一岁的御史所吸引，那颗久已平静的心居然怦怦地跳了起来，一种前所未有的震撼与激情在心头涌动。薛涛赶忙站起身来，向元稹道了一个万福。元稹突然见到传说中的薛涛，也是激动莫名，忙不迭地向薛涛回礼。礼毕，四目相对，元稹面带微笑，眼光非常柔和；薛涛羞涩一笑，面颊飞起了片片红晕。这不是一见钟情吗？是的，如果说韦皋让薛涛成名，武元衡让薛涛仰慕，元稹则真的让薛涛心动了。这是已过不惑之年的薛涛从未有过的感觉，薛涛决定，一定要死死抓住这美好的触动。

于是，在与元稹相见的次日，薛涛提笔写下了自己人生中的第一首情诗：

> 双栖绿池上，朝去暮飞还。
>
> 更忆将雏日，同心莲叶间。

在薛涛的有生之年，剑南节度使总共换了十一位，可以说每位都对她十分青睐和敬重。之所以如此，我认为，除了薛涛的才情、美貌外，更重要的是她的见识和气节。从她的一首《酬人雨后玩竹》诗中，可以窥见其清高孤傲的内心世界：

> 南天春雨时，那鉴雪霜姿。
>
> 众类亦云茂，虚心能自持。
>
> 多留晋贤醉，早伴舜妃悲。
>
> 晚岁君能赏，苍苍劲节奇。

尽管薛涛经常周旋于华堂绮筵与灯红酒绿之中，但是谁又能真正了解她内心深处的感受？薛涛深知，别看那些达官贵人喜欢围着她转，但是她的情、她的爱，都不能寄托在他们身上。所以，薛涛把自己比作孤直的青竹，希望能与"竹林七贤"共醉，能与舜帝的妃子娥皇、女英同悲。然而这一切在见到元稹之后，全化作炽烈的爱情之火，从薛涛内心深处喷薄而出。

在三台县，有一条江穿城而过，它就是长江支流嘉陵江右岸最大支流涪江。涪江发源于岷山主峰雪宝顶，因流域内的绵阳地区在汉高祖时称涪县而得名。可能很多人对涪江比较陌生，但这条江却在唐宋时期孕育了两位文化名人：唐代诗仙李白、北宋文坛领袖欧阳修。李白（701—762）自称祖籍陇西成纪（今甘肃静宁西南），隋末其先人流寓碎叶（今吉尔吉斯斯坦北部），幼时随父迁居绵州昌隆（今四川江油）青莲乡，724年才踏上远游的征途。欧阳修（1007—1072）出生于绵州，四岁时因父亲病故，随母亲投奔湖北随州的叔叔。809年初夏，涪江两岸杨柳依依，人们经常看到薛涛和元稹在此卿卿我我、漫步吟诗。

在新鲜爱情的滋润下，元稹意气风发，决定为朝廷、为自己、为薛涛干一番惊天动地的事业。为朝廷、为自己好理解，为什么要为薛涛啊？且听我细细道来。在我所看到的关于薛涛与元稹的故事中，都没有解释清楚一个问题，即薛涛为什么敢于冲破世俗观念，毅然决定爱上元稹，哪怕是飞蛾扑火也在所不惜？论长相，元稹不如武元衡；论地位，元稹也不如韦皋、武元衡等；论才华，与薛涛有书信往来的文人雅士，如韦皋、武元衡、白居易、刘禹锡、杜牧、李德裕等等，哪一个也不比元稹差，甚至比元稹还厉害。不排除那些人让薛涛曾经心动过，但那都不是爱情。那么，元稹到底有什么"独门武功"，让薛涛心甘情愿地"俯首就擒"呢？

元稹之所以能成为女人的感情"杀手"，个人判断是因为他具有其他人所不具备的一种能力，即能直透女人内心深处。其他人只能看到薛涛的外貌，欣赏薛涛的才华，唯独元稹知道薛涛真正想要的是什么。废话，薛涛真正想要的不就是爱情吗？没错，但大家想过没有，薛涛之所以与众不同，是因为她还有济世情怀，也就是说薛涛想做于国、于民有利的事情。她的这个理想，韦皋也好，武元衡也罢，都没有也不可能帮她实现，元稹却满足了她的这个理想。

大家不要以为我是在故弄玄虚，我这么说是有根据的。唐代四大女诗人，薛涛与鱼玄机、李冶、刘采春最大的区别就是她有士大夫精神，而不是精致的利己主义者。举个例子吧，830年，被牛僧孺排挤出朝廷的李德裕任剑南西川节度使。当时，大唐与吐蕃边境战事频仍，李德裕为加强战备、激励士气、筹措边事，在当地修建了一座筹边楼。这座楼不仅是军事要塞，也是与少数民族首领联络感情的交际场所。由于李德裕高明的治理艺术，他在西川任职的两年间，大唐与吐蕃在西川相安无事。这座楼的名气并不大，但薛涛用那如男人般大气磅礴的笔法，让筹边楼名垂千古：

平临云鸟八窗秋，壮压西川四十州。

诸将莫贪羌族马，最高层处见边头。

　　这也是我最喜欢的一首薛涛诗，它充分显示出薛涛心系国势盛衰的博大胸怀和忧国忧民的济世情怀。尽管只有短短二十八个字，但薛涛有议论、有感慨，有叙述、有描写，有动荡开阖、有含蓄顿挫。放眼中晚唐，有哪个男子能够写出来？更何况，薛涛写这首诗时，已经是六十多岁的老太婆了。我想问，元稹，你行吗？赶紧跪拜吧！

　　三百多年后的南宋时期，名头盖过薛涛、号称"千古第一才女"的李清照避难至浙江金华，游览了八咏楼，并写下了一首大气磅礴、雄浑开阔的七言绝句《题八咏楼》：

千古风流八咏楼，江山留与后人愁。

水通南国三千里，气压江城十四州。

　　大家可以把这首诗与薛涛的《筹边楼》对比一下，是不是有异曲同工之大气？如果我说李清照的诗是受到了薛涛的影响，你信吗？不管你信不信，反正我是这么认为的。所以，不要以为只有男人的诗文才能让一座建筑出名（如王之涣笔下的鹳雀楼、崔颢笔下的黄鹤楼、王勃笔下的滕王阁，以及北宋范仲淹笔下的岳阳楼等），女人一样也能做到，如薛涛笔下的筹边楼、李清照笔下的八咏楼。

认识薛涛之后，元稹很快发现了薛涛的这个特点。因为薛涛经常向他反映剑南东川节度使严砺知法犯法，导致民怨沸腾的问题。元稹何等聪明，他立即问薛涛，你说该如何处理此事？这显然是元稹在明知故问，但元稹知道薛涛喜欢。薛涛告诉元稹，必须严惩，以正风肃纪。元稹微微一笑道，就照你说的办。大家如果没有忘记，前面我讲过，当年薛涛因为动了韦皋的"奶酪"，被发配到偏僻的松州思过，如今她"故技重施"，冒昧干政，这不是好了伤疤忘了痛吗？但这一次，经过几十年磨炼的薛涛很自信，她知道，元稹新官上任也想干事；她还知道，元稹是深爱自己的。后来的实践证明，薛涛这次还是看走了眼，她只知其二，不知其三。

在薛涛的鼓励、鼓动之下，监察御史元稹开始着手调查剑南东川节度使严砺违法犯罪之事。据《旧唐书·列传第一百一十六》记载：元稹出使东川后，"劾奏故剑南东川节度使严砺违制擅赋，又籍没涂山甫等吏民八十八户田宅一百一十一、奴婢二十七人、草千五百束、钱七千贯。时砺已死，七州刺史皆责罚。积虽举职，而执政有与砺厚者恶之。使还，令分务东台"。这段话包含了三点重要信息：一是严砺犯罪事实确凿；二是当时严砺已经死了，但元稹认为就算死了，也必须有人承担罪责，结果有七个州的刺史都受到了不同程度的责罚；三是元稹此举触犯了朝中旧官僚阶层及严砺故旧集团的利益，很快他们就找到机会将元稹赶出了东川，调到了东台（东都洛阳御史台）。

从东川到东台，一字之差，却大大改变了元稹和薛涛两个人的命运。

先说元稹，他到洛阳任职没多久，妻子韦丛病故；返京城长安途中，遭宦官刘士元暴揍，不仅没能报仇，反而因此被贬江陵，从此开始了十余年的贬谪生涯。

再说薛涛，元稹走了，除了不舍，更多的是后悔和内疚。因为在薛涛看来，如果不是自己的极力鼓动，元稹就不会贸然查处弹劾那些贪官污吏，也不会这么快就灰溜溜地离开梓州。是自己连累了元稹啊！每念至此，薛涛便痛不欲生。我想，薛涛后来成为道姑，应该与她这种心态有很大的关系。

等了四十多年，老天却只给了自己短短三个月的甜蜜时光，薛涛说，不怪岁月无情，只恨相见太晚。元郎啊，你如风，来了即走；我的心，满了又空。薛涛伤心地翻着自己写过的诗文，眼睛盯在那首《题竹郎庙》上：

> 竹郎庙前多古木，夕阳沉沉山更绿。
> 何处江村有笛声，声声尽是迎郎曲。

竹郎庙是古代祭祀竹王的神庙，也是经常开展庙会、迎亲等活动的地方。大多数人认为薛涛所写的竹王庙应该位于四川乐山，还有些人认为写的是四川荣县的竹王祠。薛涛说，竹郎庙前，古木参天；夕阳西下，青山苍翠；远处村庄，笛声悠扬，那一声声欢乐的曲子，仿佛是在迎接快乐的新郎。可是，元郎啊，你还会回来吗？

元稹走了，也带走了薛涛的一片痴情。薛涛回到成都，回到浣花溪，对元稹的思念仿佛化成了她周围的空气。在那首著名的《牡丹》诗中，薛涛这样写道：

去春零落暮春时，泪湿红笺怨别离。
常恐便同巫峡散，因何重有武陵期？
传情每向馨香得，不语还应彼此知。
只欲栏边安枕席，夜深闲共说相思。

深夜说相思，足见薛涛相思之渴、相慕之深。那一年春天，薛涛日日的思念，浸透了那一张张深红小笺，汇聚成了最美的篇章——《春望词》：

其一

花开不同赏，花落不同悲。
欲问相思处，花开花落时。

其二

揽草结同心，将以遗知音。
春愁正断绝，春鸟复哀吟。

其三

风花日将老，佳期犹渺渺。

不结同心人，空结同心草。

其四

那堪花满枝，翻作两相思。

玉箸垂朝镜，春风知不知。

"不结同心人，空结同心草。"元稹终究没有再回来。薛涛哪里知道，当痴情才女遇上绝情渣男，注定是一场爱情悲剧。确切地说，这是薛涛一个人的悲剧。元稹始终把自己当作一个看客，他没有背弃良心的悔恨，只有风流百日的快感。

十余年后，不知道是不是元稹突然良心发现，写了一首《寄赠薛涛》诗，托人捎给了薛涛。

锦江滑腻蛾眉秀，幻出文君与薛涛。

言语巧偷鹦鹉舌，文章分得凤凰毛。

纷纷辞客多停笔，个个公卿欲梦刀。

别后相思隔烟水，菖蒲花发五云高。

元稹说，薛涛啊，你真是一个绝代才女，只有卓文君才可以与你相比。你言语巧妙，好像偷得了鹦鹉的舌头；文章华丽，好像分得了凤凰的羽毛。真得佩服元稹，夸人夸得有水平，难怪薛涛为之倾倒！夸完之后，元稹故态复萌，又开始忽悠薛涛。他说，自从跟你分别之后，尽管无限烟水隔着无限思念，但这思念就像庭院里菖蒲花开得那样盛，又像天上祥云飘得那样高。读完这首诗，我给它的评价只有八个字：言不由衷、油嘴滑舌。元稹啊元稹，你把薛涛都害成那样了，为什么还要挑逗可怜的她？

可是，薛涛偏偏吃元稹这一套。元稹的赠诗一下子消解了薛涛心中的怨气，她马上给元稹回了一首《寄旧诗与元微之》：

> 诗篇调态人皆有，细腻风光我独知。
> 月下咏花怜暗澹，雨朝题柳为欹垂。
> 长教碧玉藏深处，总向红笺写自随。
> 老大不能收拾得，与君开似教男儿。

曾经的"细腻风光"，曾经的"月下咏花""雨朝题柳"，逝去的岁月也不能淡化那时的浓情啊！可怜的薛涛，你难道还不明白，你与元稹这场相差十一岁的"姐弟恋"，无法逾越的不是年龄，而是人心？！

经过了疯狂的爱恋，经过了痴心的等待，经过了彻底的绝望，薛涛终于心如槁木，一袭道袍，了却凡尘，此生再也不会笑，再也不会爱。

　　元稹离开东川便不复返，但有两个人在外面漂泊了十年后，终于回到了京城长安。意外的是，他们在长安仅仅待了一个月，便又被贬到了更远的南方。

愚溪不愚

815年，在永州和朗州工作、生活了十年的柳宗元、刘禹锡，终于等到了特赦的圣旨，返回了熟悉而又陌生的京城长安。

请大家记住这815年，在接下来展示的历史画卷中，中唐几个主要文人的人生转折点都跟这个年份有关。现在我更感兴趣的是，柳宗元、刘禹锡这对好兄弟，是如何度过那漫长的艰难时光的？经过梳理他们俩的相关史料，我不得不感慨，好兄弟毕竟是好兄弟，他们仿佛心有灵犀，不约而同地做了几乎相同的事情，柳宗元喜欢上了旅游、写游记，刘禹锡爱上了采风、旅游。我有时真是想不通，柳宗元、刘禹锡尽管是小小司马，那也是朝廷官员啊，他们可以把旅游当工作，难道当时官员"游山玩水"可以等同于"下基层调研"，或者美其名曰"文化下乡"吗？

先说柳宗元，刚到永州时，他暂居在龙兴寺。可是，人一倒霉，喝口凉水也塞牙。没过多久，龙兴寺竟先后遭遇了四次火灾。尽管没有造成人员伤亡，但柳宗元觉得必须另择一处，作为长期安身之所。

几天后，新居就找到了，地点位于永州城郊，潇水的西岸。这个地方风景没得说，一个字：美。门前有一条小河，河名"冉溪"，两岸竹木繁茂、飞红点翠、溪水清澈，水中倒影如染，又名"染溪"。柳宗元搬到这里住下以后，首先做的一件事估计谁也想不到，他居然将房子周边的山、水，甚至小沟、水池、亭子的名字全改了。在这里，柳宗元自比愚公，并把小河改名为愚溪，溪边的小丘命名为愚丘，附近的清泉叫愚泉，绕过屋后的小沟叫愚沟。他还砌石拦起一个水池，命名为愚池；在池东造了一座小屋，取名愚堂；在池南建了个小亭，称为愚亭；池中有小岛，取名愚岛。这就是历史上有名的"永州八愚"。不仅如此，柳宗元还根据这些风景写了《八愚诗》，可惜已失传。不过没关系，他还有一篇《愚溪诗序》流传下来，从中可以窥见柳宗元的内心世界。

"灌水之阳有溪焉，东流入于潇水。或曰：冉氏尝居也，故姓是溪为冉溪。或曰：可以染也，名之以其能，故谓之染溪。予以愚触罪，谪潇水上。爱是溪，入二三里，得其尤绝者家焉。古有愚公谷，今予家是溪，而名莫能定，士之居者，犹龂龂（yín，争辩貌）然，不可以不更也，故更之为愚溪。"柳宗元说，灌水的北面有一条小溪，往东流入潇水。有人说，过去有个姓冉的曾住在这里，所以这条溪水叫作冉溪。还有人说，溪水可以用来染色，它应该叫染溪。我因"愚"犯罪，被贬到潇水。因为喜爱这条溪水，就决定在这里安家。古代有愚公谷，可是这条溪水至今还没有固定的名字，当地的居民为此争论不休。现在必须看我老柳的了，干脆就叫"愚溪"吧。不知是不是受到了刘禹锡的影响，柳宗元一改以往内敛的风格，文章开头一点也不客气：既然大家争论不下，那就按照我的意思来办。

紧接着，柳宗元开始介绍另外"七愚"之名，之后话题一转，他说："夫水，智者乐也。今是溪独见辱于愚，何哉？盖其流甚下，不可以溉灌。又峻急多坻石，大舟不可入也。幽邃浅狭，蛟龙不屑，不能兴云雨，无以利世，而适类于予，然则虽辱而愚之，可也。"大凡聪明人都喜欢水，可现在这条溪水竟然被"愚"字辱没，为什么会这样？因为它既不能用来灌溉，也不能用来行船，至于蛟龙嘛，正眼都懒得瞧它。可以说，它对世人毫无用处，就像我柳宗元一样。因此，用"愚"字来称呼它，不能算辱没。柳宗元由水及人，由"愚"及己，难道真的如他所说，是世上无用之人吗？

"宁武子'邦无道则愚'，智而为愚者也；颜子'终日不违如愚'，睿而为愚者也。皆不得为真愚。今予遭有道而违于理，悖于事，故凡为愚者，莫我若也。夫然，则天下莫能争是溪，予得专而名焉。"柳宗元说，宁武子在乱世看起来很愚蠢，明摆着是揣着明白装糊涂。颜子唯唯诺诺，从来没有不同的意见，看起来好像很笨。这都是表面现象，他们其实是大智若愚啊。哪像我傻呵呵地在政治清明时做出与事理相悖的事情，我才是天下头号愚蠢之人。因此，谁也不能跟我争抢这条溪水的命名权。柳宗元做事很认真，也很较真，他与韩愈论战时是如此，为了一条小溪的命名也同样如此。你看这话说得多么斩钉截铁，毫无妥协余地。可是，我怎么看出柳宗元的眼睛满含着泪水，并带有愤愤不平之情呢，难道他心里真是这样想的吗？

当然不是。柳宗元最后说："予虽不合于俗，亦颇以文墨自慰，漱涤万物，牢笼百态，而无所避之。以愚辞歌愚溪，则茫然而不违，昏然而同归，超鸿蒙，混希夷，寂寥而莫我知也。于是作《八愚诗》，纪于溪石上。"尽管世俗不容于我，但没有关系，我还有一支笔，可以靠创作聊以自慰。我能用自己的思想洗涤人间万象，包罗世间百态。现在我就用自己笨拙的语言来歌唱愚溪，可是，天地鸿蒙，茫茫世界，有谁能够真正地了解我呢？"知我者，谓我心忧。不知我者，谓我何求。悠悠苍天，此何人哉？"

这篇《愚溪诗序》围绕"愚"字，从"予以愚触罪"到"以愚辞歌愚溪"，或自嘲，或调侃，似得意，实无奈，就像曹雪芹在《红楼梦》中所说："满纸荒唐言，一把辛酸泪。都云作者痴，谁解其中味？"其实，有没有人理解，对柳宗元来说已经不重要了。所谓门槛，迈过去就是门，迈不过去就成了槛。能写这样的文章，说明柳宗元心中的门槛已经迈过去了。接下来，柳宗元就要开始实施"由事功转向著作"的计划。

有道是"愚"人自有天相，永州的好山好水给了柳宗元良好的创作素材和无穷的创作灵感，被誉为我国游记散文中一朵"奇葩"的《永州八记》横空出世。

在《始得西山宴游记》中，柳宗元简要描述了自己在永州期间的生活状态。他说："自余为僇（lù，侮辱）人，居是州，恒惴栗。其隙（xì，空闲时间）也，则施施（yí，慢步缓行的样子）而行，漫漫而游……到则披草而坐，倾壶而醉。醉则更相枕以卧，卧而梦。意有所极，梦亦同趣。觉而起，起而归。"这段话的大概意思是：我倒霉以后，就居住在这人生地不熟的永州，心里一直忐忑不安。因此，只要有时间，我就会出门缓步行走，放松心情，没有目的地出游。每到一地，就拨开杂草随意坐下，并把随身携带的一壶酒全部喝完，直到酩酊大醉。然后便与随行的朋友相互枕靠着睡在地上，很奇怪的是，每次躺下都会做梦。而且心里想到哪里，梦就做到哪里，醒来之后就起身回家。读了这段文字，作为当代人，实在不能理解一个"犯了错误"的朝廷官员，居然还可以用这种方式生活，并且"唯恐天下不知"，还用文字把它记录下来，让后人羡慕、嫉妒，但不恨。

就这样，在永州十年时间里，柳宗元几乎游遍了此地的奇山异水。他的《永州八记》包括《始得西山宴游记》《钴鉧潭记》《钴鉧潭西小丘记》《至小丘西小石潭记》《袁家渴记》《石渠记》《石涧记》《小石城山记》等八篇。

有一天，柳宗元"从小丘西行百二十步，隔篁竹，闻水声，如鸣珮环，心乐之。伐竹取道，下见小潭，水尤清冽。全石以为底，近岸，卷石底以出，为坻，为屿，为嵁，为岩。青树翠蔓，蒙络摇缀，参差披拂。潭中鱼可百许头，皆若空游无所依。日光下澈，影布石上，佁然不动，俶（chù）尔远逝，往来翕（xī）忽，似与游者相乐。潭西南而望，斗折蛇行，明灭可见。其岸势犬牙差互，不可知其源。坐潭上，四面竹树环合，寂寥无人，凄神寒骨，悄怆幽邃。以其境过清，不可久居，乃记之而去。"

熟悉这篇文章吧，它就是《小石潭记》，全称是《至小丘西小石潭记》。该文通俗易懂，我就不翻译了，改点评吧：《小石潭记》是柳宗元游记作品中最著名的一篇佳作，尤其让人称道的是文中写潭中游鱼的笔法极其巧妙，无一处涉及水，只说鱼"空游无所依"，仅一个"空"字，反衬水之澄澈透明、鱼之生动传神，各尽其妙，越琢磨越有味道，与"人闲桂花落，夜静春山空"有异曲同工之意境，真是令人拍案叫绝。我曾经想学这种笔法，结果极其沮丧，画虎不成反类犬，看看四周无人，便悄悄将模仿的文章用碎纸机碎了。事后想一想，觉得自己太敏感了，输给柳宗元这样的大家，不丢人。然后再想一想，乃恍然大悟，之所以无法模仿，是因为无法拥有柳宗元当时的那种心境，只能无病呻吟。而柳宗元是通过写景，表达自己贬居生活中孤凄悲凉的感受，形似写景，实则写心。

在柳宗元到永州之前，永州的山水并不为世人所知。这些偏隅一地的山水景致，在柳宗元的笔下，却有着别具一格的美，原本寂寥、冷落的永州山水给人以气势磅礴之感，极富艺术生命力。正如清人刘熙载在《艺概·文概》中所说："柳州记山水，状人物，论文章，无不形容尽致，其自命为'牢笼百态'，固宜。"

在柳宗元的影响下，永州的山水（尤其是愚溪）深受历代文人骚客的青睐。南宋时期，有一位名叫刘克庄的福建莆田人，活了八十多岁。大家不要以为刘克庄只是一个普普通通的长寿翁，他可是继辛弃疾之后南宋时期最重要的豪放派词人。至于刘克庄"狂"到什么程度，我们可以通过他填写的《一剪梅》略知一二：

束缊宵行十里强，挑得诗囊，抛了衣囊。天寒路滑马蹄僵，元是王郎，来送刘郎。

酒酣耳热说文章，惊倒邻墙，推倒胡床。旁观拍手笑疏狂，疏又何妨，狂又何妨？

就是这样一位疏狂之人，却对柳宗元情有独钟，并称柳宗元为"本色诗人"。也许是爱屋及乌的原因，刘克庄也曾写过两首《愚溪》诗：

其一

草圣木奴安在哉，荒榛无处认池台。

伤心惟有溪头月，曾识仪曹半面来。

其二

青云失脚谪零陵，十载溪边意未平。

溪不预人家国事，可能一例受愚名。

且不说刘克庄，单说柳宗元这样一位历史文化名人在一个地方，留下这么多美妙的游记散文，除了永州之外，在我国恐怕找不到第二个城市。这真是永州之大幸！可是，我仔细查了介绍永州旅游文化方面的资料，真正与柳宗元有关的只有柳子庙和愚溪。这独有的文化资源没有得到好好的珍惜和利用，真是非常遗憾！

充分利用历史文化名人资源，个人认为做得最好的当属杭州市。比方说苏堤，除了杭州西湖有一条，安徽阜阳西湖和广东惠州西湖也各有一条，而且都是苏轼修筑的。但从知晓度来看，杭州西湖苏堤天下闻名，另外两条可以说是籍籍无名，尤其是阜阳西湖苏堤，如果不是喜欢苏轼，就连我这个安徽人也是一无所知。个中原因就不分析了，不想得罪人。由此我想，柳宗元的《永州八记》，每一篇都是"稀世珍珠"，如果能把它们连在一起，串成一条精美的"项链"，绝对可以成为全国独一无二的文化旅游风景线。

估计柳宗元也没有想到，在永州十年，他不仅改变了一个城市，还影响了整个文坛，使他成为与韩愈齐名的唐代散文大家。

正在朗州的刘禹锡也没有想到，居然有人会从京城长安给他寄来了一大捆东西，他迫不及待地打开一看，顿时热泪盈眶。

长安北望

刘禹锡到朗州后，收到了好朋友白居易寄来的珍贵礼物，这让寂寞无聊的刘禹锡开心不已。到底是什么礼物啊？原来，白居易担心与自己同龄的刘禹锡在朗州无所事事、苦闷空虚，便将自己写的一百首近作送给刘禹锡，好让他打发时光。看来刘禹锡人缘不错，无论走到哪，都会有人想到他。看到眼前还散发着墨香的诗稿，刘禹锡不禁心头一暖，便坐在桌前饶有兴味地阅读起来。至于白居易寄的是哪些诗，已无法考证，但刘禹锡读完后，却写了一篇读后感寄给了白居易。这篇读后感其实也是一首诗，诗题是《翰林白二十二学士见寄诗一百篇，因以答贶（kuàng，赠送）》：

> 吟君遗我百篇诗，使我独坐形神驰。
> 玉琴清夜人不语，琪树春朝风正吹。
> 郢人斤斫无痕迹，仙人衣裳弃刀尺。
> 世人方内欲相寻，行尽四维无处觅。

刘禹锡说，白兄啊，你的诗写得真是好，可以说是天衣无缝，它让我这个在外讨生活的游子感到如坐春风。我不仅要谢谢你，还要向你学习，老兄当上翰林学士后尚且如此勤奋，在朗州这个荒凉之地，我不能再这样蹉跎岁月，我也要去寻找诗和远方。

可是，朗州穷山恶水，仿佛只有看不见的远方，心中之诗会在哪里呢？刘禹锡说，境随心转，莫道眼前无风景，其实都是心在看。是啊，人的喜怒哀乐完全取决于自己的内心，心安处便是吾乡。

于是，刘禹锡怀着尊重历史、欣赏民俗的态度，深入武陵、龙阳（今汉寿县）、桃源等地，一方面寻访屈原留下的遗迹，另一方面认真汲取当地民歌营养，收集整理"民谣俚音"，创作了《竹枝词》《踏歌词》《浪淘沙》《竞渡曲》《采菱行》等一批反映地方风情且深受人们喜爱的诗歌，尤其是朗州本土民歌《竹枝词》，刘禹锡下了很大功夫对其进行提炼和再创作，保留了民间传唱的曲调，吸取了七绝的谐婉，采用谐音双关、重叠回环的手法，使其"开朗流畅、含思婉转"，为唐代诗歌开辟了前所未有的新境界。

人与人之间最大的不同，主要是看在困难和挫折面前所表现出来的态度。刘禹锡之所以为后世所称道，不仅仅是他留下了优美的文字，更重要的是他在挫折面前乐观向上的精神，以及对待朋友坦诚无私的品格。821 年冬，刘禹锡被任命为夔州（今重庆奉节）刺史，他利用在朗州积累的经验，结合夔州的民歌曲谱，创作了家喻户晓的《竹枝词》：

其一

杨柳青青江水平，闻郎江上唱歌声。

东边日出西边雨，道是无晴却有晴。

其二

楚水巴山江雨多，巴人能唱本乡歌。

今朝北客思归去，回入纥那披绿罗。

姑娘闻声知郎意，梦得闻歌当思归。《纥那》应该是刘禹锡家乡的民歌，刘禹锡一朝离乡，飘零天涯。他说，此时身披绿色绮罗、和着《纥那》曲边舞边歌的家乡人，想必也是在欢迎我这个游子归来吧。年约半百的刘禹锡，经过多次的贬谪打击，已对朝政和自己的政治前途不抱任何希望了，即便是回到长安，对于刘禹锡来说，也只是"回首向来萧瑟处，归去，也无风雨也无晴"。

然而，在朗州期间，三十多岁的刘禹锡对自己的政治生命仍寄予一丝希望。毕竟年轻，倒也正常。他在《相和歌辞·采菱行》中，一方面歌颂采菱女欢快、热闹的场面，另一方面表达了报效朝廷、建功立业的渴望：

白马湖平秋日光，紫菱如锦彩鸾翔。

荡舟游女满中央，采菱不顾马上郎。

争多逐胜纷相向，时转兰桡破轻浪。

长鬟弱袂动参差，钗影钏文浮荡漾。

笑语哇咬顾晚晖，蓼花绿岸扣舷归。

归来共到市桥步，野蔓系船萍满衣。

家家竹楼临广陌，下有连樯多估客。

携觞荐芰夜经过，醉踏大堤相应歌。

屈平祠下沅江水，月照寒波白烟起。

一曲南音此地闻，长安北望三千里。

白马湖位于常德城西，距府城七里许。据嘉靖《常德府志》记载："白蟒湖，府西七里，相传有蟒出于此，俗名白马湖。"也就是说，白马湖原名白蟒湖，可能是后人觉得此名不好听，因"蟒""马"音近，遂改称"白马湖"。早在春秋战国时期，白马湖即楚南名湖，以盛产菱角著称。南朝古志《武陵记》记载："其湖产菱，壳薄肉厚，味特甘香，楚平王尝采之，有采菱亭。"由此可知，两千多年前的白马湖以盛产美味的菱角而闻名遐迩，甚至还吸引了楚国国君楚平王（前528—前516年在位）专门到这里采菱，并在此修筑采菱亭。

紫菱，亦称红菱，我的家乡亦出产这种水生作物。到了秋天，两头尖尖的红菱像调皮的孩子，深藏在墨绿或碧绿的菱叶间，透着诱人的光泽。生菱角脆嫩、水灵，味甘甜。煮熟后的菱角香软、甜糯，别有一番滋味。记得小时候，屋前屋后的池塘里长满了菱角。当菱角成熟时，一帮孩子会学着大人的做法，坐在木制澡盆中，双手作桨，晃晃悠悠地去采菱。以盆作舟，看起来简单，实际上操作时需要很好的平衡协调能力，否则极易翻倒，盆子会直接反扣到人的脑袋上。不过，次数多了之后，我们自学了一门技术："狗刨式"游泳。

刘禹锡祖籍河南洛阳，不知道他有没有坐着澡盆采过菱角，有没有学会"狗刨式"游泳，但他这首《采菱行》却写得极其传神。姑娘们姣好的容颜、飘动的长发、斑驳的钗影，与河岸一簇簇浅红的蓼花、天边那一抹夕阳余晖相映成趣，犹如一幅生动、喜乐的农家山水画。置身于这种环境，刘禹锡也深受感染，他与当地人一起大口喝酒、大堤醉踏、大声歌唱。滔滔的沅江水啊，当年你见证了屈原被逐而作《九歌》，今天我刘禹锡也要当着你的面，高歌一曲《采菱行》。可是，滚滚的沅江水啊，你可了解我现在的心思？"一曲南音此地闻，长安北望三千里"，刘禹锡仍然"身在曹营心在汉"啊！

开心过后，刘禹锡想到唐宪宗下发的那道诏令，心情陡然黯淡下来。那道诏书太有杀伤力了，柳宗元接到后曾大病一场，差点死掉。其内容是："左降官韦执谊、韩泰、陈谏、柳宗元、刘禹锡、韩晔、凌准、程异等八人，纵逢恩赦，不在量移之限。"这句话是什么意思？就是说即使朝廷大赦，柳宗元、刘禹锡等八人也休想回来。一念至此，刘禹锡干脆断了回到京城的想法，抱着随遇而安的心态，踏踏实实地在朗州做起了逍遥自在的山水郎。据《旧唐书》记载："禹锡在朗州十年，唯以文章吟咏，陶冶情性。蛮俗好巫，每淫祠鼓舞，必歌俚辞。禹锡或从事于其间，乃依骚人之作，为新辞以教巫祝。故武陵溪洞间夷歌，率多禹锡之辞也。"

一晃十年过去了，朗州司马刘禹锡早已做好"把牢底坐穿"的思想准备。就在此时，一道特赦诏书从长安"飞"向了永州和朗州。815年初春，双鬓已染上白霜的柳宗元和刘禹锡带着一身疲惫，风尘仆仆地回到了日思夜想的京城长安。

长安，现称西安，在西周时称为"丰镐"，"丰镐"是周文王和周武王分别修建的丰京和镐京的合称。长安是中华文明和中华民族重要的发祥地之一，历史上先后有十多个王朝在此建都。西安现有两项六处遗产被列入《世界遗产名录》，即秦始皇陵及兵马俑、大雁塔、小雁塔、唐长安城大明宫遗址、汉长安城未央宫遗址、兴教寺塔等。始于长安的汉唐盛世，至今还让很多人津津乐道、引以为傲，甚至恨不得穿越到汉唐时期，垂钓碧溪、坐看云起、邀月同饮、纵马疆场……

我第一次到西安，最让我流连忘返的不是六处文化遗址，而是碑林博物馆。馆中琳琅满目的碑刻、墓志及石刻，令人叹为观止。实话实说，我没有专门练习过书法，硬笔字是什么样，毛笔字也就是啥样。但是，当看到虞世南的《孔子庙堂碑》、褚遂良的《同州圣教序碑》、欧阳询的《皇甫诞碑》、张旭的《断千字文》、柳公权的《玄秘塔碑》、颜真卿的《多宝塔碑》等书法大家作品时，我很奇怪自己的手指会不自觉地对着碑上的字悬空临摹，感觉整个人仿佛处在一种痴迷状态。我们的方块字啊，它具有深不可测的魔力！

再次回到长安的刘禹锡，在亲朋故交的陪同下，也去了长安城的一个地方，当然不是碑林博物馆，而是一个道观。这个道观在当时名气并不大，由于刘禹锡的到来，而一跃成为长安城乃至整个大唐王朝人们关注的焦点。

刘禹锡等人去的地方名叫玄都观。

据史料记载，玄都观原为北周武帝时期建在汉长安故城的通道观，隋文帝杨坚在规划大兴城时，将通道观迁建于大兴城崇业坊内，隔着朱雀大街与兴善寺相对，并改名为玄都观。非常有意思的是，一座以道教为主题的建筑，院内植物竟然全部是桃树，难道那些道士们五戒未清，每天都希望交上"桃花运"吗？

此时正是桃花盛开的季节，玄都观里游人如织。观内桃花争奇斗艳，十分妖冶，红的像火，黄的若金，粉的似霞，白的如玉，实在是美极了。

在学习唐诗、宋词的过程中，我有一种强烈的体会：唐代文人最爱的不是桃花，而是牡丹花，宋代文人则偏爱梅花。这是一个十分有趣的现象，先把玄都观发生的事情放到一边，同大家分析一下这种现象。这与刘禹锡其实也有关系，比如他就曾写过一首关于牡丹花的诗，诗很出名，诗题是《赏牡丹》：

> 庭前芍药妖无格，池上芙蕖净少情。
> 唯有牡丹真国色，花开时节动京城。

诗的大意是，庭前的芍药妖娆、艳丽却缺乏骨格，池中的荷花清雅、洁净却缺少情韵。只有牡丹才是真正的天姿国色，开花的时候引来无数人欣赏，甚至惊动了整个长安城。

即使到了晚唐，牡丹花依然是文人笔下的"常客"。晚唐有位著名文学家皮日休，他是湖北襄樊人，与陆龟蒙齐名，世称"皮陆"。这位老先生是正儿八经的进士出身，还做过太常博士，后来也不知道咋想的，居然加入了黄巢农民起义队伍，也有人说皮日休是被俘后才被迫加入的，"陷巢贼中"（《唐才子传》）。黄巢起义失败后，皮日休不知所终。如果大家不了解皮日休的人生结局，读一读他写的那首《牡丹》诗，绝对会为诗中表达的气势所折服：

> 落尽残红始吐芳，佳名唤作百花王。
> 竞夸天下无双艳，独立人间第一香。

其实也没啥好翻译的，字面意思已经很清楚了：当其他的鲜花都静静凋零之后，牡丹才绽放绚烂的花朵，人们把它称作百花之王，我认为牡丹花是人间最美的花，没有之一。

宋代文人酷爱梅花也是不争的事实，如林逋的"疏影横斜水清浅，暗香浮动月黄昏"，王安石的"遥知不是雪，为有暗香来"，朱敦儒的"独自风流独自香，明月来寻我"，陆游的"零落成泥碾作尘，只有香如故"，姜夔的代表作《疏影》《暗香》等，不胜枚举。

那么，为何唐代诗人大多喜爱雍容、华贵的牡丹花，宋代词人却更爱纯洁、高雅的梅花呢？这是一个十分有意思的问题，且听我慢慢道来。

人面桃花

从某种意义上讲，牡丹花和梅花可以分别算作唐宋两朝的国花。国花的历史源远流长，据说橄榄花是世界上最早被定为国花的。橄榄花是哪个国家的国花？希腊。这事出自古希腊的一则神话故事：智慧女神雅典娜和海神波塞冬为争夺雅典的保护神地位而打赌，并邀请众神裁决。赌什么呢？即谁能给人类一件有用的东西，也就是说看谁能给一件得到多数人认可的礼物，谁就赢了。波塞冬的礼物是战马，只见他用三叉戟敲打地面，骏马一跃而出。雅典娜则是将长矛插在地上，地上长出一颗油橄榄树。战马象征着战争，油橄榄树则象征着和平，而且油橄榄还可以用来榨油，这对于资源贫乏的希腊可以说是雪中送炭。结果在由宙斯主持的奥林匹斯众神投票裁决中，雅典娜以多数票胜出。从此，希腊人便把油橄榄看作和平的象征，并尊橄榄花为国花。

国花在一定程度上代表着国家形象、人民品格，与国家的文化、历史有密切的联系。据了解，世界上已有一百多个国家确立了自己的国花，而中国是尚未确立国花的为数不多的大国之一。

现在回到前面提到的问题，唐宋时期的文人为什么分别对牡丹花和梅花情有独钟？个人分析，应该与这两个朝代所处的国际地位有关。唐代国力雄厚、军事强大、疆域辽阔，生活在那个时代的文人有种与生俱来的优越感，牡丹花的大气，恰恰迎合了他们期望贵族气质的心理。而宋代强敌环伺、军备松弛、外交羸弱，在觉得朝廷不能保证充分安全感的情况下，文人以追求个人精神自由为目标，展示自己的独立人格，梅花自然成为他们的精神寄托。

如果说这种解释过于空泛，不接地气，那我再说得通俗一点吧：这好比唐代是大户贵族之家，吃饭讲究的是排场（牡丹花）；宋代是小户富足之家，吃饭讲究的是口感（梅花）。大家是选排场，还是选口感？估计大多数人都会选口感，因为排场这玩意儿，可以有，但不能经常有；否则用《水浒传》中李逵的话来说，就是嘴里都淡出个鸟来。这恐怕也是很多人更喜欢宋代的原因之一。

当然，并不是说除了牡丹花和梅花，唐代文人对其他的花都不屑一顾。有一位唐代诗人，尽管流传下来的诗歌不多，《全唐诗》中仅存六首，但就像张若虚"孤篇盖全唐"的《春江花月夜》一样，他那首与桃花有关的七言绝句，也让他一诗成名，并让后世永远记住了他。他是谁？别急，下文马上会提到他。

说到桃花，人们自然会想到一个词：桃花运。所谓桃花运，是指某人异性缘很好，令异性着迷。我想，交桃花运大概是很多正常男人都希望遇到的美事。可是，为什么是"桃花"运，而不是其他的花？这得从《诗经》说起。在《诗经·国风·周南》中有一首《桃夭》诗，大家应该不会感到陌生："桃之夭夭，灼灼其华。之子于归，宜其室家。桃之夭夭，有蕡其实。之子于归，宜其家室。桃之夭夭，其叶蓁蓁。之子于归，宜其家人。"

这首知晓率很高的诗，描写的其实是女子出嫁时的情景。诗中用桃花比喻新娘美丽的容貌，用桃树的累累果实、枝繁叶茂比喻将来人丁兴旺。因此古人在赞美、祝贺婚姻时常说"既和周公之礼，又符桃夭之诗"，这大概是关于"桃花运"一词大家比较认同的说法。

还有一种观点认为，桃花运是算命术语。它认为女子命带桃花属于薄命，因而有诗曰："萍梗生涯悲碧玉，桃花年命写红笺。"易学中认为"桃花星"是凶星之一，相学家总说"命犯桃花"，意指和异性有纠缠不清的麻烦事。《周易》里有"子午卯酉"四象之说，子午卯酉在地支中代表正北、正南、正东、正西四个方向，"四象交会"时桃花会盛开，此时遇到感情当属最好，因此人们把爱情称作"桃花运"。当然，桃花运不是男人专有，女人遇到喜欢自己的男人也是，也一样属于"命犯桃花"。

不过，我更倾向于"桃花运"一词的由来，跟一首唐诗有关，全诗如下：

去年今日此门中，人面桃花相映红。

人面不知何处去，桃花依旧笑春风。

相信很多人都读过这首诗，但我估计有很多人不一定能马上说出此诗的作者和诗题，至于此诗背后所发生的故事，能够准确讲出来的人更是寥寥无几。

这首题为《题都城南庄》的七言绝句，作者姓崔，名护，字殷功。对他不熟悉并不奇怪，我查了相关史料，对崔护的介绍除了出生年月和一些官职外，只有六个字：生平事迹不详。然而，就是这样一位没有留下什么事迹的诗人，在野史中却有他的一席之地。唐代人孟启在其编纂的《本事诗》中，记录了这样一段逸闻，全文照录如下：

博陵崔护，资质甚美，而孤洁寡合。举进士下第。清明日，独游都城南，得居人庄。一亩之宫，而花木丛萃，寂若无人。扣门久之，有女子自门隙窥之，问曰："谁耶？"以姓字对，曰："寻春独行，酒渴求饮。"女入，以杯水至。开门设床命坐，独倚小桃斜柯伫立，而意属殊厚，妖姿媚态，绰有余妍。崔以言挑之，不对，目注者久之。崔辞去，送至门，如不胜情而入。崔亦眷盼而归，嗣后绝不复至。

及来岁清明日，忽思之，情不可抑，径往寻之。门墙如故，而已锁扃之。因题诗于左扉曰："去年今日此门中，人面桃花相映红。人面不知何处去，桃花依旧笑春风。"

后数日，偶至都城南，复往寻之。闻其中有哭声，扣门问之，有老父出曰："君非崔护耶？"曰："是也。"又哭曰："君杀吾女！"护惊起，莫知所答。老父曰："吾女笄年知书，未适人。自去年以来，常恍惚若有所失。比日与之出，及归，见左扉有字，读之，入门而病，遂绝食数日而死。吾老矣，此女所以不嫁者，将求君子以托吾身。今不幸而殒，得非君杀之耶？"又持崔大哭。崔亦感恸，请入哭之。尚俨然在床。崔举其首，枕其股，哭而祝曰："某在斯，某在斯。"须臾开目，半日复活矣。父大喜，遂以女归之。

这段文言文简单易懂，故事梗概是：博陵（今河北定州）人崔护，非常有才华，是个正儿八经的进士。有一年清明节，他一个人去都城南门外郊游，看到一户庄园，便上前敲门讨水喝。过了一会儿，一位女子打开门，从门缝中问："是谁呀？"崔护回以姓、字。女子端了一杯水过来，让崔护进去坐下。崔护一边喝水一边仔细打量这位女子，只见她姿色艳丽、神态妩媚、风韵十足。崔护一看就来了兴趣，便用话语挑逗她。这女子也不恼怒，只是默默不语。两人相互注视许久后，崔护起身告辞，怅然而归。第二年清明节，崔护忽然想起了那位女子，按捺不住思念之情，就直奔城南去找她。到那里一看，庄园还在，大门却已上了锁。崔护大失所望，就在左边一扇门上留下一首诗后，长叹一声离去。崔护写的那首诗就是《题都城南庄》。又过了一段时间，崔护鬼使神差般又来到城南，在庄园门口听到门内有哭泣的声音，急忙叩门询问。这时有位老伯走出来，哭着说："你莫非是崔护？"崔护回答说是。只听见老伯又哭着说："是你杀了我的女儿啊。"崔护又惊又怕，不知该怎样回答。老伯接着说："我女儿已经成年，知书达理，到现在还没有嫁人。也不知怎么回事，自去年清明节以来，在家里经常神情恍惚，若有所失。前些天我陪她出去散心，回家时，女儿看到左边门上有一首诗，读完之后便病倒了，而且不吃不喝，几天后就死了。唉，我老了，只有这一个女儿，如今她竟然先我而去，白发人送黑发人，叫我今后怎么办啊？你说，我女儿是不是你害死的？"说完，又扶着崔护大声痛哭。崔护听完，心里十分难过，便请求老伯让他进去一哭亡灵。只见女子安然地躺在床上，崔护轻轻地将她的头抬起，枕在自己的腿上，并哭着说："我是崔护，我来了……"崔护一边摇晃着女子，一边大声哭喊。也许是崔护的诚心感动了上苍，也许是他的真情唤醒了女子的心，这位女子竟然悠悠苏醒过来。老伯见了惊喜万分，便将女子许配给了崔护。

这真是一次非常美妙的桃花运，一次非常动人的相遇，一个非常圆满的爱情结局。全诗因景即兴，寓情于景，自然浑成，近乎大白话的语言，浅显易懂，却犹如从心底涌出的一股山泉，清澈、醇美而又跌宕起伏，令人回味无穷。大家看看，人面桃花，去年今日；桃花人面，物是人非。同一景色，两次境遇，于不经意中偶遇的美好事物，又在不知不觉中离人远去。再回首时，背影已远走；再回首时，泪眼还蒙眬，空留回忆和遗憾。一次看似简单而平常的人生经历，却道出了千万人都似曾有过的生活体验。

尽管崔护这首桃花诗以及背后的故事，千百年来令人津津乐道，但我最喜欢的却不是这首《题都城南庄》，而是明代人唐寅写的《桃花庵歌》：

> 桃花坞里桃花庵，桃花庵里桃花仙。
> 桃花仙人种桃树，又摘桃花换酒钱。
> 酒醒只在花前坐，酒醉还来花下眠。
> 半醒半醉日复日，花落花开年复年。
> 但愿老死花酒间，不愿鞠躬车马前。
> 车尘马足富者趣，酒盏花枝贫者缘。
> 若将富贵比贫贱，一在平地一在天。
> 若将贫贱比车马，他得驱驰我得闲。
> 别人笑我忒疯癫，我笑他人看不穿。
> 不见五陵豪杰墓，无花无酒锄作田。

大家应该看过电影《唐伯虎点秋香》吧？唐寅就是剧中主角，是为了美女秋香甘做下人的风流才子。唐寅是苏州吴县人，号六如居士，明代著名画家、文学家。唐寅的名字，据传是因为他于明宪宗成化六年（庚寅年，1470）寅月寅日寅时生。唐寅这个人玩世不恭而又才华横溢，在诗文方面，他与祝允明、文徵明、徐祯卿并称"江南四大才子"（吴中四才子）；绘画方面的名气更大，与沈周、文徵明、仇英并称"吴门四家"，又称"明四家"。

这首《桃花庵歌》充分表达了唐寅乐于归隐、淡泊功名、不愿与世俗为伍的生活态度。桃花因与"逃"同音而具隐逸之意，体现出追求自由、珍视个体生命价值的可贵精神，尤其是最后四句："别人笑我忒疯癫，我笑他人看不穿。不见五陵豪杰墓，无花无酒锄作田。"唐寅对人生的深刻洞察和超脱豁达的生命境界，真是令我折服。

写到这里，不由得想起在大学毕业三十周年的聚会上，我代表班级撰写的一副对联：

古今中外功名利禄全归档，
湖海江河雪月风花尽同窗。

必须回到正题了，还是接着说刘禹锡吧。在朗州贬居了十年，历尽艰难曲折回到长安的刘禹锡，兴致勃勃地同一帮朋友来到玄都观游玩，当他看到观内各种颜色的桃花时，不由得想起了沅江，想到了桃花源，还有那些兴高采烈的采菱姑娘。他还清楚地记得，当年离开长安时，玄都观里可是没有一棵桃花树啊。一念至此，顿时万分感慨。可怜的刘禹锡啊，大家分别那么多年，好不容易凑在一起享受初春的气息，你为什么要感慨啊！按照刘禹锡的写作习惯，有感慨一定会作诗。就这样，因为一次不经意的感慨，诞生了一篇著名诗作；又因为这篇著名诗作，导致两个人的人生轨迹发生了一百八十度大转变。

到底是什么诗作，具有如此大的破坏力？

衡阳雁断

不到谢公台。明月清风好在哉。旧日髯孙何处去，重来。短李风流更上才。

秋色渐摧颓。满院黄英映酒杯。看取桃花春二月，争开。尽是刘郎去后栽。

诸位，知道这是谁填的词吗？苏轼是也。宋神宗熙宁七年（1074）九月，苏轼赴密州任知州，途经湖州，遇到并参加了湖州知州李常的洗儿宴，席间填下了这首《南乡子·席上劝李公择酒》。词中"髯孙"本指孙权，这里指湖州前太守孙觉。"短李"，本指中唐诗人李绅，就是写"锄禾日当

图 6　衡阳雁断（刘朝云绘）

午"的那位，此处借指湖州现太守李常。词的大意是，我这次路过湖州，没有见到那位才华堪比谢灵运的大胡子孙觉，却发现矮个子李常的才华更是厉害得不得了。此时，这一带的秋色渐渐凋萎，满院子的黄菊与手中的酒交相辉映。我想，如果明年二月到此处观赏桃花，那一定是孙觉走后才开始种植的。苏轼的这首词，一方面表达了对旧太守孙觉的怀念，另一方面也是对新太守李常的激励，因为他希望后来之人看到满院桃花时，会自然地想到前太守孙觉，即所谓"前人栽树，后人乘凉"。

这首《南乡子·席上劝李公择酒》只是苏轼的一时应景之作，他在词中非常巧妙地借用了唐代人的一句诗。之所以说它巧妙，是因为这句诗被苏轼化用后，不少人很喜欢。而这句诗的原创者，却因此遭受无妄之灾。

从玄都观返回家中后，心绪难平的刘禹锡再也控制不住内心的冲动，提笔写下了一首诗。正是这首诗，把刘禹锡的命运推向了更远的地方。诗的标题比较长，有十几个字——《元和十年自朗州承召至京，戏赠看花诸君子》：

> 紫陌红尘拂面来，无人不道看花回。
>
> 玄都观里桃千树，尽是刘郎去后栽。

粗看这首诗并没有什么特别之处，再仔细嚼一嚼，就会感到有一股气从丹田涌出，慢慢地形成了两个大字：鄙视。

大家看看，刘禹锡在诗中把玄都观的千株桃树比作朝廷中的新贵，起笔便暗示朝中新贵声势显赫，满朝趋奉；后面两句则讽刺这些"政治暴发户"，对他们表示了极大的鄙视。

刘禹锡说，朝中的各位新贵，当年我的仕途正火的时候，还没你们什么事呢！此诗一出，满城哗然。已离开西川回到京城长安并担任宰相的武元衡等官员顿觉如芒在背，坐立难安，立马在唐宪宗面前告了一状，说刘禹锡乃罪臣之身，这家伙不但不思悔改，反而公开嘲讽君臣，太不知天高地厚了。唐宪宗一听非常生气。麻烦了，皇帝一生气，后果很严重：第二天就下达圣旨，把刘禹锡贬到播州（今贵州遵义）去担任刺史。

自己随便写的一首诗，居然在长安城掀起了巨浪，这是刘禹锡万万没有想到的。好在刘禹锡一向豁达，此地不留爷，自有留爷处，播州就播州，刘郎去也。然而，这事还没完，此后发生的事情大大超出刘禹锡的预料，我估计完全超出了一个正常人所能想象的范围。正在家中收拾行李，准备出发的刘禹锡，突然接到一个惊人的消息：好兄弟柳宗元也被贬了。原来有人在唐宪宗面前搬弄是非，说柳宗元和刘禹锡这两人向来是一个鼻孔出气，刘禹锡一走，柳宗元一定会在京城捣乱。唐宪宗一听，这样啊，那好，就让柳宗元滚到柳州去任刺史吧。

刘禹锡了解到事情的经过后，气得猛拍一下桌子：奇闻啊！关柳宗元什么事呀，天底下还有这种连坐法吗？此事无论如何也无法接受。刘禹锡心想，一人做事一人当，不行，我必须为宗元老弟讨回公道。

刘禹锡说干就干，马上行动。可是，有一个人的动作比他更快。谁呀？还能有谁，柳宗元呗。柳宗元还想干吗？是想为自己鸣冤叫屈吗？因为此事确实跟他没有关系。朋友们，你们可以使劲地开动脑筋想，我保证，你们肯定想不到柳宗元到底干了什么——柳宗元在朝堂上哭了，而且是号啕大哭。哭什么呀？一个大老爷们受这点冤屈，不至于吧。是啊，我也觉得柳宗元有点矫情。大家先别忙着下结论，知道柳宗元痛哭的原因后，再来谈谈感受吧。

播州也就是现在的贵州省遵义市，当时这个蛮荒之地人口不过千余人。到那里任职，实际上就是流放，基本上是有去无回。在朝堂上，柳宗元顾不上一个男人的尊严，边哭边说，播州不是人居住的地方啊，梦得尚有八旬老母，若赴播州，必定死于车马颠簸。我愿"以柳换播"，即便因此获罪，至死无憾。柳宗元希望皇上开恩，将他与刘禹锡对调，让他去条件恶劣的播州，刘禹锡去条件稍好的柳州，即便皇上治他的罪，也不在乎。

天啊，世上居然还有这样的朋友之情，亲兄弟之间也基本做不到！什么是患难见真情？什么是高风亮节、义薄云天？什么是真朋友、真兄弟？柳宗元便是！不要跟我提什么"桃园三结义"，那不过是小说家演绎出来的故事；更不要跟我提水泊梁山上一百零八将，那些所谓的英雄豪杰只能共苦不能同甘。谁说"百无一用是书生"？书生怎么啦，看看柳宗元吧，一介书生而已，受到朋友的牵连，也能做到无怨；为了朋友的事情，他可以屈尊痛哭；为了朋友，他甚至可以让出生存的希望，把死亡的可能留给自己。

读了这段历史，哪怕是铁石心肠，内心估计也会受到强烈的震撼。此刻，我也是热血沸腾，难以自已。为什么我的眼中满含泪水？因为我已被深深地感动了。问题是，我感动了没有用啊，一样救不了刘禹锡，关键是唐宪宗有没有为柳宗元所感动。

幸运的是，唐宪宗不仅被感动了，甚至开了眼界：世上居然真有如此傻呆之人！好吧，朕今天就成全了你对刘禹锡的情义。于是下令，柳宗元还是去柳州歇着吧，念你这份难得的情义，朕改任刘禹锡为连州刺史。连州今属广东清远，刘禹锡的另一个好朋友——韩愈十余年前曾被贬至此，当了一年的县令。

从永州、朗州返回长安，再从长安远赴柳州、连州就职，柳宗元、刘禹锡在长安仅仅待了一个月。在人的一生中，一个月时间太短，短得几乎可以忽略不计；但对于柳宗元、刘禹锡来说，这一个月的时间却很长，长得可以让后世永远记住他们之间发生的故事。顺便说一句，因"玄都观桃花事件"被贬的除了柳宗元、刘禹锡以外，还有十年前一同参与永贞革新的友人韩泰、韩晔、陈谏等人，他们分别出任漳州、汀州（今福建长汀）、封州（今广东封开）刺史。

　　还有一个人必须提一下，就是元稹。元稹也是 815 年从江陵奉诏回到长安的，因为替好朋友刘禹锡说了几句好话，被唐宪宗同时贬至通州（今四川达州）任司马。必须说句公道话，以现在的道德标准评判，元稹确实很色、很花心，但对朋友还是挺讲哥们儿义气的。

　　又要离开长安了。此时，玄都观的桃花还没有凋谢，长安城的春意正浓。经过一个漫长冬天的等待，光秃秃的树枝上仿佛在一夜之间冒出了点点嫩绿，尽管风还比较清凉，但大街上行人很多，路上还能经常看到肤色白、眼窝深、颧骨较高、鼻子高挺、毛发卷曲的西方人。这时，只见两辆马车穿过大街，缓缓地驶出了长安城。

　　刘禹锡、柳宗元这对难兄难弟，望着这座熟悉而壮观的大唐都城，心想，这一别之后，还能再回来吗？

　　二人一路同行，一路颠簸，再次南下，不久后来到了湖南衡阳。衡阳，在唐代时称为衡州，境内有五岳之一——南岳衡山。发源于广西兴安的湘江干流流经全境，长达二百二十六公里，占湘江里程的 39.7%。由于水系发达，衡阳自古以来就是交通要道和军事要地。1944 年 6 月—8 月，方先觉领导的国民党军队和日军在衡阳展开了一场大会战。这场会战是中国抗战史上敌我双方伤亡最多、中国军队正面交战时间最长的城市攻防战，被誉为"东方的莫斯科保卫战"。这场会战持续之弥久、战斗之惨烈、影响之深远，我觉得没有哪一仗可与之比拟，更何况此战还导致日本东条英机军人内阁下台。毛泽东 1944 年 8 月 12 日在《解放日报》上发表社论："坚守衡阳的守军是英勇的，衡阳人民付出了重大牺牲。"国民党的方先觉、葛先才、周庆祥、容有略、饶少伟等五人，因在衡阳之战中表现突出，被授予青天白日勋章。

利用这个机会，我觉得有必要郑重地介绍一下中方主将方先觉，不仅仅因为他是我的老乡，还因为他是令人敬仰的英雄。方先觉，国民革命军第十军中将军长，1905 年 11 月生于安徽省萧县，1925 年 1 月考入黄埔军校第三期，同年 11 月任第三师第九团侦察队少尉见习官，见习期满后改任中尉排长，之后一步一个脚印，一直做到军长。衡阳之战时，国民党军委会对第十军下达的作战命令是坚守衡阳城十至十五天，结果方先觉坚守衡阳长达四十七天。值得一提的是那封著名的"最后一电"："敌人今晨由北城突入以后，即在城内展开巷战，我官兵伤亡殆尽，刻再已无兵可资堵击，职等誓以一死报党国，勉尽军人天职，决不负钧座平生作育之至意，此电恐为最后一电，来生再见！"好一个"来生再见"！足令山河为之失色，堪称中国军人之典范。

衡阳市有座回雁峰，是南岳衡山七十二峰中的第一峰。古时候人们认为北雁南飞时，到了此处就会歇翅栖息，所以自古就有"衡阳雁断"之说，后人将其引申为音信不通。这个典故的出处有多种说法，有人认为出自汉代张衡的《西京赋》："上春候来，季秋就温。南翔衡阳，北栖雁门。"也有人认为源于南朝梁刘孝绰的《赋得始归雁》："洞庭春水绿，衡阳旅雁归。"还有人认为应与唐代高适的《送李少府贬峡中王少府贬长沙》诗有关："巫峡啼猿数行泪，衡阳归雁几封书。"到了南宋时期，有位王象之先生却认为："回雁峰在州城南，或曰雁不过衡阳，或曰峰势如雁之回。"当然，大家最熟悉的还是北宋名臣范仲淹的《渔家傲·秋思》：

塞下秋来风景异，衡阳雁去无留意。四面边声连角起，千嶂里，长烟落日孤城闭。

浊酒一杯家万里，燕然未勒归无计。羌管悠悠霜满地，人不寐，将军白发征夫泪。

此时，刘禹锡、柳宗元的心情正可以用"浊酒一杯家万里""衡阳雁去无留意"来形容。因为到了衡阳，就意味着两个人要分手了。怎么办呢？不舍、难过是肯定的，可天下没有不散的筵席。唉，劝君更尽一杯酒，南下衡阳无故人。在衡阳逗留的几天时间里，刘禹锡、柳宗元用他们手中的笔，你来我往，写下了一组感人至深的临别赠言。

先看柳宗元的临别赠诗，诗题是《衡阳与梦得分路赠别》：

十年憔悴到秦京，谁料翻为岭外行。

伏波故道风烟在，翁仲遗墟草树平。

直以慵疏招物议，休将文字占时名。

今朝不用临河别，垂泪千行便濯缨。

伏波，这里是指东汉光武帝刘秀手下的伏波将军马援。马援曾经南征交趾（今越南），两平岭南，为东汉立下赫赫战功。读了子厚老弟的赠诗，刘禹锡百感交集，回了一首《再授连州至衡阳酬柳柳州赠别》：

去国十年同赴召，渡湘千里又分岐。

重临事异黄丞相，三黜名惭柳士师。

归目并随回雁尽，愁肠正遇断猿时。

桂江东过连山下，相望长吟有所思。

刘禹锡说，十年来我们兄弟俩同进同退，到头来还是要一地两别，各奔东西。子厚啊，我对你的思念将如那滚滚的桂江水，绵绵不断。柳宗元听了十分感动，他按捺不住内心的激动，提笔再写了一首《重别梦得》：

二十年来万事同，今朝岐路忽西东。

皇恩若许归田去，晚岁当为邻舍翁。

柳宗元这首诗写得情深意长，全诗不着一个"愁"字，却在表面的平静中蕴蓄着深沉的激愤和无穷的感慨。从 793

年同时进士及第，到永贞革新，再到永州和朗州，在二十多年的时间里，柳宗元、刘禹锡二人共同经历了宦海浮沉和人世沧桑。柳宗元多么希望晚年时能够与刘禹锡天天见面，比邻而居。这场面真是太感人了，让我不忍卒写。刘禹锡则在《重答柳柳州》中抒发了与柳宗元同样的感慨：子厚老弟，往事不堪回首啊。

弱冠同怀长者忧，临岐回想尽悠悠。
耦耕若便遗身老，黄发相看万事休。

柳宗元意犹未尽，在《三赠刘员外》中，他问刘禹锡：今日一别，何时才能相见啊？

信书成自误，经事渐知非。
今日临岐别，何年待汝归？

刘禹锡写了一首《答柳子厚》，以诗作答：我们都快奔五了，我现在只想与你早日跳出罻（wèi，捕鸟的小网或渔网）罗，功名利禄全归档，雪月风花尽同窗。

年方伯玉早，恨比四愁多。
会待休车骑，相随出罻罗。

这一组离别诗，不言悲而悲不自禁，不言愤而愤意自见。一对好兄弟，你送我一程，我送你一村，再送我，又送你，恋恋不舍，情深意切。他们面对茫茫衡山，眼望滔滔湘江，终于洒泪而别。谁知这一别，竟成永别。

此时，我不禁想起自己曾经填写的一首《一剪梅》：

萧瑟秋风尽染黄，只见苍茫，不见芬芳。浮云无语带斜阳，云下芦寒，云里霞光。

鸿雁南飞天欲霜，雁叫声声，雁阵行行。人间正道是沧桑，乡在何方，心寄何方。

就在刘禹锡、柳宗元分别不久，京城长安发生了一件轰动整个大唐的爆炸性新闻：宰相武元衡被刺杀身亡了。

魂归柳州

与刘禹锡在衡阳分手后，柳宗元坐船沿湘江一路南下，朝着其仕途终点，也是人生终点——柳州进发。现在的柳州是广西第一大工业城市，有两千一百多年的建制史，是国家历史文化名城。大家都知道"桂林山水甲天下"，其实民间还有"柳州奇石甲天下"之说，柳州因此被誉为"中华石都"。柳州还是壮族歌仙刘三姐的传歌圣地，传说刘三姐在鱼峰山唱歌感动上天而得道成仙，山歌世世代代在鱼峰山脚下环绕。壮族的歌、瑶族的舞、苗族的节、侗族的楼，堪称柳州民族风情四绝。

刚到柳州时，柳宗元仍然沉浸在往事的回忆之中，多年的贬谪生活使柳宗元倍感仕途的险恶和人生的艰难。他想念刘禹锡，想念同自己一道推动永贞革新且一同遭到贬谪的战友。当年秋天，柳宗元登上柳州城楼，面对满目异乡风物，不禁百感交集，写下一首凄楚动人、撼人心魄的《登柳州城楼寄漳汀封连四州》：

> 城上高楼接大荒，海天愁思正茫茫。
> 惊风乱飐芙蓉水，密雨斜侵薜荔墙。

岭树重遮千里目，江流曲似九回肠。

共来百越文身地，犹自音书滞一乡。

诗的大意是：我登上高楼，极目所见，到处是一派荒凉；满腔愁绪，恰似那海天茫茫。风中的荷花乱颤，暴雨斜打在长满薜荔的土墙。绵绵起伏的远山遮住了我的视线，曲曲折折的江流宛如我的愁肠。我们一起来到这边远的蛮荒之地，却怎堪音书隔绝，人各一方。

元末明初人陶宗仪在《南村辍耕录》中说："作乐府亦有法，曰凤头、猪肚、豹尾六字是也。大概起要美丽，中要浩荡，结要响亮。尤贵在首尾贯穿，意思清新。苟能若是，斯可以言乐府矣。"意思是，作乐府要讲究方法，开头要像凤凰头那样美丽，中间要像猪肚子那样充实，结束要像豹子的尾巴那样有力。后来，这种乐府创作方法被拓展成写文章的"作文六字法"。大家读读柳宗元的这首诗，起句"城上高楼接大荒"奇句夺目、引人入胜，像凤头一样俊美、响亮、精彩；诗的中间两联细节丰富、言之有物，紧凑而有气势，如同猪肚一样充实；诗的结尾"犹自音书滞一乡"简洁有力、余韵绵长，如同豹尾一样雄劲、潇洒，实在是唐诗中不可多得的精品。

尽管很苦闷、很难过，但柳宗元并没有沉湎其中而不能自拔。韩愈在《柳子厚墓志铭》中记载："元和中，尝例召至京师，又偕出为刺史，而子厚得柳州。既至，叹曰'是岂不足为政邪！'因其土俗，为设教禁，州人顺赖。"据韩愈介绍，元和年间，也就是 815 年，唐宪宗将柳宗元等人召回京城，不久后再次将他们一道贬出京城担任刺史，柳宗元被安排在柳州。上任之初，柳宗元非常感慨地说："这里难道就不值得实施政教吗？"于是他按照当地的风俗，制定了劝谕和禁止的政令，赢得了柳州民众的信赖。那么，柳宗元到底在柳州实施了哪些仁政呢？

如柳州人借钱时习惯用子女为人质抵押，如果不能按约期赎回，等到利息与本钱相等时，子女就会沦为债主的奴婢。为此，柳宗元想尽办法帮助借钱人把子女赎回去。特别贫困，实在无力赎回的，就让债主记下人质当佣工所应得到的酬劳，等到酬劳和所借钱数相当时，便要债主归还人质。由于这种办法效果非常好，从京城派来的观察使就把这个经验推广到其他州，仅仅一年多时间，被免除奴婢身份而回到自己家里的就有近千人。

此外，衡山和湘江以南想考进士的学子，都把柳宗元当作老师。那些经过柳宗元亲自指点的人，都学到了作文的章法技巧，进步非常大。

从韩愈这篇文章中，我们可以了解到，柳宗元在柳州主要做了两件事：一是纾民困，二是开民智。仔细想来，这两件事自古以来都是让老百姓记住的核心政绩。翻开几千年历史，大家会发现一种令人反思的现象，即任何王朝的更迭，基本上没有不流血的，那些靠武功上位的人，史书会有记载，但老百姓不一定记得；让老百姓真正记住，并且世代相传的是那些为老百姓办实事、推动区域风气开化的官员和士绅。这样的例子太多了，比方说韩愈，潮州人因为他可以让本地山水改姓；还有柳宗元，永州建有柳子庙，当地百姓世世代代传颂他的功德；还有屈原、王勃、李白、杜甫、杜牧、苏轼、范仲淹等，凭着他们在历史上的影响力，他们生活、工作的地方，基本上都成为文化标识，为老百姓带来了不少收入。

柳宗元不仅生前施仁政、造福柳州，死后还为柳州带来了一种新兴产业——柳州棺材制造业。这一点估计柳宗元也没有想到。有一条大家都十分熟悉的民间谚语："食在广州，穿在苏州，玩在杭州，死在柳州。"这"死在柳州"之说，据传与柳宗元有关。柳宗元去世后，柳州父老乡亲为了纪念他，特意在当地制作了一口楠木棺材，殓装着他的遗体，千里迢迢运回其老家山西安葬。经过几个月的长途跋涉，人们发现柳宗元的遗体依然完好无损，面目仍然如生前一般，柳州棺材因此声名大噪。在此之后，那些富裕之家和达官贵人无不以拥有一口上好的柳州棺材为荣。我想，如果不是现在要求火葬、树葬，柳州棺材制造业一定会创造巨大的经济效益。

南方的温热气候，加上工作劳累，柳宗元终于病倒了。他自知将不久于人世，此时心中想到的却是与刘禹锡在衡阳相别时的那个约定："皇恩若许归田去，晚岁当为邻舍翁。"

现在看来这个愿望是无法实现了。另外，柳宗元还有一件未了之事，必须托付给刘禹锡。他写下遗嘱，要求仆人在他死后将一生的全部书稿送到刘禹锡手中。

也许是冥冥中已注定，或者心灵真有感应，刘禹锡因为母亲仙逝，从连州北返回家丁忧。什么是丁忧？根据儒家传统的孝道观念，朝廷官员在位期间，若父母去世，则无论此人任何官何职，从得知丧事的那一天起，必须辞官回到祖籍，为父母守制二十七个月，谓之丁忧。刚走到衡阳，刘禹锡就收到了柳宗元的噩耗，瞬间犹如晴天霹雳，令他"惊号大叫，如得狂病"。他回忆着与柳宗元在一起的美好时光：同时高中皇榜时的开心得意，永贞革新时的意气风发，在永州、朗州时的心心相印，以及四年前在衡阳的恋恋不舍。这一幕幕情景让刘禹锡肝肠寸断，伤心无比。"南望桂水，哭我故人。"他满含热泪，写下一首五言诗——《重至衡阳伤柳仪曹》，诗有一段小序："元和乙未岁，与故人柳子厚临湘水为别。柳浮舟适柳州，余登陆赴连州。后五年，余从故道出桂岭，至前别处，而君没于南中，因赋诗以投吊。"

> 忆昔与故人，湘江岸头别。
>
> 我马映林嘶，君帆转山灭。
>
> 马嘶循古道，帆灭如流电。
>
> 千里江蓠春，故人今不见。

衡山依旧在，湘江水依旧；故人却不见，遗我自白头。刘禹锡强忍悲痛，立刻派人去料理柳宗元的后事，同时含泪给韩愈写信，希望他能为柳宗元撰写墓志铭。在随后的日子里，刘禹锡倾注全部精力整理柳宗元的遗作，并筹资刊印。现在我们看到的《柳河东集》，就是刘禹锡一篇一篇整理出来的，刘禹锡专门为这本集子撰写了序言。不仅如此，刘禹锡还把柳宗元的大儿子柳告（小名周六）留在身边，视为己出，将其抚养成人，柳告后来考上了进士。

刘禹锡曾写过一篇《祭柳员外文》，在众多纪念柳宗元的文章中，我认为《祭柳员外文》是写得最感人的一篇。在文章的最后，刘禹锡说："呜呼子厚，卿真死矣！终我此生，无相见矣！何人不达？使君终否。何人不老？使君夭死。皇天后土，胡宁忍此？知悲无益，奈恨无已。君之不闻，余心不理。含酸执笔，辄复中止。誓使周六，同于己子。魂兮来思，知我深旨。呜呼哀哉！尚飨。"刘禹锡说，子厚兄啊，今生我们已经无法再见了，我知道你现在已听不见我在说什么了，但我还是要告诉你：生命可以凋落，友情永远不死！我发誓：一定把你的儿子周六抚养成人。当你的灵魂归来之时，会让你见证我深深的情意。请子厚兄接受梦得真诚的祭奠！

"人生得一知己足矣，斯世当以同怀视之。"刘禹锡与柳宗元在春风得意时相互支持、相互砥砺，天涯沦落时不离不弃、生死相依。仕途尽管波折，但友谊始终温暖，他们之间这种真挚的友情，犹如夜空中的明月和黑暗中的烛光，千百年来，一直照耀着我国文坛乃至整个人类历史的一片天空。

元和十年（815）六月三日凌晨，当长安城第一遍报晓的鼓声敲响时，天还未亮。此时，长安城靖安坊宰相府第的大门吱吱嘎嘎地打开了，大唐宰相武元衡在随从的帮助下，登上了停在门口的一辆马车，准备赴大明宫上朝。这么早就上班，古时候君和臣其实也挺不容易的。武元衡的马车沿着宽一百步（一百四十七米）的道路左侧行进，刚出靖安坊东门，从暗处突然跳出几个蒙面刺客，他们先用弓箭射灭灯笼，再对着马车一通乱射，武元衡的随从们吓得纷纷逃走。这时几个刺客快步上前，把武元衡的头颅砍下包起来，并迅速离开去刺杀另一位大臣。谁呀？御史中丞裴度。所幸的是，裴度被袭击后掉到水渠里，刺客以为得手，未仔细验证便匆匆离去。裴度只是头部受了重伤，逃过一劫。

短短一个时辰，让世人无比自豪的大唐王朝居然发生了如此重大的惨案，而且是发生在天子脚下，因此在整个长安城引起了极大的震动，以至于在此后很长一段时间，官员们天亮之前都不敢出门。这显然是一起经过周密安排的有计划的谋杀案，用现在的话说，这是一起影响恶劣的暴力恐怖事件。也许有人会问，武元衡和裴度到底得罪谁了，竟然招来杀身之祸？且听我慢慢道来。

814 年，淮西节度使吴少阳去世，他的儿子吴元济密不报丧，私自掌握了淮西兵权，还发动叛乱，威胁洛阳。已被藩镇搅得经常失眠的唐宪宗，正好想借此事来表示自己削藩的决心，决定对吴元济开战。当时朝廷在处理藩镇问题上分为两大派，即主战派和主和派。其中，宰相武元衡和御史中丞裴度是坚定的主战派。

朝廷要对吴元济用兵，让平卢淄青节度使李师道深感唇亡齿寒。他立即上表，要求朝廷停止讨伐。唐宪宗当然不会听他的，李师道一看此招不灵，又生一计。他认为，如果把主战派的代表人物武元衡和裴度除掉的话，其他人就会因为吓破胆而不敢再坚持出兵。于是，李师道花巨资请来一批杀手，开始谋划他的暗杀行动。

李师道的恐怖手段，确实起到了震慑作用，很多原本坚持主战的大臣再也不敢坚持，反而同主和派一道劝说唐宪宗改变立场。但唐宪宗展示了一个有作为的皇帝应具备的果敢素质，不为所动，坚持削藩。他一边积极筹备开战，一边继续搜捕凶手。最后查证结果却是成德军节度使王承宗指使手下人所为，这显然是一个冤案。尽管有人曾提出过疑问，但唐宪宗这时候最需要的只是一个结果，结果是对是错对他来讲并不重要，因为眼下最重要的事情就是积极备战，出兵平藩。

817年，唐宪宗升任裴度为宰相兼彰义军节度使。裴度奔赴淮西，大举进攻吴元济。吴元济兵败被擒，最终被斩于长安。相信很多人对这段历史都不会感到陌生，因为在中学时曾经学过一篇古文——《李愬雪夜入蔡州》。李愬雪夜袭取蔡州、生擒吴元济之役，是我国军事史上奇袭战的成功典型战例。个人的胆识加上老天爷突降大雪相助，让李愬成为当时的名将。

"射人先射马，擒贼先擒王。"吴元济叛乱被平息之后，李师道的末日也就快到了。818年，唐宪宗派兵讨伐李师道。第二年，在大兵压境的形势下，李师道集团内部矛盾激化，其部下将他杀死。李师道死后，在抄家时发现了一个账本，上面记录了行刺武元衡后，杀手应得的赏赐。至此，当年那件震惊整个大唐的案件才真相大白。

这是继安史之乱之后，规模和影响最大的一次平藩行动，它不仅为大唐王朝赢得了一个难得的喘息机会，也为唐宪宗李纯确立了较高的历史地位，唐宪宗因此荣获"中兴名君"的称号，史称"元和中兴"。

在这场政治角逐、军事实力比拼过程中，大唐王朝还有一个意外收获：原本只是在文坛地位极高的文人，却在近知天命之年脱颖而出，完美实现人生角色的华丽转变，一跃成为大唐王朝著名的军师之一。

大家不妨猜一猜，他是谁呢？

兵部侍郎

815 年，京城长安发生了这么多重大事件，大家也许会很奇怪：那个喜欢对政务表达不同观点、善于发现人才且不遗余力举荐的韩愈去哪了？他在忙什么呢？

这年正月，正在长安的韩愈，意外收到了一份极其贵重的礼物，唐宪宗下诏书任命他为中书舍人。一开年韩愈就升官了，而且是一个让无数读书人梦寐以求的官职。大家说韩愈此时的心情怎么样？废话，那还用问吗，肯定好嘛！不过，还有一点不太明白：中书舍人是个什么官职，真的有那么重要吗？我查了查有关资料，了解的情况如下：中书舍人属于正五品上，相当于现在的司局级。中书舍人的级别不是特别高，但它在唐代的地位非常特殊，位居"词臣"之首，是一个文学色彩极为浓重的官职，只有最具文采及学识的人才能担任。中书舍人所掌之制诰称为"外制"，与翰林学士所掌之"内制"相对，合称为"两制"。中书舍人属于最高权力中心的机枢要职，在朝廷决策中扮演着重要角色，地位显赫至极，为文人士子所企慕，是为"文士之极任，朝廷之盛选，诸官莫比焉"。历朝历代此职都必须由博学多才的进士担任，而且他们都会得到天子的宠信。

　　韩愈也不例外，不久后，他获得了唐宪宗赐的绯鱼袋。赐绯鱼袋是皇帝的一种恩赐。官服分颜色的制度是从唐代开始的：三品以上紫袍，佩金鱼袋；五品以上绯袍，佩银鱼袋；六品以下绿袍，无鱼袋。官吏有职务高而品级低的，仍按照原品服色。如任宰相而不到三品的，其官衔中必带"赐紫金鱼袋"的字样；州的长官刺史，亦不拘品级，都穿绯袍。这种服色制度到清代才完全废除，只在帽顶及补服上区分品级。

　　因韩愈得到了唐宪宗的宠信，我有理由相信，在永州和朗州待了十年之久的柳宗元、刘禹锡能够于同月得到特赦返京，一定与韩愈的大力相助有很大关系。也许有人不以为然：既然韩愈能够帮忙，那么一个月后，柳宗元、刘禹锡二人再度被贬时，韩愈为何不伸手相助？

　　问得好。实际上，不是韩愈不想帮忙，而是他已经帮不上忙了。不会吧，变化这么快？现实就是这样，明天和意外，你永远都不知道哪个会先来。三国时期文学家李康在《运命论》中说："木秀于林，风必摧之；堆出于岸，流必湍之；行高于人，众必非之。"在现实生活中，往往能力出众、成绩显著的人，很容易遭到他人嫉妒，甚至受到打击和排斥。韩愈也未能幸免。没过多久，就有人向唐宪宗打小报告，称韩愈在任江陵法曹参军时，荆南节度使裴均（此人品行不太端正）十分器重他，经常让他在自家留宿，这是一种极高的礼遇。裴均之子裴锷是个平庸浅陋之人，也不知道韩愈是疏忽还是喜欢裴锷，在他写的一篇文章的序言中，对裴锷显得过于友好。这本来是两件小事，如果搁在我身上，没有人会注意，但韩愈可是当时的儒家代表，他这种做法在朝廷中引起了很大反响。唐宪宗一看大家不依不饶的架势，只好改授韩愈为太子右庶子。这是什么官职？简单地说，就是东宫属官，掌侍从、献纳、启奏。

从皇帝的"秘书"（中书舍人）到"陪太子的"（太子右庶子），尽管太子是唐王朝未来的接班人，但对于朝中之事来说，此时实际上韩愈的职位变虚了，基本失去了影响朝中之事的话语权。所以，对于柳宗元、刘禹锡两个好朋友的遭遇，韩愈看在眼里，急在心里，却是爱莫能助。当然，虚职也有虚职的好处，就是不用担主要责任，如果安排得恰当，还会有时间做点其他的事情。

韩愈曾经举荐过一个名叫张籍的人，这个人后来因担任水部员外郎而被称为"张水部"。张水部是安徽和州人，比韩愈大两岁，他最著名的一首诗是《秋思》：

> 洛阳城里见秋风，欲作家书意万重。
> 复恐匆匆说不尽，行人临发又开封。

信写好了，又担心匆忙中没有把自己想说的话写完。当捎信人快要出发时，又赶紧拆开信封仔细看一看。心理描写非常细腻，读起来感同身受。

在韩愈生活的年代，虽然李白、杜甫的诗歌地位还没像后来那么高，但基本看法是李白的诗歌地位高于杜甫。在一次闲聊过程中，张籍跟韩愈说，现在社会上好多人认为，尽管李白的诗写得非常好，但同杜甫的诗相比，应该是稍稍差一点。韩愈一听，呵呵一笑，觉得有必要澄清对李、杜二人的认识，便写了一首《调张籍》诗，直截了当地表明了对李白、杜甫两位前辈的态度，深刻表达了对他们的无比崇拜之情。调，就是调笑的意思。诗很长，足足有两百字。我选其中五分之一，即诗的前面一段供大家欣赏：

> 李杜文章在，光焰万丈长。
> 不知群儿愚，那用故谤伤。
> 蚍蜉撼大树，可笑不自量。
> 伊我生其后，举颈遥相望。

此诗大概作于 815 年。韩愈说，李白、杜甫这两位前辈的文章啊，犹如万丈光芒，照耀了整个大唐诗坛。然而，经常有愚昧无知的轻薄文人，使用一些陈旧之辞去诋毁中伤他们。在我看来，他们就像那小小的蚂蚁企图去撼动参天大树，太不自量力了。虽然我生在李、杜之后，但我常常追思他们、仰慕他们。因此，"顾语地上友，经营无太忙。乞君飞霞佩，与我高颉颃"——建议大家听我一句劝，不要老是钻到故纸堆里寻章摘句，还是和我一起向李、杜学习，在诗歌的广阔天地中高高飞翔吧。

韩愈这首《调张籍》最大的贡献是，给了李白、杜甫两位盛唐诗人盖棺论定式的评价。可以这么说，韩愈凭着无可挑剔的个人品德、无可争议的文坛地位，让李白和杜甫成为我国古代诗歌史上，两座代表最高水平且迄今无人企及的高峰。俗话说："文无第一，武无第二。"尽管我完全认同韩愈对李、杜二人地位的肯定，但由于每个人对某个人及其作品的喜爱，往往受其性格、认知、经历和人生体验，甚至一时心情所影响，他们对李、杜的评价存在差异，实属正常现象，所谓"萝卜白菜，各有所爱"，说的就是这个道理。

表明了自己对李白、杜甫两位前辈的态度之后，韩愈迎来了人生中另一个重要时刻：元和十二年（817）八月，接替被刺杀的武元衡任宰相的裴度，在唐宪宗的支持下，亲赴前线讨伐吴元济。裴度担任淮西宣慰处置使，兼彰义军节度使，并聘请韩愈任行军司马，赐紫服佩金鱼袋。这是一代文豪韩愈在即将迈入半百之年时首次在军中任职。

行军司马是干什么的？说白了，就是节度使的主要幕僚，或者叫军师，或者叫参谋长。不仅要协助节度使管理军符号令、军籍、兵械、粮廪、赐予等事务，还要为主帅出谋划策，权力很大、责任很重。对于这个从未涉猎的全新领域，韩军师妙招迭出，展示了其非凡的军事才能，成了裴主帅的得力助手。在攻打吴元济时，韩愈曾建议裴度派一支上千人的奇兵抄小路进入蔡州，打他个措手不及，必能一举擒获吴元济。可惜裴度未能及时采纳，让李愬抢了先机，李愬因此一战成名。大家对韩愈无不感到惋惜，估计裴度也肠子都悔青了。淮西叛乱平定之后，韩愈又向裴度献上一计。他认为，擒获吴元济已起到敲山震虎的效果，对于成德军节度使王承宗，没有必要再出兵镇压，用一封书信就可以摆平他。事情的过程就不介绍了，直接说结果吧：王承宗非常听话，一收到韩愈的来信，就马上回函说，我怕了你还不成吗？德州、棣州这两个地方你们拿去吧。不战而屈人之兵，一信得两州，韩愈拔头筹，厉害！

被誉为晚清中兴名臣之首的曾国藩曾说："韩公如神龙万变，无所不可。"就是说韩愈这个人啊，犹如一条千变万化的神龙，没有什么事情是他不会的。是啊，论文，韩愈那支笔已臻化境，他说第二，没人敢称第一；论武，韩愈也是计谋百出，笑傲疆场；论品德，韩愈更是心底无私，无人能出其右。诚如曾国藩所说，韩愈"无所不可"，堪称全才。

持续50年的淮西叛乱被平定之后，唐宪宗为了彰显自己的丰功伟绩，诏令韩愈撰写《平淮西碑》。这本来是一件大好事，没想到韩愈却因此惹上了麻烦。韩愈的碑文写好之后，因为过度强调裴度在平叛过程中总揽全局的首功，而无视其他人的作用，引起攻入蔡州、活捉吴元济，为唐军的胜利立下决定性功绩的李愬，以及负责粮草的官员的强烈不满。唐宪宗为平息众怒，便命翰林学士段文昌重新撰文刻石。我不知道韩愈当时的心情是什么样的，但皇帝的这个改变，等于否定了韩愈的做法，甚至怀疑韩愈在玩亲亲疏疏的把戏，相当于在怀疑韩愈的人品。

然而，历史的演变绝不会随着皇帝的意志而固化，庶民之心说不定会在某个节点，令历史发生意想不到的改变。约三百年之后，也就是北宋徽宗时期，一位名叫陈珦的知州，磨去段文，再刻上韩文。不知道陈珦的行为有没有得到皇帝的授意，但我认为至少得到了皇帝的默许，陈珦的做法无疑是为韩愈平了反。另一位名叫江端友的宋代人，还写了一首《韩碑》的七言绝句，（编者按：另一说为下面这首诗是苏轼所作的《沿流馆中得二绝句》）对段文进行了讽刺：

> 淮西功业冠吾唐，吏部文章日月光。
>
> 千载断碑人脍炙，不知世有段文昌。

不可否认，韩愈因碑文被磨事件，名誉受到了一定程度的损害。但他第一次参与军队工作，就一鸣惊人，还让朝廷文武百官对他刮目相看。可是我要说，这在韩愈的一生中只是一个小小的插曲而已，五年之后发生的事情，才是韩愈人生的辉煌顶点。

820 年，唐宪宗李纯暴死，后来其第三子李恒继位，是为唐穆宗。李恒在位期间，除了玩乐还是玩乐，跟他老爹相比，这家伙可以说没做过一件值得称道的事情。但是他用对了一个人：821 年，唐穆宗给了韩愈一个重要职务——兵部侍郎。这个职务相当于现在的国防部副部长，尽管在此之前，韩愈已经担任过相当于副省级的刑部侍郎，但兵部侍郎一职对韩愈来说，更能体现朝廷对他能力的认可。韩侍郎当然也没让朝廷失望，他上任后所做的第一件事就在朝野引起巨大轰动，更让后人对他钦佩不已。

据《新唐书·韩愈传》介绍，822 年，唐穆宗任命韩愈为宣慰使，前往镇州招抚。当时的镇州，可以说是乱成了一锅粥，通过兵变上位的王廷凑已无法控制混乱局面。韩愈此行凶多吉少，大家都替他捏了一把汗。即将出发时，朝廷百官都在为韩愈的安全而感到担忧。好朋友元稹非常难过地说，韩愈太可惜了。唐穆宗也有点后悔，他告诫韩愈到达成德军边境后，不要急于入境，要先摸清情况后再做决定，以防不测。韩愈明白这是皇上出于仁义而关心自己的人身安危，但他能退缩吗？当然不能。深受儒家思想熏陶的韩愈认为，执行君命，乃臣子义务，岂能畏死避之？他义无反顾地前往镇州。

到达镇州后，迎接韩愈的果然是一队队不怀好意、手执兵器的士兵，他们把韩愈紧紧围在了院中。面对这一群如狼似虎的士兵，韩愈能够妥善化解、全身而退吗？整个事件的过程在《新唐书·韩愈传》中有比较详细的记录，考虑到不是在此专门为韩愈立传，就简而化之，把结果直接告诉大家吧。

这么说吧，韩愈能够圆满处理这起事件，全凭他那伶牙俐齿，也就是韩愈那张嘴，胜过了三千"毛瑟精兵"。面对王廷凑和那些情绪激动的士兵，韩愈就像一位久经沙场的将军，神态自若，侃侃而谈。他不讲高不可攀的大道理，不戴不切实际的高帽子，只从家人、家庭、家族入手，紧紧抓住大家的普遍心理，循循善诱，晓陈利害，一举突破了士兵的心理防线，成功化解了这场可能造成严重后果的突发事件。最后，居然和王廷凑在一起推杯换盏喝上了。

服了，我真的服了！我怀疑韩愈专门研究过心理学，否则无法解释他在处理王承宗、王廷凑事件的过程中，对人的心理的精准分析和判断。当然，还有重要的一条，如果没有敢于担当、勇于任事、不怕牺牲的家国情怀，韩愈也不敢"闯虎穴"，更不可能做到"谈笑间，樯橹灰飞烟灭"。

韩愈也许不知道，这是他一生中最后的辉煌，他的生命将在两年之后走向终点。824年，令人尊敬、受人爱戴的韩愈在家中病逝，享年五十七岁。

韩愈去世以后，历朝历代都有人对他的一生进行评价。其中，我觉得点评最到位的当属北宋另一个天才级人物——苏轼。苏轼在《潮州韩文公庙碑》一文中说："匹夫而为百世师，一言而为天下法，是皆有以参天地之化，关盛衰之运。"一个普通人能成为千百代人的榜样，一句话能成为天下人效法的准则，是因为他的品格可以与天地万物相提并论，甚至关系到国家气运的盛衰。在苏轼眼里，这个"普通人"是谁呢？当然是韩愈。因为韩愈"文起八代之衰，而道济天下之溺，忠犯人主之怒，而勇夺三军之帅，此岂非参天地、关盛衰，浩然而独存者乎？"苏轼认为，韩愈的文章使东汉以来的衰败文风得到了振兴；韩愈对儒道的宣扬使沉溺的天下人得到了拯救；韩愈为了忠诚，不惜惹怒皇帝，他的勇气能折服三军的主帅。这难道不是与天地化育万物相并列，关系到国家盛衰，浩然而独存的正气吗？

这真是振聋发聩的一问！是不是可以称为"苏轼之问"呢？

宰相武元衡被刺身亡后，唐宪宗抓住机会摆平了藩镇叛乱，裴度抓住机会成了新的宰相，韩愈抓住了机会在军界脱颖而出，可以说是各有所得、皆大欢喜。但是，有一个人不仅没有抓住机会崭露头角，反而把自己的前途搭进去了。他因为越职言事要求彻查刺杀武元衡的凶手，惹得唐宪宗很不高兴。就在此时，又有人开始落井下石，诽谤他母亲赏花坠井去世，他写的诗中却含有"赏花"和"新井"字句，有伤孝道。唐宪宗正愁找不到借口，便以此为由，将他贬出了京城长安。

泪湿青衫

现在，我们把镜头拉向长江中游与下游交界处的一座城市——江西九江。

九江，简称"浔"，古称浔阳、柴桑、江州，是一座有着两千两百多年历史的江南文化名城。它北面长江，南濒庐山，东临鄱阳湖，西望幕阜山，得尽山傍水抱之宠。又位于赣、鄂、皖、湘四省交界处，长江、鄱阳湖、京九铁路三大经济开发带的交叉点，是东部沿海与中部内陆的过渡地带，也是江南的三大茶市与四大米市之一，号称"三江之口、七省通衢"与"天下眉目之地"，有"江西北大门"之称。人文深厚、风景秀丽，素有"九派浔阳郡，分明似画图"之美称。

说起九江，有一个姓氏不能不提，就是义门陈氏。义门陈氏即江州陈氏，或称江右陈氏，是发源于九江德安县的一个江右民系家族。唐宋时期，江州地区的江右陈氏作为聚族而居的家族典型曾声振大江南北。江右陈氏从一个小家庭逐渐繁衍而成，他们十数代聚居在一起，"室无私财，厨无异爨（cuàn，烧火煮饭）"，家崇孝悌，门尚敦睦，"义"风之浓超过了同时代的其他家族，受到了从地方官员到最高统治者的各种旌表褒奖，成为倡导忠、孝、节、义的道德典范。唐僖宗曾御笔亲题"义门陈氏",并赐联"九重天上旌书贵,千古人间义字香"。宋太宗不仅御封义门陈氏为"真良家",还御书"一犬未至百犬不食,牢内异物皆效义;一吠突起百吠齐怒,寨中同声共护门"一联,赐予陈氏百犬牢(狗窝)。(编者按:唐宋两代有多位皇帝对义门陈氏进行了各种形式的嘉奖,嘉奖的具体内容现存多种说法。)宋代裴愈曾题写"天下第一家"匾额,因此世人皆称江州义门陈氏为"天下第一家"。《中华姓氏通书》称"义门陈氏天下奇,百犬同槽奇中奇",并被载入吉尼斯世界纪录。到了宋仁宗嘉祐七年(1062),义门陈氏人口已达到三千九百余人,是世界上人口最多、规模最大的家庭。由于家族过于庞大,让统治者感到了危机,文彦博、包拯等大臣建议拆分居住,并得到宋仁宗的认可。宋仁宗以陈氏孝义太盛,散至各地作忠孝典范,教化民风为由,于当年七月派人监护分家。据查证,中国共产党早期领导人陈独秀和著名人物陈云、陈毅、陈赓等,以及国民党方面的陈立夫、陈果夫、陈诚等,都是江州义门陈氏迁居到各地支派的后代。

九江人杰地灵,涌现了许多对我国历史文化产生重大影响的杰出人物,如被称为"古今隐逸诗人之宗"的陶渊明,与苏轼齐名的北宋文学家、书法家黄庭坚,清代著名维新志士陈宝箴及其儿子陈三立、孙子陈寅恪等。还有一件事,我想嘚瑟一下:大概是二十多年前,我到九江旅游,当地导游出了一道题,让我们回答与九江湖口有关的三次重要历史事

件，结果被我侥幸猜中了。第一次是 1855 年 1 月—2 月，翼
王石达开指挥太平天国军队于九江附近的湖口与曾国藩的湘
军进行了一场战役，并重创湘军水师，气得曾国藩差点投
水自尽，一举扭转了西征的不利战局。第二次是湖口起义，
1913 年 7 月 12 日江西籍将领李烈钧为反对帝制、维护共和，
在湖口发动讨袁起义，打响了"二次革命"的第一枪，在中
国近代史上写下了重要的一页。最后一次是渡江战役，从
1949 年 4 月 20 日晚开始，中国人民解放军第二、第三野战
军和第四野战军一部，在西起湖口、东至靖江的千里战线上
强渡长江，迅速突破了国民党军队把守的江防，为解放南方
各省创造了有利条件。毛泽东在渡江战役期间还写了一首七
律《人民解放军占领南京》：

> 钟山风雨起苍黄，百万雄师过大江。
> 虎踞龙盘今胜昔，天翻地覆慨而慷。
> 宜将剩勇追穷寇，不可沽名学霸王。
> 天若有情天亦老，人间正道是沧桑。

在九江籍的众多名人中，我最喜爱的当属自称"五柳
先生"的陶渊明，这位因"不为五斗米折腰"而为天下士人
所推崇备至的田园诗人，在我的心目中，绝对是我国历史上
心态最平和的另类文人。陶渊明给人最深的印象是"闲静少
言，不慕荣利"。他经常自嘲"好读书，不求甚解"，然而

"每有会意，便欣然忘食"。陶渊明特别爱喝酒，可让他感到很郁闷的是，因为家里太穷而无酒可饮，还好"亲旧知其如此，或置酒而招之；造饮辄尽，期在必醉"。而且喝醉了就回家，也不说什么客套话，说走就走。说起陶渊明的家，那真是惨不忍睹："环堵萧然，不蔽风日；短褐穿结，箪瓢屡空。"用现在的话说：这个家啊，既不能挡风遮雨，也不能御寒蔽日，粗布短衣打满了补丁，盛饭的篮子和葫芦水瓢也经常空空如也。这日子该怎么过啊！可是陶渊明不以为意，依旧泰然自若（"晏如也"）。除了喝酒，陶渊明另一个主要爱好是"常著文章自娱，颇示己志"——我常常写文章来自娱自乐，并且告诉大家一个小秘密，只要读我的文章，就能了解我的志趣。"忘怀得失，以此自终"——不要以为我在为自己拉广告做宣传，我从不把这些得失放在心上，而只是想平平静静地走完自己的一生。"纵浪大化中，不喜亦不惧。应尽便须尽，无复独多虑。"

在现实生活中，我们会经常羡慕别人能写一笔好字、擅写一手好文章，并且会"依样画葫芦"去学、去仿。在我看来，好字是可以练出来的，只要你能像王羲之的儿子王献之那样，写完十八口大缸水，字一定可以摆到台面上供人欣赏。但写文章不同，写文章不是单纯地写字，而是观点、思想和情感的表达。可以学语法、仿笔法，但人的观点和思想千差万别，无论如何都是学不来的。一个人有没有观点和思想，我觉得主要取决于三点：一是积累，二是思考，三是心态。三者缺一不可，其中积累是基础，思考是关键，最终能否自成一体，也就是衡量思考是否理性，起决定作用的应该是心态。常言道，"功夫在诗外"，讲的是积累和思考；"愤怒出诗人"，说的就是心态。否则，即便是"熟读唐诗三百首"，也不过停留在"会吟"的阶段。

纵观几千年文明史，我发现有一个比较普遍的现象：那些经过时间检验而流传下来的好的文学作品，其作者基本上处于被贬、被打压、被流放等生活失意状态，像屈原、曹植、李白、杜甫、柳宗元、苏轼、王阳明等，这些人既是文化名人，也是思想大家，他们无不是在苦难中成长、成熟起来的。

一个人在快乐、亢奋的状态下往往是很难静下心来去思考的。陈独秀曾在《研究室与监狱》中说："世界文明发源地有二，一是科学研究室，一是监狱。我们青年要立志出了研究室就入监狱，出了监狱就入研究室，这才是人生最高尚优美的生活。从这两处发生的文明，才是真文明，才是有生命、有价值的文明。"所谓的"研究室"，应该是锤炼思考的平台；所谓的"监狱"，应该是培养心态的地方。

还有一种人，既不需要研究室，也不需要监狱，而是个人通过对自然的感悟、对生命的洞察，建立起属于自己却被大家普遍认同的价值观念。这是一种超越人性的认知，而且他们能把这种认知完完全全体现在自己的行为上，也就是所谓的"知行合一"。历史上没有多少人能够真正做到这一点，陶渊明可以算一个。我认为，这也是千百年来，无数人尽管喜欢陶渊明，却无法做到像他那样生活的原因。

今天读陶渊明的作品，最深切的体会就两个字：自然。将自己的生活状态，用通俗易懂的文字表达出来，陶渊明可以做到没有一丝痕迹，而是静静地自然"流淌"。读读他写的那首《饮酒·其五》吧：

> 结庐在人境，而无车马喧。
>
> 问君何能尔？心远地自偏。
>
> 采菊东篱下，悠然见南山。
>
> 山气日夕佳，飞鸟相与还。
>
> 此中有真意，欲辨已忘言。

图 7 悠然见南山（刘朝云绘）

不需要再说什么，一切都是那么悠然而自然。为什么陶渊明能有这样一种心态？我们可以从他那首《归园田居·其一》找到答案：

> 少无适俗韵，性本爱丘山。
>
> 误落尘网中，一去三十年。
>
> 羁鸟恋旧林，池鱼思故渊。
>
> 开荒南野际，守拙归园田。
>
> 方宅十余亩，草屋八九间。
>
> 榆柳荫后檐，桃李罗堂前。
>
> 暧暧远人村，依依墟里烟。
>
> 狗吠深巷中，鸡鸣桑树颠。
>
> 户庭无尘杂，虚室有余闲。
>
> 久在樊笼里，复得返自然。

对陶渊明来说，"久在樊笼里，复得返自然"是一种心如止水的状态，也是一种怡然自得的状态。我有时想，陶渊明的心到底怎么长的，在滚滚红尘中，为何能表现得如此之静？哪怕是面对死亡，陶渊明表现得依然是那么平静："亲戚或余悲，他人亦已歌。死去何所道，托体同山阿。"

俗话说"一方水土养一方人"，难道是九江这块土地的养分与其他地方不一样，才造就了与众不同的陶渊明吗？陶渊明去世三百多年后，一位四十多岁的中年人来到九江，他在新生活面前所表现的失态场景，让我深刻领会到"年年岁岁花相似，岁岁年年人不同"；在同一方水土上，尽管习相近，但是性相远。

815年秋天，年少时因为一首《赋得古原草送别》而名动京城长安的白居易，失魂落魄地来到了江州（九江）。说起这首《赋得古原草送别》，还有一个流传甚广的小插曲：据记载，大约在787年，白居易初到京城长安，前往拜访名士顾况。顾况看着眼前这位年轻人，打趣地说京城"米价方贵，居亦弗易"。顾况表面上是借着白居易的名字进行调侃，实际上他的言外之意是，小伙子，京城这个地方藏龙卧虎，想混饭吃可不容易啊。然而，当顾况读到"野火烧不尽，春风吹又生"这句诗时，不禁击节赞叹，马上改口说"道得个语，居亦易矣"——能写出这样的诗句，在京城混饭吃就没有问题啰。下面，我们看看那首能让白居易"居亦易矣"的诗：

> 离离原上草，一岁一枯荣。
> 野火烧不尽，春风吹又生。
> 远芳侵古道，晴翠接荒城。
> 又送王孙去，萋萋满别情。

白居易这次被贬江州担任司马小官，表面上是因为"越职言事"，也就是说白居易干了不该他干的事，通常称为"越位"，实际上唐宪宗对他动不动就谏言议政早就不耐烦了。古代文人绝大多数以"穷则独善其身，达则兼济天下"为人生信条，他们常常自以为是，喜欢针砭时弊，看来白居易也有这种坏毛病。只是我很纳闷：明知这种做法很大概率不会有好结果，为什么他们不引以为戒，仍然前赴后继？

但毫无疑问，这次被贬对白居易是一个巨大的打击。在江州期间，白居易情绪十分低落，也变得多愁善感，连听到一支琵琶曲都会让他泣不成声，泪湿青衫：

元和十年，予左迁九江郡司马。明年秋，送客湓浦口，闻舟中夜弹琵琶者，听其音，铮铮然有京都声。问其人，本长安倡女，尝学琵琶于穆、曹二善才。年长色衰，委身为贾人妇。遂命酒，使快弹数曲。曲罢悯然，自叙少小时欢乐事，今漂沦憔悴，转徙于江湖间。予出官二年，恬然自安，感斯人言，是夕始觉有迁谪意。因为长句，歌以赠之，凡六百一十六言，命曰《琵琶行》。

浔阳江头夜送客，枫叶荻花秋瑟瑟。主人下马客在船，举酒欲饮无管弦。醉不成欢惨将别，别时茫茫江浸月。

忽闻水上琵琶声，主人忘归客不发。寻声暗问弹者谁，琵琶声停欲语迟。移船相近邀相见，添酒回灯重开宴。千呼万唤始出来，犹抱琵琶半遮面。

仔细听，音乐声起，画面感超强的琵琶曲扑面而来：

转轴拨弦三两声，未成曲调先有情。弦弦掩抑声声思，似诉平生不得志。低眉信手续续弹，说尽心中无限事。轻拢慢捻抹复挑，初为《霓裳》后《六幺》。大弦嘈嘈如急雨，小弦切切如私语。嘈嘈切切错杂弹，大珠小珠落玉盘。间关莺语花底滑，幽咽泉流冰下难。冰泉冷涩弦凝绝，凝绝不通声暂歇。别有幽愁暗恨生，此时无声胜有声。银瓶乍破水浆迸，铁骑突出刀枪鸣。曲终收拨当心画，四弦一声如裂帛。东船西舫悄无言，唯见江心秋月白。

诗太长，琵琶女的自述，我只好忍痛割爱，姑且略过。接下来请大家看，白居易的眼圈开始红了，将压抑在心头近两年的委屈，在素昧平生的琵琶女面前稀里哗啦地倒了出来：

我闻琵琶已叹息，又闻此语重唧唧。同是天涯沦落人，相逢何必曾相识！我从去年辞帝京，谪居卧病浔阳城。浔阳地僻无音乐，终岁不闻丝竹声。住近湓江地低湿，黄芦苦竹绕宅生。其间旦暮闻何物？杜鹃啼血猿哀鸣。春江花朝秋月夜，往往取酒还独倾。岂无山歌与村笛，呕哑嘲哳难为听。今夜闻君琵琶语，如听仙乐耳暂明。莫辞更坐弹一曲，为君翻作《琵琶行》。感我此言良久立，却坐促弦弦转急。凄凄不似向前声，满座重闻皆掩泣。座中泣下谁最多？江州司马青衫湿。

　　男儿有泪不轻弹，只是未到伤心时。一个大男人，敢于将自己的"糗事"，用优美的语言生动地再现出来，让后人指指点点，那是需要极大勇气的。因此，我估计这可能是白居易前半生哭得最伤心的一次——他哭得毫无顾忌，眼泪就像那首琵琶曲，"大珠小珠落玉盘"。

　　此时，我还能说什么呢？我只能说：老兄，您失态了。想想您的好兄弟元稹吧，他现在跟您一样，"同是天涯沦落人"。作为大哥，我觉得您应该去安慰他一下。

合在方寸

大唐王朝的中晚期，有两对大老爷们儿，他们之间的关系极其特别。之所以特别，是因为他们之间的关系好得让人羡慕和妒忌，甚至让人感到不可思议。

一对是前面已经讲述得很清楚的柳宗元和刘禹锡。这两人的年龄仅相差一岁，一起同过窗，一起下过乡，志同道合但性格迥异，是典型的正人君子。他们之间的友谊不带任何功利色彩，也是能够互相托付一切的精神支柱。

另一对就是元稹和白居易，他们之间相差七岁。这两人的交情绝对是同性朋友中的异类。在《唐才子传》中，有一段关于元稹和白居易关系的记载："微之与白乐天最密，虽骨肉未至，爱慕之情，可欺金石，千里神交，若合符契，唱和之多，无逾二公者。"微之是元稹的字，乐天是白居易的字。这段话的意思好理解，就是说元微之和白乐天的友情比金石还坚固，他们之间所写的"情书"超过了世上所有的人。"情书"？是不是在忽悠大家啊？我可以肯定地告诉你：NO（不是）！

从目前所掌握的资料分析，《赠元稹》应该是现存白居易写给元稹的第一首诗，推测写于806年。那一年，元稹二十八岁，白居易三十五岁，他们俩同登才识兼茂明于体用科，元稹被任命为左拾遗，后被贬为河南县（今河南洛阳地方）尉，白居易则被任命为盩厔县（今陕西周至）尉。我把它抄录下来，供大家欣赏：

> 自我从宦游，七年在长安。
>
> 所得惟元君，乃知定交难。
>
> 岂无山上苗，径寸无岁寒。
>
> 岂无要津水，咫尺有波澜。
>
> 之子异于是，久要誓不谖。
>
> 无波古井水，有节秋竹竿。
>
> 一为同心友，三及芳岁阑。
>
> 花下鞍马游，雪中杯酒欢。
>
> 衡门相逢迎，不具带与冠。
>
> 春风日高睡，秋月夜深看。
>
> 不为同登科，不为同署官。
>
> 所合在方寸，心源无异端。

诗写得非常直白，简单翻译一下吧。白居易说：尽管我在长安已经有七年时间，但结交的知心朋友只有元稹一人。由此可见，要找到一个真正的朋友是多么不容易。虽然我也认识不少身居要职的大官，但跟他们都是泛泛之交。元稹这个老弟真是太好了，我认为他一定会成为自己终生的朋友。

我非常相信自己的判断。你看元稹，他的心宁静得犹如古井中的水，他的道德操守好比那正直而坚硬的竹子。其实，我和元稹三年前就成了好友，回忆起这三年来的时光，过得真的很滋润。春天，我们一起骑马赏花；冬天，我们一起饮酒赏雪。我们俩春天可以睡到日上三竿，秋天可以赏月到夜半三更。我们经常互相串门，而且不穿官服，表现十分随意。我们之所以成为好友，不是因为我们是同科及第的同学，也不是因为我们是同朝当官的同事，而是因为我们感情纯洁，"合在方寸"，心心相印。

好一个"合在方寸"！这哪是诗哟，它简直就是一封含情脉脉的情书。大家也许会不以为然：这首诗写得的确很动情，但说它是情书还是有点牵强。没关系，请您继续往下看：

> 蓝桥春雪君归日，秦岭秋风我去时。
> 每到驿亭先下马，循墙绕柱觅君诗。

这首诗的题目是《蓝桥驿见元九诗》，元九就是元稹。815 年，元稹自唐州（今河南泌阳、桐柏一带）奉召还京，途经蓝桥驿时，在驿亭壁上写下一首七律《留呈梦得、子厚、致用》，诗的最后两句是："心知魏阙无多地，十二琼楼百里西。"元稹的得意心情呼之欲出。可是世事难料，元稹正月刚回长安，三月就再一次被远谪通州。同年八月，白居易自长安被贬到江州，满怀失意，经过这里，读到了元稹这首七言律诗。估计元稹也没有想到，本来他写这首诗的目的，是希望刘禹锡、柳宗元、李景俭被赦回京路过此地时，在他们面前嘚瑟一下。结果他们无动于衷，却勾起了白居易对元稹的无限思念："每到驿亭先下马，循墙绕柱觅君诗。"白居易说，我每到一个驿站，都要处处留心，循墙绕柱，到处寻找有没有微之老弟留下的诗句。你看看，白居易无论走到哪里，都在关注元稹、想念元稹，希望能得到元稹的蛛丝马迹。大家认为，白居易的"情诗"够不够缠绵？

我再举一例，需要说明的是，白居易写这首诗时，不是在陆地，而是在去江州的船上，诗题是《舟中读元九诗》：

把君诗卷灯前读，诗尽灯残天未明。
眼痛灭灯犹暗坐，逆风吹浪打船声。

在白居易赴江州就职的途中，最聊以自慰的事情，就是读元稹的诗。可以说，他读元稹的诗几乎到了夜以继日的地步。即使读到天黑了、灯灭了，甚至眼睛都读疼了，也不能让他放下元稹的诗。这首诗在音律上有一个非常突出的特点，即四句中用了三个"灯"字。一般来说，一首诗中不宜用重复的字，诗家向来最忌"犯复"。但这首绝句却一反常态，"灯"字重复了三次，可是读起来，丝毫没有累赘之感，反而觉得真切、自然。全诗以"灯"字为主线，节律环环相扣，情感层层加深。掌灯夜读，足见思念之切；诗尽灯残，说明思念之久；灯灭暗坐，表明思念之深。同性好友之间的思念是这样的吗？

那元稹对白居易又是什么态度呢？

虽然花开有两朵，但写文章只能各表一枝。接下来，我们看看元稹写给白居易的诗，那份深情比白居易有过之而无不及。先看那首著名的《闻乐天授江州司马》：

残灯无焰影幢幢，此夕闻君谪九江。

垂死病中惊坐起，暗风吹雨入寒窗。

810 年，当白居易听说元稹遭到贬谪，前往江陵上任时，曾写了两句诗："枕上忽惊起，颠倒著衣裳。"这句诗写得十分传神，它把白居易听到信使敲门，迫不及待地想看到元稹来信的场景，活灵活现地表现了出来。白居易听到元稹不幸的消息，着急得连衣服都穿反了。那元稹呢？元稹听到白居易被贬江州的消息时，正在通州生病，而且病得非常重，连行动都比较吃力。即便是"垂死病中"，他也能在刹那间爆发出惊人的能量——"惊坐起"。"惊坐"同样是传神之笔，"惊"是因为"情"，"坐"是展示"状"，它形象地表明了元稹震惊之巨，无异针刺；休戚相关，感同身受；友谊之深，清晰可见。以至于白居易也曾说，就是跟元稹毫无瓜葛的人读了这句诗，也能深深体会到作者的悲伤。

大家可能会觉得这首诗虽然感情真切，但这只是两个非常要好的朋友互相关心而已，不足以说明这是元稹写给白居易的情诗。如果这样想，元稹一定会感到十分难过。因此，他决定把自己对白居易的那份真心，毫不掩饰地展现出来给天下人看。大家猜一猜，元稹会用什么方式呢？说出来真令人感动，也就一个字：哭。下面我们读读这首《得乐天书》：

> 远信入门先有泪，妻惊女哭问何如。
>
> 寻常不省曾如此，应是江州司马书。

这是一个让人十分感动又难以理解的场面，元稹这个堂堂七尺男儿，居然在收到白居易的信后，信封还没有拆开，只是拿在手里，眼泪就像那决堤的河水，哗啦哗啦地流了出来。这难道不是真情流露吗？只是有一点我不太理解，元稹的妻子和女儿望着这个泣不成声的大男人，既不惊讶，也不吃醋，而是恍然大悟：哦，他之所以泪流满面，"应是江州司马书"。

俗话说："物以类聚，人以群分。"白居易爱掉眼泪，元稹也爱掉眼泪，两个爱掉眼泪的大男人，因为共同的爱好走到一起来了。再看刘禹锡、柳宗元这对好兄弟，他们俩面对人生逆境，在诗文来往过程中，出现过眼泪没有？至少我是没有发现。由此我又想，芸芸众生之中，因为兴趣、性格、爱好、经历等不同，出现所谓的派别、圈子、团体、组织等现象，没有必要大惊小怪。一代伟人毛泽东也是这样认为的，如在1966年8月12日召开的中共八届十一中全会闭幕会上，毛泽东曾引述陈独秀在1927年应瞿秋白所约而写的《国民党四字经》中的一句话："党外无党，帝王思想；党内无派，千奇百怪。"个人认为，只要这些小团体不做有损国家、民族和老百姓的违法之事，就应该视为合理的存在。当然，如果出现类似唐代时的"牛李党争"、北宋时期的新党与旧党之争等现象，导致内耗不断、国力衰微、民生凋敝，那是绝对不能允许的，必须采取果断措施坚决予以取缔。

扯远了，我们还是回到正题，继续看白居易和元稹这对好兄弟吧。元稹一收到白居易写给他的诗，就激动得泪流满面，会让人觉得他们之间的友谊完全超出了正常范围。那么白居易是什么反应呢？白居易对元稹说，不要指望我会问候你，也不要指望我会说想念你，我不会对你说那些没用和无聊的事情，我只想告诉你：我梦见你了。

晨起临风一惆怅，通川溢水断相闻。

不知忆我因何事，昨夜三回梦见君。

大家可以再猜一猜，当元稹拿到白居易的这首《梦微之》诗时，会是什么反应？这太容易了，不是感动得哇哇直哭，就是激动得蹦蹦直跳。很遗憾，答错了。元稹读完信后，一反常态，忽然沉默不语。为什么呢？因为此时的元稹心如刀绞：乐天啊，老天太不公平了！你都梦到我了，可我那么想念你，为何梦不到你呢？乐天啊，"千万里我追寻着你，可是你却并不在意。你不像是在我梦里，在梦里你是我的唯一"。元稹感到很难过、很无奈，抱病写了一首《酬乐天频梦微之》寄给了白居易：

> 山水万重书断绝，念君怜我梦相闻。
> 我今因病魂颠倒，唯梦闲人不梦君。

真心佩服元稹，绝对是写情诗的超一流高手。简简单单的四句话，经过他的巧手布局，硬是把自己对白居易的无限感念之情表达得入木三分，把自己内心世界的凄苦描写得淋漓尽致，尤其是那句"唯梦闲人不梦君"，犹如平地奇峰，突然而起。看似不近情理，"无情不似多情苦"，实则"一寸还成千万缕"，其思念之苦、关切之深、心境之悲，跃然纸上。唐代有一位名叫金昌绪的诗人，生平不详，却因一首仅仅二十个字的《春怨》诗，而让后人记住了他：

> 打起黄莺儿，莫教枝上啼。
> 啼时惊妾梦，不得到辽西。

这首诗的设计非常巧妙，采用的是层层倒叙的手法。为怕惊梦而不教莺啼，不教莺啼则把莺赶走，正常的叙事逻辑，用倒叙的方法表达，最后才揭开谜底，说出答案。如果仅仅是停留在这个层面，它就是一首普普通通的诗。之所以说它是精品，是因为尽管有了最后的答案，却仍然留下了一连串问号。例如：一位闺中少女为什么做去辽西的梦？她有什么亲人在辽西？此人又为什么背井离乡，远赴辽西？这首诗的题目是《春怨》，诗中之人到底怨什么？难道怨的只是莺啼惊破了她的晓梦吗？所有这些，看破不说破，而是留给他人去想象、去思考。

写诗讲究的是情动于中而行于言，自然界的花鸟虫鱼、春风秋雨，人世间的柴米油盐、琴棋酒茶，都是一个个很具象的概念，如果要用诗歌把它们表现出来，并在读者内心引起共鸣、共振，作者就必须先有感觉再有感情，读者读后才会有感动。

白居易和元稹之间超乎寻常的友情，不知道当时的人是怎么看的。现在，用诗歌理论观点相近，并共同倡导新乐府运动来解释他们特殊的关系，似乎也站不住脚。何况元、白之间还有更巧合的事情，即虽在不同地点，却在同一天想念对方，而且白居易诗中写的真事竟与元稹写的梦境相吻合。809年，元稹出使东川，白居易与白行简、李杓直（李十一）同游慈恩寺，席间想念元稹，便写下了《同李十一醉忆元九》：

花时同醉破春愁，醉折花枝当酒筹。

忽忆故人天际去，计程今日到梁州。

而此时正在梁州的元稹也在思念白居易，他在同一天写
了一首《梁州梦》，诗前注云："是夜宿汉川驿，梦与杓直、
乐天同游曲江，兼入慈恩寺诸院，倏然而寤，则递乘及阶，
邮吏已传呼报晓矣。"

梦君同绕曲江头，也向慈恩院院游。

亭吏呼人排去马，忽惊身在古梁州。

太不可思议了！这纯粹是巧合吗？即便是一对爱得死去
活来的男女恋人，梦寐以求也未必能实现啊！莫非这就是传
说中的心有灵犀？

是的，我认为白居易与元稹一定存在着某种心灵感应。
因为在不久的将来，他们还会在长江上游和中游分界处的一
座城市偶遇。大家是不是很好奇，这对会在梦中相见的好
友，久别重逢之时，会干什么呢？

庐山烟雨

817 年初夏，江州司马白居易来到了庐山大林寺。庐山又名匡山、匡庐，是一座集教育、文化、宗教、政治于一身的名山。在白居易之前，著名山水诗人谢灵运、田园诗人陶渊明曾在这里留下了他们的足迹，我国历史上最浪漫的诗人李白更是五游庐山，并写了广为传诵的《望庐山瀑布》：

> 日照香炉生紫烟，遥看瀑布挂前川。
> 飞流直下三千尺，疑是银河落九天。

在白居易之后，北宋的王安石、苏轼、黄庭坚，南宋的朱熹、陆游等也曾登临庐山，为后世留下了珍贵的诗词歌赋。就说苏轼吧，这位集诗词、文章、书法、美食于一身的千年奇才，非常喜爱庐山。他除了写下那首著名的《题西林壁》以外，还在一首极具禅味的《观潮》诗中，巧借庐山的烟雨阐释了自己的人生体验：

> 庐山烟雨浙江潮，未到千般恨不消。
> 到得还来别无事，庐山烟雨浙江潮。

图 8 疑是银河落九天（言希绘）

苏轼说，我走过很多地方，觉得美丽、神秘的庐山烟雨，宏伟、壮观的钱塘江潮，非常值得去观赏一番，否则会留下终身遗憾。然而，当你真正看到了庐山的蒙蒙烟雨，领略到钱塘江的滚滚潮水，反倒觉得烟雨的聚散飘忽、江潮的自来自去，似乎不再那么引人入胜。因此，大自然中的景物究竟是珍贵稀有还是平淡无奇，都不过是自己主观意识的驱使，与其说是风动或幡动，不如说是你的心在动。正所谓，莫道身边无美景，其实都是心在看。

到了 20 世纪，毛泽东、蒋介石这两位对我国历史产生重大影响的政治人物，对庐山更是情有独钟，在此地多次召开重要会议，使庐山成为举世瞩目的政治名山。

在庐山牯岭东谷，有一条蜿蜒而来又蜿蜒而去的长冲河，河畔的绿荫深处，掩隐着一座英国券廊式别墅——美庐。这栋已成为知名景点的豪宅，曾是蒋介石的夏都官邸和"主席行辕"，也是被誉为当时的"第一夫人"宋美龄生活的"美的房子"。1937 年 7 月 17 日，时任国民政府军事委员会委员长蒋介石在庐山发表了著名的"最后关头"演说（《对卢沟桥事件之严正声明》），指出："再没有妥协的机会，如果放弃尺寸土地与主权，便是中华民族的千古罪人。"号召："如果战端一开，那就是地无分南北，年无分老幼，无论何人，皆有守土抗战之责任，皆应抱定牺牲一切之决心。"

1959 年 7 月，中共在庐山召开了著名的庐山会议。会议前夕，也就是 6 月 29 日清晨，毛泽东登上庐山，站在襟江带湖的庐山顶峰，纵目远眺，湖光山色，尽收眼底。面对开阔辽远、云海苍茫的景象，他老人家心中涌动着对社会主义建设事业的豪迈之情，于是高歌一曲《七律·登庐山》：

> 一山飞峙大江边，跃上葱茏四百旋。
> 冷眼向洋看世界，热风吹雨洒江天。
> 云横九派浮黄鹤，浪下三吴起白烟。
> 陶令不知何处去，桃花源里可耕田？

1961 年 9 月 9 日，毛泽东又在一张照片的背面，龙飞凤舞地写下《七绝·为李进同志题所摄庐山仙人洞照》。仙人洞在庐山佛手岩下，牯岭之西，高约两丈，深广各三四丈，相传为唐代仙人吕洞宾所居之地。李进即毛主席的夫人江青。

> 暮色苍茫看劲松，乱云飞渡仍从容。
> 天生一个仙人洞，无限风光在险峰。

这是一首寄情于景、寓理于景、脍炙人口的诗中精品，"吟咏之间，吐纳珠玉之声；眉睫之前，卷舒风云之色"（刘勰《文心雕龙·神思》）。其典型的艺术风格构造出不同凡响的意境，字里行间蕴含着一种深刻的哲理，使人深受启发。它实际上告诉我们：只要有"从容"的心态，就会有"无限风光在险峰"。非常巧合的是，创作该诗十五年后的同一日，一代伟人毛泽东走完了八十四年的辉煌一生，把一个崭新的中国留给了中华民族。

当代很多人了解庐山，跟一部电影有很大的关系。这部电影名叫《庐山恋》，是1980年由上海电影制片厂出品，张瑜、郭凯敏主演的风景抒情故事片。影片讲述的是一位侨居美国的国民党原将军的女儿周筠回到祖国庐山游览观光，与中共高干子弟耿华巧遇，两人一见钟情并坠入爱河的故事。影片插曲《啊，故乡》曾经风靡大江南北，成为当时最流行的歌曲之一。"每当明月升起/升起的时候/我深深地怀念亲爱的故乡/那里有美丽的绿水青山/那里是哺育我生长的地方……我愿化作那天上的白云/乘春风飘呀飘/到你的身旁。"此时，我情不自禁地哼起了这首曾让自己感动不已的歌曲。庐山风景管理局后来还以《庐山恋》为名，改建了一所庐山恋电影院，据说该影院长年累月只放《庐山恋》这一部电影。2018年8月，《庐山恋》还被评为改革开放四十周年中国十大优秀爱情电影之一。

接下来我们一起看看白居易在庐山干了些什么。相较于刚到江州时的心境，白居易的情绪缓和了许多，他抱着随遇而安的态度，同十六位朋友登上了庐山。"自遗爱草堂，历东西二林，抵化城，憩峰顶，登香炉峰，宿大林寺。大林穷远，人迹罕到。环寺多清流苍石，短松瘦竹。寺中唯板屋木器，其僧皆海东人。"文中的"遗爱草堂"是白居易被贬居江州后，在庐山遗爱寺旁为自己建的草堂。这草堂的名字取得有讲究，看来白居易还有情绪啊，"遗爱"是被爱情遗忘的意思吗？"化城"即化城寺。"东西二林"指东林寺和西林寺，再加上大林寺，并称庐山三大名寺。"海东人"即地处朝鲜半岛的新罗国人。

重点介绍一下大林寺：这座庐山名寺为4世纪僧昙诜所创建，位于大林峰上。与东林寺、西林寺相比，大林寺似乎略为逊色，其实不然。1923年，太虚法师在大林寺主持召开有中国、日本、英国、法国、德国、芬兰等国佛教代表参加的世界佛教徒首次会议，揭开了我国近代佛教史的重要一页。次年，日本及各国的信佛士女又云集大林寺讲学，气氛热烈，盛况空前。遗憾的是，1961年因兴修水利，开挖如琴湖，大林寺终被淹没于湖中。这真是千年一叹！

幸运的是，我们今天还能读到白居易的《游大林寺》一文，并从中了解大林寺的基本情况。白居易说，大林寺的周围山势挺拔，地形深幽，季节变换非常缓慢。到了初夏时节，气候却同山下的正月、二月差不多。山中桃树刚刚开花，山涧绿草长得还不高，人事、景致跟寺外的平地村落差别很大。刚到这里，就如同来到了另一个神奇世界。（"山高地深，时节绝晚。于时孟夏，如正、二月天，山桃始华，涧草犹短；人物风候，与平地聚落不同。初到，恍然若别造一世界者。"）

从白居易所描述的情形看，庐山上下温差还是蛮大的，这就不难理解为什么自古以来人们喜欢在这里举办重要活动，因为庐山是避暑的好地方。望着眼前盛开的桃花，白居易诗兴大发，随即口占一绝《大林寺桃花》：

> 人间四月芳菲尽，山寺桃花始盛开。
> 长恨春归无觅处，不知转入此中来。

人间四月天，春回大地，芳菲已尽，人们常常怨春天归去，没处寻找，然而在高山古寺中，不期而遇一片绽放的桃花——白居易的那份惊喜跃然纸上。如果再掩卷长思，又觉得意境深邃、耐人寻味，似有逆旅沧桑之感。果然，当你继续往下读《游大林寺》时，就会明白白居易这篇序文的真正意图。

"既而周览屋壁，见萧郎中存、魏郎中弘简、李补阙渤三人姓名文句。因与集虚辈叹且曰：此地实匡庐间第一境。由驿路至山门，曾无半日程，自萧、魏、李游，迨今垂二十年，寂寥无继来者。嗟乎！名利之诱人也如此！时元和十二年四月九日，太原白乐天序。"不久后，我们看见大林寺的墙壁上有萧存、魏弘简、李渤三人题写的诗句。为此，我和元集虚等人大为感慨：没理由啊，这么美的地方，交通也比较方便，总共不到半天的路程，为什么自从萧、魏、李三人游览大林寺后，到现在将近二十年了，竟然鲜有人光顾，再没有文人雅士到这里游览题诗了。由此可见，世人是多么热衷于追名逐利而无暇欣赏美景啊！

　　白居易感叹世人追逐名利，自己又何尝不是。822 年，白居易因为自己的主张没有得到皇帝的采纳，便赌气主动要求到外地任职，七月被任命为杭州刺史，十月到任。在去杭州的途中，他经过陕西商山道，并登上商山山顶，望着眼前的浩渺烟云，便以讽世又自嘲的口气，写下一首《登商山最高顶》，抒发自己的人生感慨：

> 高高此山顶，四望唯烟云。
> 下有一条路，通达楚与秦。
> 或名诱其心，或利牵其身。
> 乘者及负者，来去何云云。
> 我亦斯人徒，未能出嚣尘。
> 七年三往复，何得笑他人。

　　一如白居易其他作品的风格，这也是一首非常通俗易懂的五言诗。白居易说，天下熙熙，皆为利来；天下攘攘，皆为利往。我也不过是凡夫俗子，一生所追求的，也就是名利而已，又有什么资格去嘲笑他人呢？

　　"未能出嚣尘""何得笑他人"，白居易说的是大实话。人生在世，"名利"二字。相传乾隆皇帝下江南，路过镇江，登上金山游览，便问纪晓岚（编者按：另一说为法磬禅师）：你看前面大江之中，风帆片片，碧天无际，烟波渺渺，你知道这江上来来往往有多少条船吗？纪晓岚定一定神，悠悠地答道：皇上，依臣所见，只有两条船。乾隆皇帝不解地问道：只有两条船？那你说说是哪两条船？纪晓岚不慌不忙地说：一条船装的是名，一条船载的是利。乾隆皇帝一听，哈哈大笑：好一个为名、为利！小样儿，悟得很透啊！

追名逐利是人性使然，也不是什么肮脏龌龊之事，关键要看在追逐的过程中是不是有良心、讲格局。所谓"君子爱财，取之有道"，名有美丑之分，利有善恶之别。于右任在去世之前曾手书一副对联，赠给蒋经国："计利当计天下利，求名应求万世名。"这是对一个政治家的良言忠告。对于普通老百姓来说，我认为关键是做人要诚实。就像白居易，不玩阴的、虚的，心里有什么，不会藏着、掖着，像在素不相识的琵琶女面前掉眼泪这样的"糗事"，也毫不掩饰地说给别人听，还老老实实地承认自己就是一个凡夫俗子。能有这样的朋友，是很幸运的。现实情况是，许多人连这一点都很难做到。元代高僧释清珙曾写过一首题为《闲咏》的诗，对人世间存在的虚伪现象进行了深刻的讽刺：

相逢尽说世途难，自向庵中讨不安。

除却渊明赋归去，更无一个肯休官。

说实话，尽管我很向往陶渊明那种"采菊东篱下，悠然见南山"的生活，但扪心自问，的确做不到像陶渊明那样，舍弃眼前的一切，"晨兴理荒秽，带月荷锄归"。退而求其次吧，有一种生活踮踮脚还是可以够得着的，就是一副对联所说的："为名忙，为利忙，忙里偷闲，喝杯茶去；劳心苦，劳力苦，苦中作乐，拿壶酒来。"

在白居易七十多年的人生当中，贬谪江州可以说是一道人生分水岭，用他自己的话说，从此"面上减除忧喜色，胸中消尽是非心"。之前干事为理想，治国安邦平天下，经世济民写春秋；今后干事为快乐，忙里偷闲去吃茶，苦中寻乐去饮酒。什么天下不平事，什么人间苍生苦，只要自己活得开心，一概看不见，老子两眼一闭，皇上你爱咋咋地。

也许是庐山四月的桃花给白居易带来了好运气，没过多久，胞弟白行简从梓州来到江州，与哥哥白居易相会。又没过多久，在好友崔群的帮助下，白居易总算离开了"终岁不闻丝竹声"的江州，升任忠州（今重庆忠县）刺史。在与白行简结伴去忠州上任的途中，庐山桃花给白居易带来的好运气还在继续，在湖北宜昌西郊的西陵峡，他居然偶遇了"梦中人"。

夷陵偶遇

　　白居易、白行简兄弟俩溯江而上，不日来到硖州。硖州曾名夷陵，现名宜昌，位于长江上游和中游的分界处，屈原和有"落雁"之称的"古代四大美女"之一王昭君都出生于宜昌所辖的古秭归。

　　现在，秭归县位于湖北省西部，长江西陵峡两岸。西陵峡与瞿塘峡、巫峡，总称为长江三峡。长江三峡西起重庆市奉节县的白帝城，东至湖北省宜昌市的南津关，跨重庆奉节县、巫山县和湖北巴东县、秭归县、宜昌市，全长一百九十三公里。其中，西陵峡西起香溪口，东至南津关，全长六十六公里，是长江三峡中最长、以滩多水急闻名的山峡。

　　在西陵峡右岸，有一个风景秀美的小村庄。抗日战争期间，在这座名不见经传的小村庄发生的一场战斗——石牌保卫战，让它成为世界的焦点。

　　提到"石牌"这两个字，我倍感亲切，因为我的出生地也叫石牌。此石牌虽非彼石牌，但在我国文化戏剧界却是一个熠熠生辉的名字。下面请允许我先介绍一下我的故乡安徽省安庆市怀宁县石牌镇，为了区分，以下简称"皖石牌"。皖石牌钟灵毓秀、人文荟萃，素称"戏曲之乡"，有"梨园佳子弟、无石（石牌）不成班"之美誉，不仅孕育出了"京剧之源"——徽剧，还哺育了全国五大地方剧种之一——黄梅戏。石牌镇历史上名伶辈出，如程长庚在清代同治、光绪年间，出任三庆班主，他善演文武老生，为京剧艺术的形成做出了重要贡献，被称为"徽班领袖""京剧鼻祖"。清末著名京剧表演艺术家杨月楼，名列"同光名伶十三绝"，程长庚去世后，杨月楼接掌三庆班，他常入清宫为慈禧太后演出，因善演猴戏，被誉为"美猴王"。杨月楼的三子杨小楼在艺术上继承家学，博采众长，形成了独树一帜的"杨派"，并享有"武生宗师"的盛誉。在黄梅戏方面，杨凤翔、严凤英等表演艺术家与石牌也有不解之缘。20 世纪 80 年代，戏剧大师曹禺先生到安庆考察时曾说过这样一句话："作为一个普通的戏剧工作者，我这次来是'朝圣'的。"

皖石牌让我国文化界感到自豪，鄂石牌也值得说道说道。1943 年 5 月，为了挫败日军入峡西进的美梦，粉碎日军攻打重庆的部署，国民革命军第十八军第十一师在师长胡琏的指挥下，以"成功虽无把握，成仁确有决心"的大无畏勇气，在石牌这个小村庄与日军展开了殊死较量，其战况之惨烈足令长江之水为之变色。尽管付出了巨大的代价，国民党军队最后还是稳稳地守住了这个拱卫陪都重庆的第一道门户。石牌保卫战的意义极其重大，从某种意义上讲，其作用可以等同于南宋时期的钓鱼城之战。

钓鱼城坐落在今重庆市合川区城东五公里的钓鱼山上，

山下嘉陵江、渠江、涪江三江汇流，南、北、西三面环水，地势十分险要。1251年，成吉思汗之孙、拖雷的长子蒙哥登上蒙古大汗宝座，在稳定了蒙古政局之后，就开始着手策划征服南宋。蒙哥可是个厉害的角色，他曾与拔都等率兵远征过欧、亚许多国家，以骁勇善战著称。到了1257年，蒙哥觉得时机已经成熟，决定发动大规模的灭宋战争。他的战略构想是：让忽必烈率军攻鄂州（今武昌），塔察儿、李璮等进攻两淮地区，意图分散南宋兵力；又让兀良合台自云南出兵，经广西北上；蒙哥则亲自率蒙军主力攻四川，然后顺江东下，与诸路会师，直捣南宋都城临安（今杭州）。

1259年，蒙古军队一路势如破竹，到达钓鱼城下，并立即实施攻城。可令蒙古人没有想到的是，就是这么一个小小的钓鱼城，连续五个月，不仅没有打下，他们的头头蒙哥反而被炮石击中，结果伤重不治而亡（编者按：蒙哥的死亡原因现有多种说法）。蒙宋钓鱼城之战影响十分巨大：首先，它导致蒙古发动的这场灭宋战争全面瓦解，使南宋政权得以苟延残喘二十年。其次，它使蒙古军队的第三次西征行动停滞下来，缓解了蒙古势力对欧、亚、非等国的威胁，蒙古的大规模扩张行动从此走向低潮。可以说，钓鱼城之战的影响已超越了中国范围，在世界历史上也占有重要的一页。最后，它为忽必烈执掌蒙古政权提供了契机，对中国历史发展产生了重大影响。忽必烈是蒙古统治集团中少有的倾慕汉文化之士，他登上大汗宝座后，逐步改变蒙军滥杀的暴行，大力推行汉化政策，使中国南部的经济和文化免遭更大的破坏。

钓鱼城之战，我们要记住两个人的名字，一个是南宋名将余玠，一个是合川守将王坚。前者是钓鱼城的建造者，后者是钓鱼城的守卫者。

而石牌保卫战，有必要赞一赞国民革命军第十八军第十一师师长胡琏。在这次战斗中，胡琏所展现的中国军人的英勇气概，令人肃然起敬。在恶战即将开始之际，胡琏及第十一师做好了杀身成仁的准备。他当夜修书五封，与父母、妻儿等家人作别。在料理完自己的私事后，胡琏仿照古人做法沐浴更衣。他换上崭新的军服，在太阳升到头顶的时候，也就是正午时分，命人设案焚香，亲率师部人员登上凤凰山顶，虔诚地跪拜在列祖列宗的苍天之下。那篇战斗前祭天的誓词，慷慨激昂，读之令人血脉偾张。原文照录，建议大家大声朗诵一遍：

陆军第十一师师长胡琏，谨以至诚昭告山川神灵：

我今率堂堂之师，保卫我祖宗艰苦经营遗留吾人之土地，名正言顺，鬼伏神钦，决心至坚，誓死不渝。汉贼不两立，古有明训。华夷须严辨，春秋存义。生为军人，死为军魂。后人视今，亦犹今人之视昔，吾何惴焉！今贼来犯，决予痛歼，力尽，以身殉之。然吾坚信苍苍者天，必佑忠诚，吾人于血战之际，胜利即在握。此誓！

历史将永远记住这一刻：1943 年 5 月 27 日正午。

距宜昌十公里左右，有一处名为三游洞的旅游风景区。这个景点尽管名气不大，却大有来头。是的，它与白居易有关。在《三游洞序》一文中，白居易记录了整件事情发生的过程。

"平淮西之明年冬，予自江州司马授忠州刺史，微之自通州司马授虢州长史。又明年春，各祗命之郡，与知退偕行。三月十日，参会于夷陵。翌日，微之反棹送予，至下牢戍。"平定淮西之乱后的第二年冬天，也就是 818 年冬，白居易由江州司马改任忠州刺史。与此同时，元稹也由通州司马改任虢州（今河南灵宝）长史。到了第二年春天，白居易和元稹各自奉命奔赴新的任所。在去忠州时，白行简与白居易同行。三月十日，白氏兄弟到达夷陵。就在这里，上天给了白居易更大的惊喜：梦中都会念兹在兹的老友元稹，就好像"天上掉下个林妹妹"似的，突然出现在白居易面前。一对"合在方寸"的好友在他乡意外相逢，都欣喜若狂。此时此刻，改变行程那是必须的。第二日，元稹便调转船头陪白居易到达下牢关。

到了第三天，元稹和白氏兄弟"将别未忍，引舟上下者久之。酒酣，闻石间泉声，因舍棹进，策步入缺岸"。他们想到将要分别，顿觉依依不舍，彼此划着小船在下牢关的江面来来回回流连了很久。正喝得尽兴时，听到石间有泉水声，于是下船上岸，步行到了崖岸缺口的地方，其实就是一个洞穴。洞内的景色十分壮观，他们在里面通宵未睡，直到天亮了才离去。此时他们既流连于奇景，又伤感于离别，内心五味杂陈，难以名状。（"通夕不寐，迨旦将去，怜奇惜别，且叹且言。"）元稹于是提议，我们难得在异乡相逢，又难得遇到这么神奇的山洞。这两件好事凑在一起，是不是应该把过程记录下来？大家都认为元稹这个主意不错，然后他们各赋古调诗二十韵，写在石壁上（可惜现已失传），并一致推举白居易为此写一篇序文。"以吾三人始游，故目为三游洞。"三游洞因此而得名。在序文的结尾，白居易仍不忘保护自己的知识产权。他说，将来如果有人知道这个地方，希望他们清楚该洞的命名权属于我们仨人。

现在来看，白居易等三人还是有先见之明的。如果没有这篇流传下来的《三游洞序》，"三游洞"这个品牌就有可能会被安在另外三个人身上。实际上，后人为扩大"三游洞"的品牌影响力，仍然"罔顾"事实，还是将三游洞的命名权放在两拨人的名下：一拨当然是白居易、白行简、元稹三人，人称"前三游"；另一拨是苏洵、苏轼、苏辙父子三人，因他们也曾一同来游过此洞，人称"后三游"。

白居易与元稹在夷陵匆匆一别，再次相见要等到两年以后，暂且按下不表。现在我要对白居易的弟弟白行简说一声抱歉：您陪着哥哥白居易从江州到夷陵，一路风餐露宿，让哥哥在精神上得到了很大的慰藉，可是我却没能向大家好好介绍一下您，怠慢您了，请您多包涵！不过，话又说回来，在介绍您之前，我思想斗争了许久，因为您留给后人的遗产实在太过惊世骇俗，我是说呢，还是不说呢？

白行简，字知退，比哥哥白居易小四岁，正儿八经的进士出身，一生运气很一般，命比哥哥短，官比哥哥小。尽管写得一手好文章，但真正有影响的实在不敢恭维。在二十多岁还没考上进士之前，白行简干了一件令人瞠目结舌的事情：在与一帮文人朋友玩文字游戏的时候，白行简完成了一篇赋体色情文学作品——《天地阴阳交欢大乐赋》（以下简称《大乐赋》）。这篇文章约三千字，其描述手法绝对盖过了后来的《金瓶梅》。

我实在不敢相信，《大乐赋》竟然出自一个二十多岁的年轻人之手。它本来已经失传，能够重见天日纯属偶然，跟一个外国人有关：20世纪初，法国考古学家、汉学家伯希和在收集的敦煌卷子中发现其抄本，并带回巴黎，原件略有残缺，藏于巴黎的法国国家图书馆。据说，该书是现存先宋文学中仅有的绝世孤本。

弟弟白行简的《大乐赋》问世六年后，白居易写了一首被誉为古典诗歌中抒情诗与叙事诗密切结合的典范之作——《长恨歌》。也许是受弟弟的影响，也许是这两兄弟相同的基因使然，这首长诗中许多语言也会让人觉得比较色。区别是哥哥白居易的手法比弟弟白行简高出许多，白居易可以非常巧妙地做到色而不淫，白行简则显得过于直白露骨。

长恨歌（节选）

春寒赐浴华清池，温泉水滑洗凝脂。

侍儿扶起娇无力，始是新承恩泽时。

云鬓花颜金步摇，芙蓉帐暖度春宵。

春宵苦短日高起，从此君王不早朝。

承欢侍宴无闲暇，春从春游夜专夜。

后宫佳丽三千人，三千宠爱在一身。

金屋妆成娇侍夜，玉楼宴罢醉和春。

　　兄弟俩的作品还有更大的不同，即影响不同：《大乐赋》并没有为白行简创造更多的附加值，无论是在政治方面，还是在经济方面，都未对白行简产生正面影响；而《长恨歌》则成为"吸粉"利器，它不仅为白居易带来了巨大的社会声誉，而且一千多年过去了，这种影响还在持续。其实，《长恨歌》的产生也有很大的偶然性。806年，三十五岁的白居易在今天的西安周至当县尉。有一天，他与好友陈鸿、王质夫到马嵬驿附近的仙游寺游玩，当聊到唐玄宗李隆基与杨贵妃之间的故事时，王质夫觉得，这么好的创作题材，如果不加以整理，时间一长，就会被湮没，太可惜了。如果文字能力达不到，写出来的作品不能流传下去，也是浪费工夫。于是他开始给白居易"戴高帽"，对白居易说："乐天深于诗，多于情者也，试为歌之，何如？"这人啊，都不经夸，白居易一看大家这么瞧得起他，立即来了精神，回家后废寝忘食地写下了这首长诗。因为长诗的最后两句是"天长地久有时尽，此恨绵绵无绝期"，所以大家就给这首诗取了一个很好听的名字——《长恨歌》。陈鸿同时写了一篇传奇小说《长恨歌传》。

白居易一生著作颇丰，但真正让他不朽的就是这首《长恨歌》以及十年后创作的《琵琶行》。后人对白居易尽管有诸多评价，最精彩的，我认为是出自一个皇帝之手，他就是唐宣宗李忱。唐宣宗政绩一般，诗文方面却有相当高的造诣，大家读一读他写的《吊白居易》，便可略见一斑：

> 缀玉联珠六十年，谁教冥路作诗仙。
>
> 浮云不系名居易，造化无为字乐天。
>
> 童子解吟长恨曲，胡儿能唱琵琶篇。
>
> 文章已满行人耳，一度思卿一怆然。

唐宣宗还真有两下子，绝不是酒囊饭袋，这首诗写得有情有感、有血有肉，甩留下几万首诗的乾隆皇帝弘历不止一条街。

钱塘春行

822 年，已踏入知天命之年的白居易，来到杭州担任刺史，相当于杭州市市长。

我去过全国不少城市，最喜欢的当属杭州和成都，尤其是杭州，每次去都会感到很舒服。1987 年的春天，还是在大三的时候，我被安排到浙江省上虞县档案馆实习，其间几乎游了半个浙江省。为了节省开支，我们几个同学基本上是靠两条腿丈量了西湖周围所有的景点，至今还保留着那时各个景点的门票和纪念像章。也就是从那时候起，杭州给我留下了十分美好的印象。

杭州，简称"杭"，古称临安、钱塘。在周代以前，属"扬州之域"。公元前 21 世纪，大禹南巡时，与各诸侯相会于会稽（今绍兴），曾乘舟航行经过杭州，并在此弃杭（方舟），故名"余杭"。关于杭州的由来，还有一种说法，即大禹南巡到杭州，在此造舟以渡，当地人故称此地为"禹杭"。其后口耳相传，讹"禹"为"余"，乃名"余杭"。春秋时期，吴、越两国争霸，杭州先属越，后属吴；越灭吴后，复属越。到了战国时期，楚灭越，杭州又归楚。到了隋代，"杭州"之名第一次出现在史料中。由于开凿大运河，杭州的拱宸桥成为大运河的终点，为杭州迎来大发展、大繁荣创造了良好的条件。

杭州人开凿人工河的历史最早可追溯到秦朝。在今天杭州城的北面，有一条上塘河，俗称秦河，相传是在秦朝挖掘的，它也是杭州历史上第一条人工河。前些年，我曾在上塘河边徒步，看到河边来来往往的晨练者，以及掩映在绿荫丛中的垂钓者，有感而发，填了一首《踏莎行·上塘河》：

细柳轻烟，鸣蝉泫露。古都城北清幽路。翁妪兴尽舞晨风，逍遥钓客逍遥树。

好景良辰，水流何处？画船满载沧桑去。秦河不解惹风情，未得一比东坡句。

到了唐代，杭州这个地方并没有发生值得大书特书的事情，只是有一个小变化需要说明一下，那就是为避国号讳，朝廷将"钱唐"改成了"钱塘"。跟唐代都城长安相比，当时的杭州充其量也就是一座三线城市，杭州成为一线城市要等到南宋时期。白居易之所以主动请求外放做官，原因说出来大家会觉得好笑，就是要赌一口气。这人啊，一上了年纪，就会像孩子一样，喜欢要点小脾气。白居易因上书纵论河北的军事部署，不被皇帝采纳，便要起小性子，提出不想在长安待了，要去外地透透气。皇帝李恒倒也开明，并没有责怪白居易要小脾气、使小性子，而是遂了他的愿，一纸诏书将白居易派到了杭州。

得益于大运河的开通，唐代时从长安到杭州，大运河成了最便捷的一条交通线路。顺便说明一下，大运河在元代时重修，线路由河南洛阳改从山东过境，成为今京杭运河的前身。可不知是什么原因，运河走不了，白居易只得改道从陕西经湖北襄阳，转渡汉水，再沿长江一路东行到杭州。

经过三个月的长途跋涉，白居易历经千辛万苦抵达杭州。随后，立即展示自己的济世情怀。在履职不到两年的时间里，先是对年久失修的六口古井进行疏浚，以解决杭州人的饮水问题，然后对淤塞的西湖进行治理，修堤蓄水，以便

图 9 大运河畔（刘朝云绘）

在旱灾时解决农田的灌溉问题。更难能可贵的是，在离开杭州前，白居易将自己的一部分工资留在州库中作为基金，以供后来治理杭州的官员公务上的周转，事后再补回原数。据传，这笔基金一直运作至唐末农民起义头领黄巢到杭州后，才不知去向。

每当读到与此相关的史料，我都不由得万分感慨：白居易自嘲一生追名逐利，后世还有人说他是个玩弄女性的文人，依据是白居易曾有诗云"樱桃樊素口，杨柳小蛮腰"。樊素和小蛮均为白居易的家伎（不知那个将标志性建筑喻为小蛮腰的城市，对此作何感想）。更有好事者考证出白居易的作品里，有名有姓的歌伎有十几个。但是，单凭他在杭州时的所作所为，那些沽名钓誉之辈就应该为之羞愧，那些喜欢说三道四的人就更应该闭嘴了。

作为官员的白居易，为杭州留下了泽被后世的政绩；作为文人的白居易，也为杭州留下了两处名胜古迹。请看他那首著名的《钱塘湖春行》：

> 孤山寺北贾亭西，水面初平云脚低。
> 几处早莺争暖树，谁家新燕啄春泥。
> 乱花渐欲迷人眼，浅草才能没马蹄。
> 最爱湖东行不足，绿杨阴里白沙堤。

这首诗里有两个地名，今天已成为杭州的著名景点，一个是孤山，另一个自然是白沙堤。

在现代人眼里，杭州绝对是座幸运的城市。横亘在西湖上的两条长堤，因为唐宋时期两位国宝级文化名人，虽不能至，心亦向往之。长的那条叫苏堤，大家应该都知道那是拜苏轼所赐。兴许是苏轼的缘故，此地常年人气爆棚，到西湖游玩的人，如果喜欢看人头，我看苏堤当是首选。短的那条叫白堤，大家应该都知道跟白居易有关。不过，我要告诉你，与苏轼筑苏堤不同，这条白堤并非白居易所筑，在白居易到杭州之前，这条堤坝就已存在，名为白沙堤。其实，仔细推敲一下，就会发现在《钱塘湖春行》这首诗里，白居易已明白无误地告诉我们，那条连接孤山、两旁栽种了杨柳树的堤坝，叫白沙堤，而非白公堤。我想，后人之所以明知是"讹"，还要"以讹传讹"，一定是想表达对曾经的杭州市长——白居易的感激之情。

在西湖的西北角，有座形如水牛的岛屿卧于湖中，它因位于西湖的里湖与外湖之间，故名孤山。因岛上梅花众多，又名梅屿。孤山东接白堤，西连西泠桥，其与白堤的连接处，即为西湖十景之一——平湖秋月。因此，在我看来，游览西湖，苏堤上人最多，孤山上景最好。为什么这样说？因为孤山景区不仅与西湖其他景点一样美不胜收，还汇聚了西湖重要文物，涵盖皇帝行宫、欧阳修、俞樾等名人足迹，西泠印社、浙江图书馆等文化场所，还有历史文化名人之墓，比如近代苏曼殊墓遗址、"鉴湖女侠"秋瑾之墓，古人林和靖之墓。"林和靖"这个名字可能有人不熟悉，简单介绍一下。他就是北宋诗人林逋，这位老兄有一个特别的外号——"梅妻鹤子"，他留给后人最著名的诗句就是："疏影横斜水清浅，暗香浮动月黄昏。"还有那首广为流传的《长相思》：

吴山青，越山青。两岸青山相送迎，谁知离别情？
君泪盈，妾泪盈。罗带同心结未成，江头潮已平。

在杭州期间，最令白居易感到高兴的事情，并不是做出了多少政绩，而是在他乡遇到日思夜想的故知。谁呀？自然是元稹。但这一次他们不能算是偶遇，因为元稹不是来杭州游玩的，他当时被朝廷任命为浙东观察使兼越州刺史，治所就在现在的绍兴市。去绍兴，杭州是必经之地。说到绍兴，有必要再唠叨几句。

前文说过，三十多年前我到浙江省上虞县档案馆实习。上虞隶属于绍兴市，现在已成为绍兴市辖区。上虞也是个有故事的地方，传说舜帝曾在此召会百官，记得当时县城所在镇就叫百官镇。流经上虞的曹娥江，因东汉少女曹娥投江救父而得名。正是由于这次实习，让我有机会到历史文化名城绍兴游览。

第一次绍兴之行的主要收获，概括起来就是"四个一"，即打了一场架，作了一场秀，记了一句话，背了一首词。这打架的事就不细说了，故事发生在上虞汽车站，是因买车票时有人插队而引起，结果闹到车站派出所，值班民警将肇事双方"各打五十大板"——罚了各自几块钱了事。作秀的地点位于绍兴市咸亨酒店门口，我们一行几个同学，模仿着鲁迅笔下的孔乙己，穿着大长袍，戴着瓜皮帽，吃着茴香豆，照了一张相，只可惜找不到当时的相片了。在绍兴游玩时，当地人告诉我们，绍兴自古以来名人辈出。因此在街上走路时，步子一定要轻一点，否则，随时会惊动一个名人的梦。三十多年过去了，我牢牢记住了这句话。至于那首词，是在沈园游览时看到的，词牌为《钗头凤》。通过这首词，我不仅了解到南宋诗人陆游与唐婉之间那段刻骨铭心的爱情，也领略到陆游性格中，除了"上马击狂胡，下马草军书"那种豪放的一面，还有柔情似水痴情的一面。这首《钗头凤》写得非常感人，我们不妨读一读：

红酥手，黄縢酒，满城春色宫墙柳。东风恶，欢情薄。一怀愁绪，几年离索。错，错，错！

春如旧，人空瘦，泪痕红浥鲛绡透。桃花落，闲池阁。山盟虽在，锦书难托。莫，莫，莫！

这是陆游因母命难违，与唐婉结婚三年后被逼分手，十年后两人在沈园不期而遇，相互深深一瞥便匆匆离去，百感交集之下在沈园墙壁上写下的千古绝唱。一年后，唐婉怀着莫名的憧憬再次来到沈园，看到陆游留下的笔墨，无限惆怅，泪流满面，提笔在陆词之后和了一首《钗头凤》：

世情薄，人情恶，雨送黄昏花易落。晓风干，泪痕残。
欲笺心事，独语斜阑。难，难，难！

人成各，今非昨，病魂常似秋千索。角声寒，夜阑珊。
怕人寻问，咽泪装欢。瞒，瞒，瞒！

这首和词，唐婉写得如泣如诉，万般无奈而又愁肠百
结，之后不久她便郁郁而终。

至于元稹在担任越州刺史期间有没有花边新闻，我不知
道。但我知道他在 823 年路过杭州时，与白居易相处了好几
天，之后又是"卿卿我我"、诗词唱和。那年除夕之夜，寂
寞的白居易又开始想念元稹了，于是提笔写了一首《除夜寄
微之》：

鬓毛不觉白毵毵，一事无成百不堪。
共惜盛时辞阙下，同嗟除夜在江南。
家山泉石寻常忆，世路风波子细谙。
老校于君合先退，明年半百又加三。

通过这首诗，我们能深深体会到已过半百的白居易，心
态发生了很大的变化。白居易对元稹说，过了除夕之夜，我
就五十三岁了，很惭愧到现在我还是一事无成，我的双角鬓

毛在不知不觉中变得白而细长。回忆我们一起走过的路，倍感世道之艰难，我们是否应该辞去官职，返回家乡了？

对于每个人来说，五十岁绝对是一道坎。之前，尽管时常要"弯腰低头"，总体上走的还是上坡路；之后，尽管有可能焕发"第二春"，总体上走的却是下坡路。这个时期，时常要面对死亡这个话题，亲朋故旧和长辈们会相继离开人世。当然，这是自然规律，是任何人也无法改变的事实。但在我看来，五十岁之后，人生未必显得那么悲观，至少可以不必看别人的眼色行事，可以追求自己真正感兴趣的生活，可以怡然自得、昂首抬头往下走，就像盛唐著名山水田园诗人王维在《终南别业》中所描述的那样：

> 中岁颇好道，晚家南山陲。
>
> 兴来每独往，胜事空自知。
>
> 行到水穷处，坐看云起时。
>
> 偶然值林叟，谈笑无还期。

826 年，已担任苏州刺史的白居易，不慎从马上摔下来，伤了腰和脚，后眼病发作，肺部还有不适，一直在家休息养病。等到病好之后，被朝廷任命为秘书监，相当于国家图书馆馆长。在从苏州北返长安的路上，白居易与已卸任和州刺史，拟返洛阳任职的刘禹锡在扬州扬子津不期而遇。老友相见，分外高兴。他们两结伴在扬州、楚州（今江苏淮安）一带尽情地游玩，度过了一段美好的时光。白居易一方面感慨刘禹锡前后二十三年在外的贬谪生涯，另一方面感叹世事无常，心中萌生了对田园生活的向往。在他的那首《想归田园》中，可以深切感受到白居易内心的变化：

> 恋他朝市求何事，想取丘园乐此身。
> 千首恶诗吟过日，一壶好酒醉销春。
> 归乡年亦非全老，罢郡家仍未苦贫。
> 快活不知如我者，人间能有几多人？

　　然而，幸福的时光总是那么短暂。这一年冬天，不好的消息接踵而至：先是弟弟白行简不幸病逝，这对白居易来说是一个很大的打击；还没等白居易从悲伤中缓过神来，朝廷在一个月内发生的事情更是让他眼花缭乱、目瞪口呆——开始是宦官刘克明等人将唐敬宗李湛杀死，并矫诏立绛王李悟代理监国，接着李悟在刘克明的支持下，准备夺取枢密使王守澄（也是宦官）手中的大权，却反被王守澄一锅端，王守澄等人再迎立江王李昂为皇帝，是为唐文宗。

　　唐代自宪宗之后，宦官掌握着禁军实权，把持着朝政，不仅朝廷大臣的升降要由宦官首肯，就连皇帝的废立也由宦官操纵。自唐宪宗李纯之后，除唐敬宗李湛是以太子身份继承皇位以外，中晚唐其他的皇帝无不由宦官拥立，而且宦官还掌握着弑杀大权，如唐宪宗李纯为宦官陈弘志所杀，唐敬宗李湛为宦官刘克明等所杀。面对这样一个被一帮宦官搅得乌烟瘴气的烂摊子，唐文宗李昂继位后，能够力挽狂澜、重振朝纲吗？

花甲之年

唐文宗李昂的确想有一番作为。根据史书记载，唐文宗在位期间，他一不好女色，曾下令遣散了三千多名宫女；二不喜奢靡，厉行节俭，释放了五坊鹰犬。啥叫"五坊鹰犬"？估计大多数人不明白，需要解释一下。我查了查有关资料，五坊是指雕坊、鹘坊、鹞坊、鹰坊、狗坊，是唐代设立的管理皇帝鹰犬的机构。五坊鹰犬大概有三种来源，即进贡、购买和朝廷派人征索，其中进贡为主要渠道。通过这些渠道弄来饲养的动物主要用来干什么呢？说白了就一个用途，即供皇帝狩猎时使用。这种制度兴于唐代，到了北宋时期被完全废除。总体上看，唐文宗李昂非常聪明和儒雅，工作也很勤勉，他以唐太宗李世民为榜样，熟读《贞观政要》，希望能在当政期间重现大唐盛世。可以说，当时朝野上下，都被唐文宗的言行感动得热泪盈眶，大家都在期盼着太平盛世的光环再一次笼罩大唐上空。

在这个时期，白居易、刘禹锡等工作比较顺利，生活相对稳定，他们基本上都在洛阳、长安两地任职、居住，尤其是白居易，可谓官运亨通，甚至还被封为晋阳县男；元稹运气稍微差点，朝廷给了他一个检校礼部尚书的待遇，但人还留在浙江任观察使。到了 829 年，元稹被任命为尚书左丞（正四品上），返回长安途中还顺道到洛阳看望了好友白居易。随后，更大的喜事接踵而至：这年冬天，白居易和元稹像约好了似的同时喜得贵子，白居易的儿子叫阿崔，元稹的儿子名道保。我高度怀疑这两人真的有心灵感应，连生孩子的时间也差不多。不管怎么说吧，元、白二人老年得子，瞧把他们俩美的，真是人生赢家啊！

儿子的降临，让白居易心花怒放，要知道这可是他的独子啊。在我国传统观念中，一个男人，尤其是一个成功的男人，一辈子最悲催的事情是什么？身边女人无数，却没有一个能给他生儿子。如今终于心想事成，白居易感到非常知足，这种知足感在他的字里行间表现得非常充分，大家可以读读白居易写的一首《知足吟》：

> 不种一陇田，仓中有余粟。
>
> 不采一枝桑，箱中有余服。
>
> 官闲离忧责，身泰无羁束。
>
> 中人百户税，宾客一年禄。
>
> 樽中不乏酒，篱下仍多菊。
>
> 是物皆有余，非心无所欲。
>
> 吟君未贫作，因歌知足曲。
>
> 自问此时心，不足何时足？

日子过得很快，转眼到了 831 年。这一年，白居易六十岁，独子阿崔三岁。在人生第五个本命年里，白居易遭受了一连串的沉重打击，让他痛不欲生。年初，儿子病了，白居易想尽了一切办法，也没有挽回独子阿崔的命。"掌珠"阿崔的夭折，让白居易几乎失去了活下去的勇气。他老泪纵横，《哭崔儿》哭得天昏地暗：

掌珠一颗儿三岁，鬓雪千茎父六旬。
岂料汝先为异物，常忧吾不见成人。
悲肠自断非因剑，啼眼加昏不是尘。
怀抱又空天默默，依前重作邓攸身。

这边刚把儿子的丧事处理完，白居易还没从悲痛中缓过神来，同年七月，另一边的鄂州（今武昌）又传来了晴天霹雳——与自己共同倡导了新乐府运动、一辈子诗友加知己的元稹在任上突然死亡（暴毙）。

我们暂时把目光转回十一年前：820 年，唐穆宗接替唐宪宗成为大唐新的主人。唐穆宗喜欢读诗，对元稹的诗尤为偏爱。可能是爱屋及乌的原因吧，元稹一下子成了唐穆宗面前的红人。我觉得，衡量是不是领导面前的红人主要看两点，一是领导会不会经常召见你，并与你讨论谋划一些他认为很重要的事情；二是他会不会重用你。很幸运，这两点元稹都得到了。唐穆宗经常召见元稹，并与他一起讨论筹划兵赋及西北边事。数月后，又提拔元稹为中书舍人、翰林学士承旨。翰林学士承旨一职，可谓位高权重，它是翰林学士的首领，不仅起草诏令，而且职掌机密，是唐代实际上的宰相，被称为"内相"。因此，元稹与已经在翰林院的李德裕、李绅共同被誉为"三俊"。这还不算，到了第二年，唐穆宗直接任命元稹为宰相。然而，出头之鸟容易挨枪子，大红大紫的元稹一时成了觊觎相位之人的眼中钉，结果被人诬告，宰相没当上几个月，就被贬出了长安。到唐文宗继位，元稹一度迎来了翻身的机会，旋即又遭人排挤，于830年被赶到武昌担任地方官。一年半后，正在洛阳的白居易接到了元稹的噩耗。

"三界之间，孰不生死？四海之内，谁无交朋？然以我尔之身，为终天之别；既往者已矣，未死者如何？呜呼微之！六十衰翁，灰心血泪；引酒再奠，抚棺一呼。"白居易在其《祭元微之文》中，抚棺一呼，惊天一哭。他老泪纵横，仰天长叹：人世之间，谁能逃得脱生老病死？四海之内，谁没有一个知心朋友？可是你我跟别人不一样，好得就差肌肤之亲，如今却阴阳两隔。你走了，两眼一闭，一了百了，把我一个人留在这世上，又有什么意思呢？微之啊，我已经是六十岁、身体又多病的老头子，现在的我，"心似已灰之木，身如不系之舟"。独子的夭折，已让我看不到生的希望；你又狠心舍我而去，更是雪上加霜，让我感到绝望。你知不知道，我现在流的不是泪，而是血啊！

在这篇祭文的最后，白居易感慨："《佛经》云'凡有业结，无非因集'。与公缘会，岂是偶然？多生以来，几离几合？既有今别，宁无后期？公虽不归，我应继往，安有形去而影在，皮亡而毛存者乎？"这段话的大概意思是，凡有业果的产生，无不是因为业因的集结。我与你的缘分，难道仅仅是偶然吗？多年以来，我们有无数次的分离、重逢，我不相信，如今一别，难道就没有重逢之日了？好吧，既然你再也不能回来了，我是不是应当追随你而去，这世上哪里有形体消失而影子还在，皮肉消亡而毛发还能存活的道理呀？

读了白居易的《祭元微之文》，在被深深地感动之余，能相信这是两个男人之间的生离死别吗？很显然，即便是独子阿崔，在白居易心中的分量也比不上好友元稹。

仍然沉浸在巨大悲痛之中的白居易，在这一年十月的洛阳家中，抱病接待了一位久违的朋友。正是因为这位朋友的到来，让白居易在心灵上得到了很大的慰藉，并使积压在内心的悲伤逐渐淡化。谁呀？他就是"诗豪"刘禹锡。

此时的刘禹锡，早已从柳宗元、韩愈等好友去世的痛苦中走了出来。828年，刘禹锡回到京城长安担任主客郎中，这是一个从五品上官，主要职责是掌管少数民族及外国宾客接待之事。这年三月，刘禹锡再一次来到玄都观，望着眼前萧条的景象，想起十四年前"玄都观里桃千树"，胸中豪气顿生，毅然写下《再游玄都观》七言绝句。在这首诗中，我们再次领略到年近六旬的刘禹锡，尽管屡遭打击却始终不屈不挠的坚强意志。诗有一长序，交代前因后果："余贞元二十一年为屯田员外郎时，此观未有花。是岁出牧连州，寻贬朗州司马。居十年，召至京师。人人皆言，有道士手植仙桃满观，如红霞，遂有前篇，以志一时之事。旋又出牧。今十有四年，复为主客郎中，重游玄都观，荡然无复一树，惟兔葵、燕麦动摇于春风耳。因再题二十八字，以俟后游。时大和二年三月。"

百亩庭中半是苔，桃花净尽菜花开。

种桃道士归何处？前度刘郎今又来。

必须承认，读刘禹锡的诗，就像好吸烟之人坐了十几个小时的飞机，下飞机后在吸烟区点着一支烟，猛吸一口，那滋味可以用两个字形容：过瘾！（未成年人可别学）刘禹锡说，十四年前，我老刘同一帮朋友游玄都观后写了一首诗，让一些人觉得很不爽，并把老刘贬到岭南的连州那个鬼地方。今天，我老刘又大摇大摆地回来了。在这十四年中，天朝的皇帝由宪宗、穆宗、敬宗到文宗，已经换了四个，人事变化很大，那些当初看我们不爽的人早就见鬼去了。尽管朝廷的政治斗争仍在继续，但是朋友们，我老刘还是以前那个老刘。今天，我老刘跟大家打个赌，你信不信，若干年以后，人们津津乐道的一定是我老刘两游玄都观的故事。老刘、刘老、刘老师啊，我服您老啦，我信！

刘禹锡这次其实是顺道去洛阳，准备去苏州担任刺史的。当正处在深度忧伤之中的白居易见到浑身充满正能量的刘禹锡时，一下子被他乐观积极的处世态度所感染。这次相会，刘禹锡在洛阳待了整整十五天。其间，他与白居易白天喝酒，晚上咏诗，"朝觞夕咏，颇极平生之欢"。在那首《送刘郎中赴任苏州》诗中，白居易浑身透着清爽：

> 仁风膏雨去随轮，胜境欢游到逐身。
> 水驿路穿儿店月，花船桴入女湖春。
> 宣城独咏窗中岫，柳恽单题汀上蘋。
> 何似姑苏诗太守，吟诗相继有三人。

此诗有几个典故，需要解释一下：白居易是在安徽符离长大，并在宣城通过乡试的，应试之作之一就是《窗中列远岫》。柳恽是南北朝时期的诗人，在他的代表作《江南曲》中，有一句"汀洲采白蘋，日落江南春"。白居易担任杭州刺史时自称"诗酒主"，他在《元微之除浙东观察使，喜得杭越邻州，先赠长句》诗中说，"杭越风光诗酒主，相看更合与何人"。白居易曾担任苏州刺史，对苏州一带非常熟悉，并自称"诗太守"。他对刘禹锡说，苏州的风景真的是很美，你若走水路，一定会穿过语儿店这个地方，那里的月夜景色十分迷人。当花船（官船）驶入女坟湖时，一定会有一片醉人的春色在迎候着你。在我看来，苏州这个地方真是很幸运啊，现在加上你刘禹锡，迄今已经有三位大诗人在此地担任刺史了。

三位大诗人？白居易、刘禹锡，还有一位是谁呀？另一位名叫韦应物。在唐代诗坛，韦应物可是一个响当当的角色，他是山水田园派代表诗人之一，与王维、孟浩然、柳宗元齐名。从年龄上看，韦应物还是白居易、刘禹锡的前辈，他比白居易和刘禹锡大了整整三十五岁。

韦应物的一生甚是传奇：他十五岁时就成了唐玄宗李隆基的贴身侍卫，风光一时无两。这位仁兄早年就是一个地痞恶棍，经常干一些偷鸡摸狗的事情，史称其"豪纵不羁，横行乡里，乡人苦之"。安史之乱期间，唐玄宗跑到四川避难，韦应物失去了靠山，没了工作，只好到处流浪。也就是从这时候起，韦应物仿佛变了一个人，一下子开了窍，开始痛改前非，并立志发奋读书，从一个富贵无赖子弟一跃变为忠厚仁爱的儒者。真是应了那句话：浪子回头金不换。788年，五十二岁的韦应物被任命为苏州刺史，三年后就死在苏州，世人尊称其为"韦苏州"。韦应物还有一位四世孙，是唐诗向宋词过渡过程中的关键人物之一，他的名字叫韦庄。韦庄与温庭筠都是晚唐花间派最重要的代表，大家非常熟悉的《菩萨蛮》就是出自韦庄之手：

人人尽说江南好，游人只合江南老。春水碧于天，画船听雨眠。

垆边人似月，皓腕凝霜雪。未老莫还乡，还乡须断肠。

碧绿的春水比天空还要明净，躺在游船画舫之中，和着雨声入睡，这是多么美的意境啊！

韦应物留给后世最有价值的礼物，莫过于他写的一首诗，诗题是《寄李儋元锡》。下面我们一起来细细品味诗人在作品中展示的思想境界：

去年花里逢君别，今日花开已一年。
世事茫茫难自料，春愁黯黯独成眠。
身多疾病思田里，邑有流亡愧俸钱。
闻道欲来相问讯，西楼望月几回圆。

这首七律是韦应物晚年在滁州刺史任上的作品，大约作于784年春天。李儋、元锡是韦应物的诗交好友，他们在长安与韦应物分别后，曾托人问候已在滁州的韦应物，后来韦应物便写了这首诗寄赠以答。这首诗之所以最有价值，皆因那一句"身多疾病思田里，邑有流亡愧俸钱"。翻译成现代语言就是说：多病的身体让我想早日归隐田园，可每当面对流亡的百姓，作为本地的朝廷命官，实在是愧对国家给我的那一份俸禄啊！这句诗问世之后，历朝历代统治者都将其作为教育官员的警句格言，影响非常大。范仲淹叹为"仁者之言"，朱熹盛赞为"贤矣"。韦应物的这首诗，感情表达极其自然，没有一点矫揉造作，具有很高的思想境界，它充分展示了作为官员的韦应物那颗没有泯灭的良心。大家别小看这一点良心，有和没有，天壤之别：有，你就是有血有肉的人；没有，你就是无魂无魄的鬼。

现代不少人了解韦应物，却是通过他写的另外一首诗。这首诗也是韦应物在担任滁州刺史期间写的，诗题是《滁州西涧》：

> 独怜幽草涧边生，上有黄鹂深树鸣。
> 春潮带雨晚来急，野渡无人舟自横。

这首《滁州西涧》是唐代山水诗中的名篇，也是韦应物的著名代表作。作品描绘的就好像一幅山水画，意境十分幽远：你看，在那暮色沉沉的荒野渡口，已不见一人，只有一条小船，茫无目标地横漂在河边。

"何似姑苏诗太守，吟诗相继有三人。"如今，第三位姑苏诗太守刘禹锡要离开洛阳去苏州赴任了，白居易尽管不舍，却也知道人在江湖，身不由己，只得与刘禹锡依依惜别。

刘禹锡走后，白居易的生活也没有发生大的变化，时间一如往常，就这样悄悄地流逝，一切都仿佛很平静。可有谁知道，在这平静之中，竟然正在酝酿着一场更大的风暴。四年之后，这场风暴让京城长安血流成河，辉煌的大唐王朝也由此开始最后的苟延残喘。

甘露之变

　　江苏镇江，这座古称"润州"的城市，因境内有"三山一渡"而闻名于世。"三山"即焦山、金山、北固山，"一渡"即西津渡。这"三山一渡"可了不得，有历史、有故事、有传说，每一处都可以写一本书。简要介绍一下：先说焦山，过去叫樵山。东汉末年，名士焦光隐居于此，汉献帝曾三次下诏书请他出山做官，但他不愿和腐败的朝廷同流合污，拒不应召。焦光在樵山隐居期间，采药炼丹，治病救人，为当地老百姓做了很多好事。后人为了纪念他，便改樵山为焦山。金山是《白蛇传》中水漫金山传说的发生地，这个传说就不用多说了，估计没有几个人不知道。西津渡位于镇江城西的云台山麓，是依附于破山栈道而建的一处历史遗迹。北宋年间，王安石应召从京口（镇江）西津渡坐船前往汴京（开封），走到瓜洲（现属扬州）时，写下了那首著名的《泊船瓜洲》：

　　　　京口瓜洲一水间，钟山只隔数重山。

　　　　春风又绿江南岸，明月何时照我还。

下面，我着重介绍一下北固山。说起来也跟诗词有关，我对北固山的了解就是源于南宋著名词人辛弃疾的两首词，一首题为《南乡子·登京口北固亭有怀》：

何处望神州？满眼风光北固楼。千古兴亡多少事？悠悠。不尽长江滚滚流。

年少万兜鍪，坐断东南战未休。天下英雄谁敌手？曹刘。生子当如孙仲谋。

另一首题为《永遇乐·京口北固亭怀古》：

千古江山，英雄无觅，孙仲谋处。舞榭歌台，风流总被，雨打风吹去。斜阳草树，寻常巷陌，人道寄奴曾住。想当年，金戈铁马，气吞万里如虎。

元嘉草草，封狼居胥，赢得仓皇北顾。四十三年，望中犹记，烽火扬州路。可堪回首，佛狸祠下，一片神鸦社鼓。凭谁问：廉颇老矣，尚能饭否？

辛弃疾的这两首词都是宋词中不可多得的珍品，同是怀古伤今，写法大异其趣，一首风格明快，一首沉郁顿挫，而都不失为千古绝唱，令我爱不释手，每次读都会觉得有一股丹田之气喷涌而出。

在北固山上，有两个主要景点：一是铁塔，系李德裕于

825 年始建，又名卫公塔，是我国仅存的六座铁塔之一。铁塔向西，有《望月望乡》诗碑，碑上诗文乃日本使臣阿倍仲麻吕（汉名晁衡）所作。这个日本人可不简单，他二十岁到唐王朝留学后，不仅考上了进士，还当了唐代的官员，曾被任命为左春坊司经局校书、左补阙等。753 年，晁衡受命为唐使，与鉴真大师及日本使臣东渡回日本，途中船停泊在北固山脚下，夜晚月光皎洁，想到三十六年未回故乡，晁衡思绪万千，写下了著名五言诗《望月望乡》，诗中写道："翘首望东天，神驰奈良边。三笠山顶上，想又皎月圆。"此诗后被收入《全唐诗》，在日本可以说是家喻户晓。这里还有一段小插曲：晁衡这次回国，传闻途中船遇风暴而失事，为此，与晁衡结下深厚友谊的大诗人李白悲痛万分，写下一首七言绝句《哭晁卿衡》：

> 日本晁卿辞帝都，征帆一片绕蓬壶。
> 明月不归沉碧海，白云愁色满苍梧。

另一个是位于北固山后峰上的一座寺庙。该寺建于东吴甘露元年（265），故名"甘露寺"。对于后世大多数不喜欢或不熟悉古诗词的人来说，对北固山的了解估计与四大名著之一——《三国演义》有关。在这部章回体小说的第五十四回"吴国太佛寺看新郎，刘皇叔洞房续佳偶"中，罗贯中将刘备招亲的故事安排在北固山上的甘露寺。简要地说一下过程：赤壁大战之后，刘备从东吴借来荆州，却一而再、再而三地耍赖不还，东吴上下对此十分恼怒。于是，大都督周瑜向孙权建议，以其妹孙尚香为诱饵，设下美人计，骗刘备来京口联姻招亲，并趁机将其扣为人质，逼刘备归还荆州。周瑜的计策确实不错，但在上知天文、下知地理的诸葛亮眼里，他这点把戏纯属小儿科。诸葛亮设下锦囊妙计，最终不仅助刘备保住了荆州，还让他如愿抱得美人归，使东吴赔了夫人又折兵。从此，刘备招亲的故事在民间广泛流传，并成为千古佳话。

因为刘备招亲的故事发生在甘露寺，后人又将其戏称为"甘露之变"。六百多年后，在唐代都城长安也上演了一场"甘露之变"，只是这场变故，故事情节尽管也跌宕起伏，却没有一丝喜气，唯有血腥。

大和九年（835）九月，朝廷任命白居易为同州（今陕西渭南）刺史，白居易以身体不适为由推辞不任。朝廷后来将在汝州任刺史的刘禹锡调到同州，代替白居易担任刺史一职。为了给好朋友白居易解围，刘禹锡二话没说，欣然赴任。就在此时，长安城传来一条大快人心的消息：唐文宗李昂经过近十年的精心谋划，终于将曾经拥立其上位的宦官王守澄干掉了。

还得说说唐文宗李昂，这位老兄坐上皇帝宝座后，一直有一个心病，即如何铲除宦官势力。这也难怪，尽管宦官对李昂有恩，但他的祖父和哥哥都死于宦官之手，有恩就变成了有仇。当然，也可以理解为权力斗争的残酷导致人性泯灭，无所谓恩仇。但问题是，如果任由此种现象蔓延下去，说不准哪一天死亡会突然降临到自己的头上。每当想到这里，李昂就会不寒而栗。他深知自己虽贵为天子，面对飞扬跋扈的宦官却感到十分无助，也非常担心，如果不小心惹得宦官看他不顺眼，自己会被这帮人废掉，甚至性命难保。看来李昂不糊涂，是个明白人。因此，李昂决心化被动为主动，除掉王守澄，打击宦官势力，彻底改变宦官专权的局面。

可是，当李昂着手实施他的计划时，却悲哀地发现，什么"普天之下，莫非王土；率土之滨，莫非王臣"，偌大的天下，自己竟然找不到一个可信任之人。李昂环顾朝中所有大臣，发现他们或多或少都与宦官有些关系，稍有不慎，就会招来杀身之祸。有道是，天无绝人之路，正在李昂一筹莫展之际，王守澄给他推荐了一位事后证明是他的掘墓人的人。此人名叫郑注，原是一名医生，王守澄让他借给李昂看病之际，留在李昂身边监视其一举一动。谁知人算不如天算，郑注反被李昂策反，并成为皇帝身边最宠信的红人。

有了帮手，李昂总算迈出了实施计划的第一步。现在的问题是，仅一个郑注，孤掌难鸣。就在此时，一个名叫李训的年轻人带着百万黄金找到郑注，希望通过他找王守澄帮自己的亲戚李逢吉恢复宰相之位。也许是冥冥中自有安排，两人竟然一见如故。于是，这两位深受王守澄信任之人，开始紧锣密鼓地帮助李昂实施铲除王守澄的计划。

王守澄岂是那么好扳倒的，这个太监侍奉了包括唐文宗在内的四任皇帝，三度参与皇帝的废立，在朝中掌权达十五年之久，可谓耳目众多、树大根深。经过周密策划，郑注、李训终于想出了一条以毒攻毒之计，即从宦官队伍的内部下手，让同是宦官的仇士良瓜分王守澄之权，同时将王守澄的官职继续往上升，乃至升到有名无实的地位。王守澄一旦失去了兵权，便成了任人宰割的羔羊。大和九年（835）十月，唐文宗李昂命令宦官李好古带着毒酒前往王守澄的家中，秘密将这个叱咤大唐王朝十五年之久的大宦官毒死。

此次剪除王守澄行动的胜利，让唐文宗出了一口长长的恶气，更增强了他彻底消灭宦官的信心和勇气。唐文宗趁热打铁，拟定了一个计划，准备内外夹击宦官，毕其功于一役。这计划看起来是那么美好，唐文宗仿佛看到胜利在向他微笑。可是，唐文宗、李训、郑注等忘了一件事，就是王守澄固然厉害，仇士良更不是一个"吃素的"。这个曾经鞭打过元稹的家伙在唐顺宗时入宫，已历经五任皇帝，从最底层干起，一步一步爬到这么高的位置，绝对不是一个善茬。

大和九年（835）十一月二十一日，唐文宗到紫宸殿上朝，左金吾卫大将军韩约匆匆上殿来启奏说："左金吾官署后院的石榴树上，昨夜降下了甘露。"甘露，就是甜美的露水。这个词最早出现在老子的《道德经》第三十二章："天地相合，以降甘露，民莫之令而自均。"意思是天地间阴阳之气相合时，就会降下甘露，它不会随着人们的意志而产生。因此，古人认为天降甘露是吉祥的征兆，天下也将太平久安。这么吉祥的一件事，一下子勾起了唐文宗的兴趣，于是便带着百官前去观看。为慎重起见，唐文宗派李训等人先去探个虚实，过了好久李训才回来，并向唐文宗禀报：经过仔细查验，好像不是真的甘露。唐文宗将信将疑，又派仇士良等带领一群宦官再去查验。仇士良前脚刚走，李训马上暗下命令，立即实施灭杀宦官的计划。原来，并没有什么甘露，只不过是李训等人的一个圈套，他们早在左金吾官署后院布下了天罗地网，就等仇士良等宦官往里面钻了。

到目前为止，一切进行得十分顺利。如果没有那一阵风吹过来，唐文宗李昂也许就可以跟他的祖先李世民一样，成为"千古一帝"了。可惜啊，历史没有如果。当仇士良率领一大批宦官来到左金吾官署时，恰好一阵风掀起了院中的帐幕，露出了埋伏在里面的兵士。千钧一发之际，仇士良展示出了高超的政治智慧，他反应极快，立即转身就往外跑，并第一时间控制住唐文宗的轿子，连人带轿劫持，躲进了宫里，随即开始"挟天子以令诸侯"，派出神策军到处抓人、杀人。据不完全统计，当时的长安城因此次事变牵连而被处死者数以千计，"亲属无问亲疏皆死，孩稚无遗，妻女不死者没为官婢"。

事情发展到这种地步，我只能替唐文宗惋惜，因为他用错一个人，输掉了"整盘棋"：这个李训志大才疏、私心极重，此前他和郑注本来约定在十一月二十七日王守澄下葬那一天，由郑注以协助维护王守澄的葬礼秩序为名，带领数百名精兵"保驾"。同时奏请唐文宗，命神策军护军中尉以下所有宦官都去为王守澄送葬。届时，郑注乘机关闭墓门，将宦官一网打尽。但李训后来动了私心，觉得这样做，诛除宦官的功劳就会全部记在郑注的头上，太不划算了。于是，便安排自己的亲信暗中招募士卒，提前实施行动计划。结果不仅害得上千人为此丢了性命，还让唐文宗李昂彻底沦为宦官手中的傀儡，重振大唐雄风的千秋伟业从此再也没有了机会。真是不怕神一样的对手，就怕猪一样的队友。

由唐文宗李昂授意、李训等人具体实施的意图消灭仇士良等宦官的这次事变，因为是借观赏甘露之名而来，所以史称"甘露之变"。甘露之变以后，"天下事皆决于北司，宰相行文书而已"，宦官"迫胁天子，下视宰相，陵暴朝士如草芥"。也就是说，宦官从此上可以迫胁天子，下可以藐视宰相，他们一直牢牢地掌握着唐代军政大权，甚至君主的废立、生杀也是由宦官说了算。在此后很长一段时间，中书省、门下省的官员每天上朝时，因担心随时会被宦官所杀，都要提前与家人告别。可怜的唐文宗李昂此后就像被宦官豢养的一只猪，除了吃喝，啥事也做不了，几年后郁郁而终。大家读一读唐文宗在宫中写的那首《宫中题》，便可了解这位想干事的皇帝是多么凄苦和无助：

辇路生秋草，上林花满枝。

凭高何限意，无复侍臣知。

面对这突如其来的巨大变故，已经六十四岁且身在洛阳的白居易，一方面为自己远离政治旋涡而感到庆幸，另一方面对唐王朝的前途已经不抱希望。联想到自己六十多年的人生经历，尽管有些心灰意懒，也仅仅是心底的一丝微澜而已。每天，白居易要么去少室山游玩、去香山寺礼佛，要么和一帮朋友谈天说地、饮酒品茶，日子过得逍遥自在、波澜不惊。比较难熬的是到了晚上，当一个人枯坐灯前时，脑海里总会有一个人影在盘旋，即使沉沉睡去，这个人影依然面带微笑，静静地望着自己，形象仿佛很清晰又仿佛很模糊。微之啊，是你来看我了吗？无限惆怅之中，白居易把对元稹的无限思念，化作了一首感人至深的经典诗篇：

夜来携手梦同游，晨起盈巾泪莫收。

漳浦老身三度病，咸阳宿草八回秋。

君埋泉下泥销骨，我寄人间雪满头。

阿卫韩郎相次去，夜台茫昧得知不？

这首《梦微之》是白居易在元稹去世九年后所作的一首悼亡诗。白居易说，微之啊，昨天夜里我梦见你了，还同你手牵着手尽兴地游玩。早晨醒来时，我的泪水湿透了枕巾，怎么擦也擦不干。你走之后，我在漳浦这个地方曾三次生病，长安城的杂草也已经八次枯荣。想到你去了九泉之下，尸骨已经风化成泥沙，我尽管还寄住在人间，如今也是满头白发。微之啊，我想告诉你，你的小儿子阿卫和女婿韩郎也已经先后离开人世，你在渺茫昏暗的黄泉中能够收到他们的消息吗？

这是我读到的最感人的一首悼亡诗，它不仅能让人品味到什么是真正的相濡以沫，也能让人深切体会到老年白居易内心充满的荒凉。岁月不饶人啊！想当年，"慈恩塔下题名处，十七人中最少年"的白居易是何等意气风发；现如今，岁月这把杀猪刀，把白居易"绞"得浑身是病，步履蹒跚。真的是老了！老年人最怕的是什么？是精神上的孤独。元稹去世后，白居易没了可以交心的朋友，整个人仿佛都空了，只剩下尚有温度的皮囊。幸运的是，恰在此时，刘禹锡走进了他的精神世界，他们这对同龄人成了相互的精神寄托。以前总给元稹写诗的白居易，从此开始与刘禹锡频繁交流自己的人生体会，如《咏老赠梦得》：

> 与君俱老也，自问老何如。
> 眼涩夜先卧，头慵朝未梳。
> 有时扶杖出，尽日闭门居。
> 懒照新磨镜，休看小字书。
> 情于故人重，迹共少年疏。
> 唯是闲谈兴，相逢尚有余。

　　读白居易的这首咏老诗，总体感觉他有点矫情。白居易悲伤地说，人老了，什么毛病都来了。眼睛越来越不行，没有办法看字较小的书籍了；头发稀少，也懒得梳了；腿脚不便，也不想出门了；与朋友的交往不多了，大家在一起也就只能聊聊天了。估计大家会觉得白居易犯了老年人爱唠叨的毛病，连诗也写得那么啰唆。接下来，我比较感兴趣的是，向来旷达乐观的刘禹锡是如何看待老年的人生？大家不妨继续读下去，因为刘禹锡的回答可以让人再次品味到"病树前头万木春"的勃勃生机。

忘年之交

在我国古典诗文中，尽管有不少人会主动谈及衰老和死亡，但总体格调是悲伤的。这不奇怪，谁不想青春永驻，谁又不想长生不老？但心想未必事成。在自然规律面前，谁也不要指望能够战胜时间，更不要奢望人定胜天。因此，总有一些文人骚客会坦然看待人的生老病死，如陶渊明，他认为"死去何所道，托体同山阿"；又如王维，在老之将至时，就喜欢一个人在终南山中乱转悠，如果"行到水穷处"，干脆"坐看云起时"，超然物外，静待岁月流逝。而我尽管算不上道地的文人，也一样要面对时间的流逝、青春的远去，我曾填过一首《鹧鸪天》，抄录下来供大家"拍拍砖"：

鸟掠枝头一瞬间，无痕春梦鹧鸪天。行云流水云得意，流水行云水自闲。

你一语，我一言，浅斟低唱话流年。东风误入红尘网，却笑红尘不自然。

怎么样，比白居易的咏老诗格调是不是要高一点？估计绝大多数人不会同意我的观点，甚至会嘲笑我太不知天高地厚了。但我并不在乎，人生中最妙的风景是自己内心的淡定和从容，到最后人们会发现，世界是自己的，与别人毫无关系。

刘禹锡就是这样一个人，该吃吃、该喝喝、该睡睡、该玩玩，操那么多没用的闲心干吗？在接到白居易的咏老诗时，已是满头白发的他微微一笑，心想，这个白居易，还字乐天呢，诗里哪有一点乐天的味道，太多愁善感了吧！看来，我老刘必须好好地开导开导他。唉，我老刘也太不容易了，过去要经常做子厚老弟的思想工作，现在又要劳力费神疏解白乐天的悲观情绪。没办法，谁叫我们是朋友呢。江湖上传言"朋友很消极，去找刘禹锡；朋友心不热，温暖靠梦得"，此言不虚啊！大家看那首《酬乐天咏老见示》，不仅让白居易身心通泰，还给后世留下了"金光闪闪"、千古传诵的名句，而且该名句成了无数老年人的座右铭：

　　　　人谁不愿老，老去有谁怜。
　　　　身瘦带频减，发稀冠自偏。
　　　　废书缘惜眼，多灸为随年。
　　　　经事还谙事，阅人如阅川。
　　　　细思皆幸矣，下此便翛然。
　　　　莫道桑榆晚，微霞尚满天。

刘禹锡告诉白居易，乐天啊，生老病死是自然规律，完全没有必要大惊小怪。身体瘦了，就把腰带紧一紧；头发少了帽子戴不稳，那就让帽子歪歪地扣在脑袋上，也没什么大不了。不能看书，正好可以保护眼睛，这是好事啊！你若是觉得太无聊，就去用艾灸调理身体，那绝对是一种美妙的享受。年纪大了又能怎样？像我们这些上了年纪的老人，最大的优势就是经事无数、阅人无数，什么功名利禄、荣华富贵，都是过眼云烟，早就看透了。所以啊，乐天兄，不要以为太阳到达桑榆之间，就感到黑暗即将来临。人生步入暮年，你要看到此时落日的霞光余晖，照样可以映红满天、灿烂无比。

刘禹锡真是一个暖男啊，浑身充满了正能量，他用一个令人神往的深情比喻，衬托出一种乐观豁达、积极进取的人生态度。可惜我生不逢时，没能交上刘禹锡这样的朋友。其实也不必过于可惜，因为"师傅领进门，修行看个人"，能遇上刘禹锡这样的朋友固然重要，关键还是取决于自己的人生态度。在北宋年间，也有两位著名文人在没有遇到"刘禹锡"的情况下，凭着自身的领悟，向后世展示出令人忍俊不禁的"老顽童"形象。

一位是北宋文坛领袖欧阳修，他在颍州（今安徽阜阳）担任知州期间，曾经写过一首《浣溪沙》：

> 堤上游人逐画船，拍堤春水四垂天。绿杨楼外出秋千。
> 白发戴花君莫笑，六幺催拍盏频传。人生何处似尊前。

大家看看欧阳修描写的画面：一个满头白发的老翁，头上居然还戴着鲜花，随着委婉动听的《六幺》琵琶曲调，频频地与朋友推杯换盏。人生什么时候都能像饮酒一样轻松惬意，没有必要有太多的愁苦而自寻烦恼吧。

另一位是与苏轼齐名的黄庭坚。他在 1105 年（宋徽宗崇宁四年）的重阳节，填了一首《南乡子》。该词有一则小序，交代了写作的时间和地点："重阳日，宜州城楼宴集，即席作。"

诸将说封侯，短笛长歌独倚楼。万事尽随风雨去，休休，戏马台南金络头。

催酒莫迟留，酒味今秋似去秋。花向老人头上笑，羞羞，白发簪花不解愁。

这是黄庭坚生前度过的最后一个重阳节，因此此词堪称他的绝笔之作。词的大意是，在诸将都在谈论封侯之事的时候，我却独倚高楼，和着悠扬的竹笛，放声高歌。自古以来，世事都在风吹雨打中悄然而逝，号称"南朝第一帝"的刘裕当年在重阳节登临戏马台，与群臣宴会的盛况早已一去不复返。既然岁月不能回流，那就请你不要停下手中的酒杯，去开怀畅饮吧，因为只有这酒味的醇香依然如旧。你看，插在我老人家头上的鲜花正羞羞地笑着呢，谁能分得清是白发老人在发愁，还是簪花充满着忧愁？在这首《南乡子》中，黄庭坚对自己一生所经历的风雨坎坷，表达了无限深沉的感慨，对功名、富贵表示出了鄙弃，并抒发了纵酒狂欢、笑傲人世的旷达之情，通篇词作在豪放中隐隐有一股凌厉之气。

欧阳修也好，黄庭坚也罢，都跟白居易相差了两百多年，他们在面对衰老和死亡时所持的人生态度，白居易并不知情，也没办法知情，他现在关心的是，谁能够写首诗把刘禹锡的嘚瑟劲头给灭一灭？这老家伙，六十多岁快进棺材的人了，还跟我扯什么"微霞尚满天"呢！有一天，当他读到一首仅仅二十个字的五言绝句时，顿觉如获至宝。这首题为《登乐游原》的小诗，也让我认识到晚唐还有一位很牛的诗人，他的名字叫李商隐。

简要介绍一下这位牛人：李商隐（约813—约858），字义山，号玉谿生，祖籍怀州河内（今河南沁阳），出生于郑州荥阳（今河南荥阳），晚唐著名诗人，与杜牧合称"小李杜"，又与李白、李贺合称"三李"，还与温庭筠合称"温李"。因诗文与同时期的段成式、温庭筠风格相近，且三人都在家族里排行第十六，故并称为"三十六体"。

李商隐的一生可以说非常曲折，他才华横溢，却严重缺乏政治情商。如果你要问李商隐的政治智慧缺到什么程度，那我举个例子告诉你吧：当时，朝廷中"牛党"和"李党"两派水火不容式的争斗，"地球人都知道"，然而李商隐却对朝廷各个派系之间的明争暗斗茫然无知。李商隐二十五岁（837年）时由令狐楚、令狐绹父子推举得中进士，不久后令狐楚就去世了，可以说令狐楚、令狐绹父子是李商隐的恩人。后来，李商隐又被王茂元看中，王茂元甚至让李商隐做了自己的女婿。问题就出在这里，李商隐啊李商隐，难道你不知道王茂元是"李党"的重要人物，而令狐绹属于"牛党"吗？在别人眼里，李商隐的行为属于脚踏两只船，是墙头草、两面派。用现在的话说，就是政治立场不坚定。李商隐跳到黄河也洗不清，两头不讨好，从此陷入牛李党争之中而不能自拔，在官场上基本被判了死刑。

不过话又说回来，古今中外，一个人能够名垂青史，跟他的官职大小没有必然关系。有一天，李商隐和朋友一起登上乐游原，望着眼前的景色，无限感慨，写下了那首千古流传的《登乐游原》：

向晚意不适，驱车登古原。
夕阳无限好，只是近黄昏。

乐游原是唐代京城长安的游览胜地，直至中晚唐之交，此地仍然是京城人游玩的好去处。同时因为地势较高，便于览胜，文人墨客也经常来此作诗抒怀。唐代诗人在乐游原留下了近百首珠玑绝句，历来为世人所称道。其中，最著名的当属诗仙李白的《忆秦娥》：

箫声咽，秦娥梦断秦楼月。秦楼月，年年柳色，灞陵伤别。

乐游原上清秋节，咸阳古道音尘绝。音尘绝，西风残照，汉家陵阙。

在乐游原上，李商隐幽幽地说，临近傍晚时分，心情不太舒畅，驾车登上乐游原，只想把烦恼遣散。看见无限美好的夕阳，一片金光灿烂；很可惜黄昏将近，美好时光终究短暂。这首诗之所以深受白居易的喜爱，是因为他对此感同身受。我想，如果换作刘禹锡，他一定会这样理解：朋友们请看，这无边无际、灿烂辉煌、把大地照耀得如同黄金世界的斜阳，才是最真的大美，而这种美，在临近黄昏时尤其令人陶醉和惊叹。

在中晚唐，白居易的诗名可以用"他说第二，没人敢称第一"来形容。在那个年代，社会上有许多白居易的粉丝。据史料记载，荆州有一位名叫葛清的街卒，对白居易诗歌的喜爱可以说到了狂热痴迷的程度，葛清"自颈以下遍刺白居易舍人诗，凡三十余处"，连后背也刻上了白居易的诗句，且配了图画，简直是图文并茂。这"体无完肤"的杰作，被人戏称为"白舍人行诗图"。为此，葛清还练就了一手绝活儿，如果有人问白居易的某首诗在其身体哪一处，他能用反手准确地指出位置。（"若人问之，悉能反手指其去处，沾沾自喜。"）

可以说，大红大紫的白居易绝对是当时的诗坛一哥。然而，令很多人大跌眼镜的是，江湖地位如此之高的白居易也曾做过"追星族"。都是一哥了，他还能佩服谁？是韩愈、柳宗元、刘禹锡，还是元稹？都不是。说出来简直令人难以置信，白居易所追捧的"明星"竟然是比他小四十岁左右的李商隐。我的天啊，小四十岁左右，照此推算，李商隐可以做白居易的孙子。事实就是这样，爷爷辈的白居易就是孙子辈的李商隐的铁杆粉丝。

白居易认识李商隐应该是在829年。当时，白居易在洛阳与刘禹锡、裴度、元稹等名士诗文唱和，过从甚密。经过短暂的交往之后，白居易对年仅十几岁的李商隐大有相见恨晚之感，他们俩很快就成为忘年之交。北宋人蔡居厚在《蔡宽夫诗话》中记载了这么一件事："白乐天晚极喜李义山诗文，尝谓我死得为尔子足矣。义山生子，遂以白老字之。"也就是说，白居易晚年的时候，因为太过喜爱李商隐的诗，声称在其死后愿投胎做李商隐的儿子。李商隐也很有意思，没跟白居易前辈客气，儿子出生后，干脆给这个儿子取字为"白老"。可惜此儿智商不高，长大之后更无半点诗情。大家都看出他不是当诗人的料，不免为白居易鸣不平。诗人温庭筠就拿他开玩笑：你要是白乐天转世，那也太辱没他了吧？《唐才子传》中也记载了这个故事，并称愚钝的白老是李商隐的大儿子。几年后，李商隐有了小儿子衮师，这个孩子聪明活泼，大家又开玩笑，说他才是白居易转世。

也难怪白居易喜欢李商隐的诗，这位老兄的诗确实写得好，用词造句和意境均独树一帜。此外，李商隐写诗还有一个与众不同的地方，就是太懒，懒得连诗的名字也不愿意取，而是干脆叫《无题》。随便举两个例子吧，我们先看第一首《无题》：

> 相见时难别亦难，东风无力百花残。
> 春蚕到死丝方尽，蜡炬成灰泪始干。
> 晓镜但愁云鬓改，夜吟应觉月光寒。
> 蓬山此去无多路，青鸟殷勤为探看。

熟悉吧，尤其是前四句，就像熟透了的苹果，芳香四溢。如果是李商隐出题考你，你觉得应该给此诗拟一个什么题目呢？再看第二首《无题》：

> 昨夜星辰昨夜风，画楼西畔桂堂东。
> 身无彩凤双飞翼，心有灵犀一点通。
> 隔座送钩春酒暖，分曹射覆蜡灯红。
> 嗟余听鼓应官去，走马兰台类转蓬。

按照个人的理解，我试着用现代语言翻译一下：昨夜的星光灿烂无比，夜半时分凉风习习，你看那画楼西畔、桂堂之东，我们摆上了一桌桌丰盛的酒席。尽管我们身上无彩凤的双翼，不能比翼齐飞，但大家的感情息息相通，内心如同装有灵犀。泛红的烛光映照着我们的脸庞，暖心的春酒陶醉了我们的心情，我们隔座相对饮，分组行酒令，毫无顾忌地猜钩嬉戏。可叹啊，冰冷的五更鼓声不知趣地响起，一想到要立即策马去兰台，干那些很无聊的差事，身心就像那随风飘转的蓬蒿，无所可依。

读完这首《无题》诗，又能给它拟一个什么样的标题？说实话，还真的不好拟。因为它既像写给不能长久相伴的恋人，又像哀叹怀才不遇，抱怨寂寞无聊的官宦生涯；全诗的格调仿佛很哀婉凄凉，又好像很轻松明快。若换种心情再仔细琢磨琢磨，又是另一种味道。如此看来，李商隐的诗题目为《无题》，倒是有些道理和妙处，它可以让读者的想象力毫无约束地放飞。

851 年，李商隐的生活遭受了一次重大打击——妻子王氏因病去世。为了排解心中的痛苦，李商隐接受了西川节度使柳仲郢之邀，来到梓州担任参军一职。在梓州的四年期间，李商隐的日子过得十分平淡，也渐渐看清了官场的腐败和黑暗，并淡化了对功名的追求。在一个秋季的雨夜，李商隐饱含深情地写下一首七言绝句《夜雨寄北》，以表达对亡妻的炽烈思念：

君问归期未有期，巴山夜雨涨秋池。
何当共剪西窗烛，却话巴山夜雨时。

　　这是一首即兴写来的著名抒情诗，作品一反李商隐晦涩难懂的写作风格，短短二十八个字，却道出了其刹那间情感的曲折变化，看不出一丝修饰的痕迹，语言明白如话，质朴自然，余味无穷。而在另一首著名的《锦瑟》诗中，李商隐又玩起了捉迷藏，大家看看他到底想表达什么意思：

> 锦瑟无端五十弦，一弦一柱思华年。
> 庄生晓梦迷蝴蝶，望帝春心托杜鹃。
> 沧海月明珠有泪，蓝田日暖玉生烟。
> 此情可待成追忆，只是当时已惘然。

　　对于这首广为传诵的《锦瑟》，历来有不同的解读，我认为它应该是一首凭吊妻子王氏的诗。全诗将象征、隐喻的手法运用得非常巧妙，首联以"景"铺垫，看到素女弹五十弦瑟而触景生情；颔联以"喻"暗示，借庄周化蝶、杜鹃啼血的典故喻示妻子死亡；颈联借"幻"化情，珍珠为之落泪，宝玉为之忧伤；尾联抒"叹"以感，情已远逝，追思也是惘然。

　　另一种大家比较认同的解读是李商隐对逝去年华的追忆。首联"起"，借五十弦之瑟喻示人生之五十年华；颔联"承"，在浑然不觉间，人生即将走到尽头；颈联"转"，以明珠和宝玉象征自己的才华；尾联"合"，无情岁月催人老，一切都是惘然。

在现实生活中，人们总是想拥有美好的东西，比如青春，比如富贵，比如爱情……然而，时间却像一把无情之剑，随时随地都会斩断人的一切欲念，带走每个人的一切美好。义山老兄啊，既然一切都是惘然，何不学一学白居易和刘禹锡这两位老前辈，去陶然一醉呢？

陶然一醉

四合连山缭绕青，三川滉漾素波明。

春风不识兴亡意，草色年年满故城。

这是北宋历史学家司马光写的一首七言绝句。考一考大

图 10　陶然一醉（刘朝云绘）

家，他写的是哪一座城市？提示一下，这座城市四面环山、六水并流。嗯，猜不出来？没关系，我们接着看司马光写的第二首：

> 烟悉雨啸黍华生，宫阙籍裳旧帝京。
> 若问古今兴废事，请君只看洛阳城。

不用猜了，答案就在诗中，就是洛阳。司马光不愧为历史大家，他写的这两首《过故洛阳城》诗，充满了历史沧桑感。他说，如果想了解人世间的兴衰更替，千万不要去问春风，来古都洛阳城看看吧。当你看到这满城碧草中、风雨烟雾里，那残垣断壁、废墟败瓦，就能深深领悟"是非成败转头空，青山依旧在，几度夕阳红"。

其实，北宋时期的洛阳是仅次于都城东京（开封）的第二大城市，当时称洛阳为西京，其繁华程度不亚于开封。而在唐代，洛阳更是都城长安的陪都，号称东都。在我国几千年的历史长河中，洛阳的辉煌远不止于唐宋。下面，我们就把目光投向洛阳。

洛阳，简称"洛"，因地处古洛水之阳而得名。洛阳又位于九州腹地，是古人认为的"天下之中"，"中国"最初是指洛阳一带。洛阳有五千多年文明史、四千多年建城史和一千五百多年的建都史。洛河和黄河交汇的地区被称为河洛地区，这个地区是华夏文明的发祥地，河洛文化被称为中华文明的根文化，从这个意义讲，洛阳是中华儿女的精神故里。从夏朝开始，洛阳先后成为十三个朝代的都城。在我国四大古都（西安、洛阳、北京、南京）中，洛阳是建都年代最早、建都时间最长、建都朝代最多的古都。洛阳还是隋唐大运河的中心枢纽城市，是唯一被联合国确定为世界文化名城的中国城市，与雅典、麦加和耶路撒冷并称为世界四大圣城。洛阳也是中国历史上唯一被命名为"神都"的城市。相传伏羲之女溺亡于洛水，成为洛水之神，即通常所说的洛神，三国时期曹植据此作《洛神赋》。作为我国的政治、经济、文化中心长达一千多年，洛阳城在历史的长河中数度兴废，但与中华民族的命运始终相依。很多流传至今的史书，如司马迁的《史记》、班固的《汉书》、陈寿的《三国志》、司马光的《资治通鉴》，以及《尚书》《诗经》等，据传都是在这里创作的。被誉为我国小说开山之作的《周说》，以及汉代辞赋、建安文学、唐诗、宋词等都是在这里发源并流传各地的。

在洛阳城南十三公里处的香山西坳，有一座"危楼切汉、飞阁凌云"的寺庙，它就是闻名遐迩的香山寺。寺前一条伊河横穿而过，河对面就是举世闻名的世界文化遗产龙门石窟。香山寺始建于北魏熙平元年（516），武则天为帝时重修该寺，并经常到这里朝见官员和游玩，还留下了"香山赋诗夺锦袍"的佳话。这是怎么回事？听我细细道来：有一年，武则天带领群臣到洛阳龙门游玩，其间玩得很开心，便下令让群臣赋诗助兴，并规定诗文最佳者，将获赐锦袍一

件。左史东方虬的诗因写得又快又好，武则天兑现诺言，将
锦袍御赐予他。过了一会儿，宋之问也完稿了，忙将《龙
门应制》诗呈上御览，武则天及群臣读后，个个赞赏不已。
（"文理兼美，左右称善。"）武则天接下来的举动让大家吃
了一惊，她居然夺回赐给东方虬的锦袍，转赠于宋之问。这
一予一夺，不仅反映了武则天爱惜人才的任性，也证明了宋
之问文学上的过人之处。

832 年，白居易利用为元稹写墓志铭所得的钱，捐资
六七十万，再次重修香山寺，并撰写《修香山寺记》，由此
寺名大振。清代乾隆皇帝曾巡幸香山寺，称颂"龙门凡十
寺，第一数香山"。

在我看来，香山寺之所以引人瞩目，跟武则天、乾隆这
两位皇帝尽管有很大的关系，但肯定不是最大的。估计大家
猜到了我想说谁，是的，白居易。倒不完全是因为白居易曾
捐资重修了香山寺，而是他的江湖名望，让那个香山居士成
就了伊河之畔的香山寺。

在我国历史上，有一个很有趣的文化现象：一座城、一
座山、一条河，甚至一本书，会跟某一个历史人物联系在一
起。比如说到广东深圳，人们首先会想到邓小平；说到江西
井冈山，人们自然会想到毛泽东；说到潮州韩江，人们肯定
会想到大文豪韩愈；而《新青年》杂志，大家可能没读过里
面的文章，但一定知道那是陈独秀的阵地……不胜枚举。至
于香山寺，那是白居易的"专利"。

不仅是香山寺，整个洛阳城也跟白居易的名字紧密联系在一起。自829年开始任太子宾客，分司东都，翌年又担任河南尹一职，白居易基本上没有离开过洛阳，一直到去世，前后长达十八年之久。在洛阳期间，白居易主要有四大收获：一是认识了青年才俊李商隐，白居易不仅愿意来世做李商隐之子，还委托李商隐在自己死后帮忙撰写墓志铭；二是与如满和尚等人组成了"香山九老会"吟诗作词、诵经礼佛小沙龙，让自己的晚年生活不寂寞；三是与刘禹锡成了最好的朋友，填补了元稹去世后自己精神上的空白；四是为自己找到了一块十分满意的墓地，即香山寺内如满大师塔侧。

自元稹去世后，刘禹锡就成了白居易最好的朋友。人生有如此年龄相仿、性情相投、才华相若的朋友，真是让人感到羡慕、嫉妒、不恨啊。白居易和刘禹锡也不辜负这上天赐予的机会，联袂上演了一出又一出温馨的"夕阳红"。

刘禹锡说，乐天兄，我们都老了，老很可怕吗？你看，我们还能欣赏到曲江的春色，我们还能大快朵颐、大碗喝酒，我虽出走半生，归来仍是少年。请大家读一读刘禹锡的《杏园花下酬乐天见赠》：

> 二十余年作逐臣，归来还见曲江春。
> 游人莫笑白头醉，老醉花间有几人。

向来多愁善感的白居易，在刘禹锡的感染之下，也变得开朗了许多，时不时还会在刘禹锡面前开个玩笑卖萌，苍凉中不乏俏皮。大家看他写的那首《戏赠梦得兼呈思黯》：

> 霜鬓莫欺今老矣，一杯莫笑便陶然。
> 陈郎中处为高户，裴使君前作少年。
> 顾我独狂多自哂，与君同病最相怜。
> 月终斋满谁开素，须拟奇章置一筵。

白居易说，梦得啊，我们俩现在是同病相怜。白发就像春风中的野草，在我们头上疯长。酒量尽管还行，但每次只能喝一小杯，你可不要嘲笑我，跟你在一起喝酒，即使是小小一杯，已让我开心无比。别看我们年近古稀，但在九十多岁的裴使君面前，我们还是少年郎呢。到了月底，我就可以开斋吃肉了，我们去置一桌酒席，并把各自的文章拿出来，作为下酒的"硬菜"，你觉得如何？

对于白居易的建议，刘禹锡突发奇想：乐天兄，我曾读过你写的一首诗，其中有一句"樱桃樊素口，杨柳小蛮腰"，诗中的樊素和小蛮都是你的家伎。兄台用杨柳形容女子风情万种，可见也喜欢杨柳树的婀娜多姿。我在朗州和夔州任职期间，根据当地风土人情，创作了不少《竹枝词》，这些词跟杨柳树也有很大的关系。我们就以《杨柳枝》为题，相互作诗，自得其乐，怎么样？好事啊！于是，这两个小老头饶有兴趣地对长安、洛阳、杭州、苏州等地之柳，以七言绝句的形式一一吟诵出来。据统计，白居易前后写了八首，刘禹锡总共写了九首。其中最有名的是刘禹锡的两首咏柳诗，一首是咏长安之柳：

城外春风吹酒旗，行人挥袂日西时。
长安陌上无穷树，唯有垂杨管别离。

还有一首是咏扬州隋堤之柳：

炀帝行宫汴水滨，数株残柳不胜春。
晚来风起花如雪，飞入宫墙不见人。

刘禹锡的咏柳诗一下子勾起了白居易对往事的回忆，他想起了在杭州时的美好时光，想到了那如诗如画的烟雨江南。他百感交集，情不自禁地用那苍老的声音高歌一曲《忆江南》：

江南好，风景旧曾谙。日出江花红胜火，春来江水绿如蓝。能不忆江南？
江南忆，最忆是杭州。山寺月中寻桂子，郡亭枕上看潮头。何日更重游？

白居易的词作《忆江南》其实有三首，只不过这两首流传最广。在现在很多人看来，可能认为词这种文学体裁是宋代的"专利品"。其实不然，唐代时，词已经形成，而李白则被誉为"百代词曲之祖"。

还得说说刘禹锡，这位仁兄身上绝对有一种气场，跟他在一起，会感到很舒服、很来劲。即便是五音不全的人，在他的感染之下，也会无所顾忌地放声高歌一番。正人君子在他面前，会觉得很放松；势利小人在他面前，会不自觉地变得很紧张。他的政敌生怕他老在自己面前晃悠，便想方设法让他长时间在外地做官。如今，刘禹锡老了，他和白居易"白发渔樵江渚上，惯看秋月春风"。经常忧国忧民、一脸沧桑的白居易一见他就笑，两人对饮时，白居易一杯也陶然，一醉也陶然。

> 少时犹不忧生计，老后谁能惜酒钱。
> 共把十千沽一斗，相看七十欠三年。
> 闲征雅令穷经史，醉听清吟胜管弦。
> 更待菊黄家酝熟，共君一醉一陶然。

这是白居易在与刘禹锡喝酒后写的一首诗，诗题是《与梦得沽酒闲饮且约后期》。从诗题中看，白居易和刘禹锡就是一次闲饮。一个"闲"字，道出了他们无欲无求的悠然心境。写到这里，我又想感慨一番，不啰唆了，直接用自己填的词来表达吧，词牌《行香子》：

昨日陶陶，今日昭昭。谁堪破、欲念魔妖？朝思暮暮，暮想朝朝。望东山雄，南山峻，北山高。

灼灼如梦，似幻天天。酒千盏、只饮一勺。寒江独钓，竹杖吟箫。任奈何人，奈何事，奈何桥。

嘚瑟一下，这是我填的最满意的一首词，在微信朋友圈发出来后，喜欢的人好像还不少。哈哈，飘过飘过。我还是接着说白居易吧，他在与刘禹锡"陶然一醉"时，还与刘禹锡约好了下次相聚的时间，"更待菊黄家酝熟"。然而，自古以来，美好的约定不一定有美好的结果，如《天仙配》中的董永和七仙女，"十八相送"里的梁山伯和祝英台，还有当年柳宗元和刘禹锡在衡阳一别时的约定等，都是让人心酸的人间悲剧。可以说一个人从生到死，中间有无数的约定，最令人悲伤的约定是，当你摆好了酒席，等待朋友赴约时，却接到了他的死讯。

842年的夏天，刘禹锡在完成了自己的自传《子刘子自传》后，在洛阳溘然长逝，享年七十一岁。从刘禹锡生前为自己撰写自传这一举动看，他真是一个有大智慧的人，因为与其让后人指指点点，还不如自己给自己盖棺定论。刘禹锡非常自信而又自豪地告诉人们：我的一生我做主！在自传的最后，刘禹锡总结说，我这一生啊，"不夭不贱，天之祺兮。重屯累厄，数之奇兮。天与所长，不使施兮。人或加讪，心无疵兮"。若说我老刘这一生有福气吧，那我就不谦虚了，没错，我活得很长也不卑贱。若说我老刘没福气吧，呵呵，也没错，不仅多灾多难，而且一身天赋的才能得不到施展。但是，我可以拍着胸脯说，安能尽如人意，但求无愧我心，不管别人怎么看我，我刘禹锡就是一个堂堂正正的男子汉！

白居易是最早接到刘禹锡的死讯的，已经老态龙钟的他，此时连哭的力气也没有了，任由两行老泪流下脸庞，沾湿衣襟。他把无限悲伤化作两首七律，《哭刘尚书梦得》哭得感天动地：

> 四海齐名白与刘，百年交分两绸缪。
> 同贫同病退闲日，一死一生临老头。
> 杯酒英雄君与操，文章微婉我知丘。
> 贤豪虽殁精灵在，应共微之地下游。

放眼天下，也只有我白居易和你刘禹锡可以傲视群雄。我们曾经同贫同退、同病同醉，现如今，却阴阳两隔，一死一生。在我的心里，梦得兄的肉体虽然死去，但灵魂犹在。我很羡慕你啊梦得兄，从此以后，你可以和微之老弟在地下携手同游，陶然一醉。写到这里，白居易心想，不对啊，我一个人留在人世孤苦伶仃的，梦得和微之却在一起玩得不亦乐乎，不会把我忘了吧？不行，得赶紧提醒一下刘禹锡，让他永远记住，还有一位活在世上的好兄弟白乐天，正等着同他们相聚呢：

今日哭君吾道孤，寝门泪满白髭须。
不知箭折弓何用，兼恐唇亡齿亦枯。
宵宵穷泉埋宝玉，駸駸落景挂桑榆。
夜台暮齿期非远，但问前头相见无？

梦得啊，箭折了，弓又有何用？唇亡了，牙齿也会枯死。你走了，我估计也快了。黄泉路上，我们还能相见，一起去陶然一醉吗？

元稹走了，还有刘禹锡；现在刘禹锡也走了，只剩下残躯病体的白居易。他突然觉得自己的身子仿佛全空了，生活索然无趣。唉，先走的人未必不幸，活着的人却更痛苦。白居易再也没有了写诗的冲动，偶尔会翻一翻以前的作品。一日，他无意中看到元稹曾经写过的一首诗，不禁轻轻吟诵起来：

日暮嘉陵江水东，梨花万片逐江风。
江花何处最肠断，半落江流半在空。

这是当年元稹在出使东川途中，路过嘉陵江，在江边看见随风飘落的梨花时写的一首诗。你看，洁白如雪的梨花，随着江风漫天飞舞，是多么壮观的景致啊！可是，当你看到片片梨花落入江水之中，随波逐流而去，会觉得眼前的一切都是虚幻。白居易心想，花犹如此，人何以堪！必须为自己安排一下身后之事了。

此时，白居易想到了一个人。想知道是谁吗？请继续往下看。

潮打空城

刘禹锡去世四年之后（846 年），中晚唐诗坛地位最高、名头最响的白居易，终于走完了他七十五年丰富多彩的人生，安详地闭上了双眼。与他同一年去世的还有《悯农》的作者李绅。至此，772 年出生的诗人白居易、刘禹锡、李绅，全部"一抔黄土掩风流"。

这是一个时代的结束。在这个时代里，包括韩愈、柳宗元、元稹、李贺等在内的普通而又不凡的文人，他们在宦官乱政、藩镇割据、牛李党争等一连串的乌烟瘴气中，就像天上耀眼的星星，照亮了大唐王朝的夜空，撑起了大唐王朝最后的辉煌，为后世留下了宝贵的文化遗产和精神财富。

这也是另一个时代的开始。不幸的是，生活在这个时代的人们，十分痛苦地见证了一个千疮百孔的"巨人"慢慢地倒下。他们渴望重塑大唐王朝昔日的无限荣光，然而无情的现实，让他们如同茫茫大海中的一叶孤舟，显得那么的无助而绝望。即便如此，他们仍然顽强地用自己手中的笔，轻轻地划开那厚厚的云层，让自己的内心能够见到一丝阳光。

那一年初夏，命运多舛的李商隐离开长安，来到广西桂林。在一个黄昏时分，他登上门前高坡，俯临夹城（城门外的曲城），望着眼前久雨转晴后一片生机勃勃的景象，写下一首著名的五言诗《晚晴》：

> 深居俯夹城，春去夏犹清。
> 天意怜幽草，人间重晚晴。
> 并添高阁迥，微注小窗明。
> 越鸟巢干后，归飞体更轻。

李商隐说，我就是一棵久遭雨潦之苦在幽处生长的小草，突然遇到晴天的傍晚，得以沾染落日的余晖而平添生机。尽管晚晴美丽而短暂，请不要对它的匆匆即逝感到惋惜与惆怅。流注在小窗上的夕阳余晖，会给我带来一线光明。我愿是一只小鸟，在蓝天中自由地飞翔。

李商隐想自由地飞翔，可没那么容易。人世之间的许多事情，想不想是一回事，成不成却是另一回事。所谓心想事成，说得难听一点，那都是别人在忽悠你。但有一种情况除外，即朋友请托之事。比方说白居易，他想请李商隐为自己撰写墓志铭，李商隐回答说：成！谁叫我们是朋友呢。就这样，在白居易去世之后，李商隐践行诺言，为这位前辈撰写了《刑部尚书致仕赠尚书右仆射太原白公墓碑铭》，并流传于世。

心想事成的白居易只剩下最后一个愿望了，那就是在黄泉路上，再见到刘禹锡和元稹。白居易一到新的地方，便立即开始寻找好友之旅。他恍恍惚惚地觉得此时的天空显得很混沌，自己好像走在一条一眼也看不到尽头的小路上，路上没有一个行人，路两旁长满了杂草和一些叫不出名字的野花。也不知走了多长时间，一片被轻雾所笼罩的丘陵出现在他面前，隐隐约约地还能听到流水的声音。也许是这水流声刺激了白居易的神经，他顿时感到很兴奋，便沿着水声传来的方向跑了过去。

原来这是一条河，河面很宽，对面的树林看起来不太清晰，河水倒是比较清澈，在岸边还能见到小鱼游来游去。白居易很纳闷，这是什么地方？难道我已经走到长江边了？他沿着江边茫然地走着，一路上还是没人，偶尔有小鸟从头上飞过。走着走着，白居易发现前面有一个渡口，一条木制小船横靠在岸边。他快步走到近前，不由得大失所望，这是一条无人的渡船。白居易跳到船上，顿时惊得目瞪口呆，船舱内吃的、喝的居然一应俱全。这是怎么回事？明明没有人，为什么船内准备了生活必需品？白居易认真察看船上的一切，忽然在左边的船帮发现了非常模糊的字迹，经过仔细辨认，原来是"乌江浦"三个字。

白居易一下子明白了，此地就是当年西楚霸王项羽自刎身亡的乌江亭。要在平时，白居易一定会在这里凭吊一番。可现在他没有这个心情，一心只想着寻找刘禹锡和元稹，便不在乌江亭流连，当即操起木桨，划着木船，向江对面驶去。

划着划着，白居易看到前面有一座山峰突出江中，江面越来越窄，江水越来越急。白居易慢慢将小船靠到岸边，便弃舟上岸，登上了峰顶，只见在石壁的一侧，赫然雕刻着四个遒劲的大字：千古一秀。原来这就是号称长江三大名矶之一的采石矶，原名牛渚矶，自古为大江南北重要津渡，也是江防重镇，相传为诗仙李白醉酒捉月溺死之处。白居易心想，我们这代人都是读着李白前辈的诗长大的，既然到了这里，李白之墓不能不祭。于是，白居易在采石矶附近找到李白墓，对着已经长满杂草的墓碑深深一拜，并留下一首诗，便扬长而去。

采石江边李白坟，绕田无限草连云。
可怜荒垄穷泉骨，曾有惊天动地文。
但是诗人多薄命，就中沦落不过君。
渚苹溪草犹堪荐，大雅遗风不可闻。

白居易也不休息，继续赶路。又不知过了多久，终于看到前面有一座古城，城中炊烟袅袅，人来人往。白居易深深地吸了一口气，稍稍平复一下喜悦的心情，他有一种预感，刘禹锡等人也许就在这里。

白居易快步走进城内，看到有一个人正在向一群人招手，而那群人似乎依依不舍，其中有位年轻女子捧着一坛酒递到那个人手中，那人接过来后便一饮而尽。白居易心想，

此人人缘那么好，会不会是刘禹锡啊？正犹豫着，只见那个
人摊开双手，对着送行的人大声唱了起来：

> 风吹柳花满店香，吴姬压酒唤客尝。
> 金陵子弟来相送，欲行不行各尽觞。
> 请君试问东流水，别意与之谁短长。

　　好熟悉的诗啊，白居易暗暗称奇，这不是诗仙李白写的
《金陵酒肆留别》吗？莫非那人就是李白？不对呀，前不久
我还在采石矶祭奠了他的坟墓，李白明明已经死了，我这是
见了鬼吗？正当白居易一脸疑惑之际，那人突然回过头来，
朝着白居易微微一笑。天啊，真的是诗仙李白！

　　是的，那人就是李白，这座古城就是金陵。金陵，也就
是现在的南京，南京的别称除了金陵外，还有建康、建业、
应天、石头城等。南京还是我国四大古都之一，而且是我国
四大古都中唯一未做过少数民族政权首都的城市。南京自古
以来还是一座崇文重教的城市，有"天下文枢""东南第一
学"的美誉，明清时期，我国一半以上的状元出自南京江南
贡院。这里的夫子庙、秦淮河、玄武湖、莫愁湖、栖霞山，
以及明孝陵、中山陵、总统府等，都是全国著名的旅游景
点。而盐水鸭、鸭血粉丝汤、鸡汁汤包等名小吃，想起来都
会让人流口水，"秦淮八绝"特色小吃更是蜚声中外。

　　在金陵街头偶遇李白，让白居易十分惊喜又十分迷茫。

他远远地朝着李白拱一拱手，便继续寻找刘禹锡，不知不觉中来到了台城。台城是三国时期孙吴都城建业城内的苑城，后毁于战乱。东晋成帝时，在苑城旧址上营建了新的宫城，命名为建康宫，又名显阳宫。望着眼前的残垣断壁，白居易心想，如果梦得在此，一定又会大发感慨了。正沉思中，白居易好像听到有人喊"乐天先生"，赶忙回头一看，却是一位并不认识的年轻后生。只听那位后生说："先生，您不认识我，我叫韦庄，是先祖韦应物的四世孙。晚辈写了一首台城诗，还望先生指点一二。"一听是韦应物的后人，白居易倍感亲切，便接过韦庄的诗，认真地读了起来：

> 江雨霏霏江草齐，六朝如梦鸟空啼。
>
> 无情最是台城柳，依旧烟笼十里堤。

江上春雨霏霏，岸边青草离离，六朝往事如梦，只剩春鸟悲啼。最无情的还是那台城外的垂柳，依旧轻烟般地笼罩十里长堤。"写得真好！"白居易不由得暗暗赞叹，韦苏州有这样才华横溢的后人，真是让人羡慕啊！

告别韦庄，白居易来到秦淮河边，一个熟悉的身影映入了自己的眼帘。白居易内心一阵狂喜，赶紧跑过去拍了拍那人的肩膀，大声叫道："梦得兄，总算找到你了。"那人回过头来，白居易一下子呆住了，十分尴尬地说："不好意思，认错人了，原来是牧之啊。"

　　此人正是杜牧。说起来很有意思，唐代诗人之间，相互推崇的很多，相互排斥的很少。但像杜牧那样，以晚辈的身份鄙视比自己地位更高、名气更大的白居易的例子，很难再找到第二个。杜牧因为自己的好朋友张祜曾受到白居易和元稹的打压，就非常瞧不起他们俩的为人，并以"诗体舛杂"（诗的样式和风格杂乱）等语来评价元白两人的诗。今天，在秦淮河畔与白居易不期而遇，杜牧有意想让白居易难堪，他以挑衅的口气对白居易说："晚辈最近写了两首诗，不知道乐天先生能不能赐教？"

　　早已把名利和胜负看得很淡的白居易，对杜牧的无礼不以为忤，很大度地接过杜牧的诗仔细地看了起来。第一首是《泊秦淮》：

　　　　烟笼寒水月笼沙，夜泊秦淮近酒家。
　　　　商女不知亡国恨，隔江犹唱后庭花。

　　第二首是《江南春》：

　　　　千里莺啼绿映红，水村山郭酒旗风。
　　　　南朝四百八十寺，多少楼台烟雨中。

　　白居易边看边点头，还时不时看看脚下流动的秦淮河水，思绪也随着河水向远处流去。他仿佛看到辽阔的江南，

图 11 水村山郭酒旗风（刘朝云绘）

到处绿树红花、莺歌燕舞，水边村寨、山麓城郭处处酒旗飘动。可是，那些笼罩在蒙蒙烟雨之中的古寺，能否告诉我，刘禹锡和元稹到底在哪里？读完之后，白居易也不想久留，只是朝杜牧竖起一个大拇指便匆匆离去。

　　白居易不停地找啊找啊，一路上还碰到了一些稀奇古怪的人和事。有人自称王安石，说比他小了两百多岁，今日在金陵有幸遇见白居易前辈，心里非常激动，他想为白居易前辈唱一曲自己填写的《桂枝香》，以此表达对香山居士的敬意：

　　登临送目，正故国晚秋，天气初肃。千里澄江似练，翠峰如簇。征帆去棹残阳里，背西风，酒旗斜矗。彩舟云淡，星河鹭起，画图难足。

念往昔，繁华竞逐，叹门外楼头，悲恨相续。千古凭高对此，谩嗟荣辱。六朝旧事随流水，但寒烟衰草凝绿。至今商女，时时犹唱，后庭遗曲。

白居易边听边对眼前这位衣着打扮和自己完全不一样的王安石刮目相看。该词将金陵壮丽的景色和历史内容不着痕迹地融合在一起，显示出作者高超的写作艺术，尤其是词中所表达的忧国忧民情怀，让白居易有一种似曾相识的感觉。令白居易感到奇怪的是，这首词的词牌名不仅闻所未闻，内容和风格也是耳目一新，他把脑袋都想破了，也想不出为什么会这样。

王安石唱毕，还将站在自己旁边的一位中年男子介绍给白居易。"这是苏轼，尽管是我的晚辈，但绝对是一个旷世奇才。他刚从黄州回来，还带回来一个外号'东坡'，所以大家都称他为东坡先生。"白居易大吃一惊，心想：自己曾在四川忠州做官的时候，也有一个外号叫"东坡"，眼前这个男子莫非是自己的投胎转世？正疑惑间，只见苏轼朝着白居易拱手一拜，面带微笑地说："晚生眉山苏轼，有幸在金陵遇见十分仰慕的白前辈，不胜惊喜。晚生在黄州时填了一首词，想作为初次见面的礼物，送给先生，还望前辈笑纳。"说罢，便双手奉上词作，白居易接过来一看，原来是一首

《定风波》。词首有一段小序："三月七日，沙湖道中遇雨，雨具先去，同行皆狼狈，余独不觉。已而遂晴，故作此。"

莫听穿林打叶声，何妨吟啸且徐行。竹杖芒鞋轻胜马，谁怕？一蓑烟雨任平生。

料峭春风吹酒醒，微冷，山头斜照却相迎。回首向来萧瑟处，归去，也无风雨也无晴。

途中偶然遇雨这一生活中的平常小事，居然能写得如此超凡脱俗，果然是奇才！后生可畏啊，老夫自愧弗如！即便豪放如梦得兄，也难以达到这一高度和境界。

还有一次，更是让白居易哭笑不得。一位长得英俊潇洒、风流倜傥的白面书生，见到白居易后，便自报家门，说他叫辛弃疾，比白前辈小了三百多岁。今日很开心，遇上了仰慕已久的香山居士，一定要请白居易去喝酒，并说他酒后会给白居易表演一套醉剑。白居易当场一脸懵，忍不住说了一句："小兄弟，你把我弄糊涂了。"辛弃疾说，前辈，我最近愁死了。您看我的家乡已被金人占领，我空有一身武功，却无法去前线杀敌；我有满腹才华，却难以得到施展。白前辈，您说我愁不愁？我现在一身都是愁啊！我想让自己快乐起来，您既然叫乐天，就一定有办法帮助我。前辈，这是我写给叶丞相的一首词，您看看，我真的没有忽悠您。

白居易根本就听不懂辛弃疾在说什么，当他读了辛弃疾的词后，又似乎全明白了。这是辛弃疾写的一首《菩萨蛮·金陵赏心亭为叶丞相赋》：

青山欲共高人语，联翩万马来无数。烟雨却低回，望来终不来。

人言头上发，总向愁中白。拍手笑沙鸥，一身都是愁。

词牌很熟悉，它源自诗仙李白。再一看内容，白居易先是对词中诙谐的语言报之一笑，继而心情顿时沉重起来。辛弃疾表面上是在笑沙鸥，其实在哀叹自己，这笑中全都是泪啊！白居易对辛弃疾凄然一笑，老夫现在也一身都是愁啊，不是因为得不到功名利禄，而是找不到我的好朋友刘禹锡和元稹。你那句"望来终不来"，道出了老夫现在的心事。唉，梦得、微之，你们在哪里呀？

白居易担心在后辈面前失态，婉拒了辛弃疾一起喝酒的邀请，便急忙离开。他一边走，一边抹眼泪，刘禹锡和元稹的影子在眼前不断地交替晃动。正彷徨中，他抬头看到一位面带悲伤的陌生人倚墙而立，在他头顶上方的墙面写有一首七言绝句。白居易走到近前，对着诗轻轻吟哦起来。原来这是唐末诗人高蟾的《金陵晚望》：

曾伴浮云归晚翠，犹陪落日泛秋声。
世间无限丹青手，一片伤心画不成。

　　我也曾经陪伴着浮云等待傍晚的来临，我也曾坐看落日的余晖、静听秋风的声音。休说世间有无数擅长绘画的高手，却没人能画出我此刻愁苦的心情。

　　这下可好，当年白居易在江州听到琵琶女弹曲后掩面而泣，今天读到《金陵晚望》，他再一次泪湿青衫。没有朋友的这段日子，白居易感到自己是多么失落和孤独。梦得啊梦得，难道你忘了我们当初的约定吗？你若再不现身，我可要爆粗口了。

　　奇迹就在这一刻出现了。就在此时，一个身影，一个即便烧成灰也能认出的身影，朝着白居易翩翩而来。白居易怔怔地望着这个身影，只见他面带微笑，灿灿然像一片红霞；脚不沾地，飘飘然像一朵浮云。而嘴巴也没闲着，那带有磁性的河洛口音，锵锵然像一口洪钟，震得整个《石头城》嗡嗡作响：

　　　　山围故国周遭在，潮打空城寂寞回。
　　　　淮水东边旧时月，夜深还过女墙来。

　　群山依旧，环绕着废弃的故都；潮水如昔，拍打着寂寞的空城。你看那淮水东边古老而清冷的明月，在夜半时分，俏皮地窥视这古老城墙上的女墙。

　　终于见到刘禹锡了。兄弟，我的好兄弟，你让我找得好苦啊！白居易紧紧抱住刘禹锡，生怕他再从自己身边溜走。刘禹锡倒是很淡定，他拉着白居易的手，朗朗地说：别叽叽歪歪的了，我们走吧，找微之去。

九曲黄河万里沙，浪淘风簸自天涯。
如今直上银河去，同到牵牛织女家。

此时的白居易开心得像一个孩子，还冷不丁冒出一个很傻的问题：直上银河，路在何方？刘禹锡白了白居易一眼，正要回答，突然怔在那里，一时语塞。

尾声 古道千年

粤赣边上，广东省南雄市和江西省大余县交界处，巍峨的罗霄山脉南段，有一座举世闻名的大庾岭。大庾岭在古时被称为庾岭要塞，是长江之南的五岭之一。这个要塞相传是在汉武帝时，有位名叫庾胜的将军在此构筑的军事关隘，因此被人称为庾岭。

2019 年 1 月，我们几位大学同学带着家人相约来到大庾岭下。在距离大余县城十公里的地方，有一条梅关古道。古道约六尺宽，路面整齐地铺着鹅卵石，道旁是繁茂的灌木丛，两侧山崖树木葱茏，层峦叠翠。古道像一条巨龙懒

图 12 梅岭古道（刘朝云绘）

洋洋地横卧在梅岭之上，梅岭相传是根据南迁越人首领梅绢的姓氏命名的，但现代人更愿意相信，梅岭之名的由来，是因为此地遍种梅树，每年冬季，不同颜色的梅花在这条古道两旁竞相斗艳，宛如一片梅花的海洋，名之"梅岭"，理所当然。

我最初知道梅岭这个地方，是源于中学语文课文中陈毅元帅的《梅岭三章》，尤其是第一首："断头今日意如何？创业艰难百战多。此去泉台招旧部，旌旗十万斩阎罗。"将近四十年过去，至今闭着眼睛也能背下来。1988年7月，我被分配到深圳市工作，逐渐行走了广东省的许多地方，尤其对粤赣交界处的梅关古道和珠玑巷非常感兴趣。其间，多次到此地游览，凭吊古迹，想象着唐宋时期的文人官员被流放、被贬谪时，途经梅关古道和珠玑巷时的情景。这次与多位同学再游梅关古道，我可以算作半个导游。

梅关古道始通于秦汉。公元前213年，秦始皇在五岭开山道筑三关，即横浦关、阳山关、湟鸡谷关，打开了沟通南北的三条孔道。横浦关就筑在梅岭顶上，因此梅关在秦时称横浦关，也叫秦关，后来横浦关为战争所毁。

在我国历史上，有许多条对后世的经济和文化产生深远影响的古驿道，如秦岭古道、剑门蜀道、徽杭古道等，其中最著名的莫过于丝绸古道、茶马古道和唐蕃古道。在我的心目中，这些古驿道虽然像一条条珍珠项链，"镶嵌"在祖国的壮丽河山上，但总体感觉都不如梅关古道那么让人心动，那么令人悠然神往。之所以有这种不同的感受，皆因这条古道永远雕刻着一个人的名字。是他自任开路主管，筹措经费，征集民夫；是他亲自到现场踏勘，规划线路，指挥施工。他攀险径，披灌丛，不辞劳苦，"筚路蓝缕，以启山林"。可以说，他是用一己之力，带领当地老百姓开凿了这条长达十几公里的古道。他就是被誉为"岭南第一人"的唐代宰相张九龄。

张九龄，字子寿，678 年（编者按：另一说为 673 年）出生于韶州曲江（今广东韶关），740 年在家乡去世，世称"张曲江"或"文献公"。张九龄是入选凌烟阁的唐代著名贤相，也是唐代唯一由岭南书生出任的宰相，为辅佐唐玄宗取得开元盛世做出了积极贡献。据说张九龄是西汉刘邦手下重要谋士、留侯张良的后人，他举止优雅、风度翩翩、气质不凡。据史载，张九龄去世之后，唐玄宗对宰相推荐之士，总要问一句："其人风度得如九龄否？"张九龄还有一种特殊本领，即善识人之道，曾谏言唐玄宗，谓安禄山"貌有反相，不杀必为后患"，却不被唐玄宗采纳。后来发生安史之乱，唐玄宗仓皇逃到四川，回想起张九龄曾经的预言，追悔莫及，痛哭之余，唯有派遣使臣到曲江祭奠故人而已。

张九龄不仅为官清廉公正，善于选贤任能，写诗作文的水平也是一流，是一个既有权位又受人尊重的文坛宗匠。比如他写的那首《感遇》：

兰叶春葳蕤，桂华秋皎洁。

欣欣此生意，自尔为佳节。

谁知林栖者，闻风坐相悦。

草木有本心，何求美人折。

所谓本心，其实就是初心。兰叶逢春而葳蕤，桂花遇秋
而皎洁，这是它们的本性使然，并非为了博得美人的折取和
欣赏。由此我想，张九龄开凿梅关古道，他也只是想尽一个
做人、做官的本分罢了。

"本分天然白雪香"。梅关古道历经千年，因子而寿，因
梅而香。当道路修通之后，张九龄的心情也是好得不得了。
他在《开凿大庾岭路序》中描述，从此大庾岭"转输以之化
劳，高深为之失险。于是乎镶耳贯胸之类，珠琛绝赆之人，
有宿有息，如京如坻"。到了宋代，大量北方移民纷纷南下，
大庾岭路成了他们最快捷、便当的通衢大道之一。我估摸
着，当那些南下的官员和迁客经过梅关古道时，肯定会带着
迷茫、怀着期盼，大声吟诵张九龄的那首《望月怀远》：

海上生明月，天涯共此时。

情人怨遥夜，竟夕起相思。

灭烛怜光满，披衣觉露滋。

不堪盈手赠，还寝梦佳期。

茫茫的海上升起了一轮明月，此时你我都在天涯同时相望。有情之人却抱怨月夜漫长，整夜不眠把亲人怀想。不由得熄灭蜡烛怜爱这满屋月光，我披上衣裳独自徘徊深感夜露清凉。很无奈不能把美好的月色奉献给你，只希望能够与你相会在梦乡。自古以来，那一轮明月代表着一种方向，而一条道路象征着一种信仰。我想，在张九龄去世几十年以后，韩愈、白居易、刘禹锡、柳宗元等一批有识之士，相继来到这个世上，并走上了历史舞台中央，他们用自己的言行继续点缀并滋润着这块古老的大地。他们是否会向着那浩瀚的天空，期待着与月亮同路同行？他们是否会面对那连绵的群山，思考着与繁花同荣同枯？他们是否会遥望那广袤的沙漠，想象着自己化成的那一堆白骨？

今天，我们一行漫步在这条已逾千年的古道上，踩着已经磨得发亮的鹅卵石地板，远处山峦起伏，层林尽染。眼前的各色梅花，在寒风中轻轻摇曳，那一片片花瓣像一只只晶莹的眸子，带着笑意，洒着芬芳。我们走走停停，评评点点，在"岭南第一关"前合影留念，我们一起高声朗诵着"海上生明月，天涯共此时"。我们知道，尽管山还是这座山，梁还是这道梁，但这条逶迤的梅关古道，它的深处，它的前方，还在继续延伸着人们的梦想和希望。

此时此刻，我想用自己在游览梅岭时填写的一首词《玉楼春·梅岭》，对张九龄、韩愈、柳宗元、刘禹锡、白居易等前辈们说：直上银河之路，就在梅关古道之南那片一望无际的海洋。

古道寻梅梅萼萼，梅影摇风风瑟瑟。暗香恬淡我恬然，我把暗香遗畛陌。

休道人生如过客，千古风流真本色。请君梅岭问梅花，花在枝头无困惑。

后记

　　当敲下最后一个字，不由得伸展双臂，如释重负地长吁一口气。自从写下第一个字那天起，几乎每天都穿越到一千多年前的历史上空，沿着中晚唐时期韩愈、柳宗元、刘禹锡、白居易等文化名人的足迹，在大江南北奔驰。另一方面，还要不断收集相关资料，尝试着用自己的语言，与那些名人进行心灵对话。这是一个十分有意思的过程，也是一个十分艰难的历程。幸运的是，在众多同学、朋友的鼓励和帮助之下，终于完成了十几万字、平生写得最长的一部作品。

　　首先，我要感谢深圳市委原常委、宣传部原部长，现为国务院参事的王京生同志。京生同志在读到我在微信朋友圈发表的第一篇文章后，立即点赞，这对我来说是一种莫大的支持和鼓励，也让我有了继续写下去的勇气和信心。不仅如此，他还在百忙之中，专门为本书作序，对我的努力给予了充分肯定。京生同志所展示的学识和胸怀，永远是我学习的榜样。

　　其次，我要感谢人民大学84级"清风雅韵"微信群（我们亲切地称为"骚群"）的所有同学。在我写作的过程中，这些三十多年前在中国人民大学校园共同学习、生活了四年的同学们，在大力支持和鼓励的同时，有的帮我提供素材，有的帮我校对文字，有的与我探讨有关细节。其中，新闻系、骚群群主甘哲斌同学亲自"操刀"为本书写序，贸易经济系郑朝峰同学不辞劳苦为本书配画插图。有些同学，在校之时并不相识，毕业之后也未曾谋面，皆因一块"人大84级"的"招牌"，让我们的交流没有一点距离。尽管人的生命有限，但同学之情长青。

最后，我还要感谢我的家人，他们全力以赴为我做好后勤工作，没有他们的支持和配合，很难想象我能在这么短的时间内，完成这部长篇著作。

此外，还有其他一些关心、支持和鼓励我的朋友们，我也利用这个机会在此一并表示感谢！需要特别感谢的是，我的善做一手好面食的好友刘朝云小老弟，他利用新冠肺炎疫情导致企业难以正常开展工作这一间隙，义务为拙作绘制了精美插图，这份情谊我将永远铭记于心。

读历史，知兴替；品诗词，悟人生。生命的意义不在于物质是否丰富，而在于精神是否充实。我始终认为，只有把"阅读"变成"悦读"，才能获得精神上的快乐。因此，如果拙作能让大家感到快乐，并从中增长一些知识，或者能够得到一些感悟，于我将是极大的欣慰和鼓舞。由于我是第一次尝试用文、史、地三者结合的方式撰写文章，再加上水平有限，书中难免有错漏和遗缺之处，还望大家指教和谅解，以便在今后的修订中进一步完善。